KB236786

파란 도시락 가방을 든 사람

이채원 수필집

책머리에

오랜 가을 가뭄 끝에 비가 내렸다. 참 단비답다.

가을이 이슥하도록 청청하던 주위 풍경이 하루 사이에 완연히 달라졌다. 무언가 품어 가라앉히고 삭인 느긋함과 은근함이 그 풍경에 배어 있다. 풍경 사이에 들고 나는 사람들의 윤곽이 퍽도 작고 가물가물하다.

부엌에 창이 있는 집에 살았으면 하는 바램을 지녔었다. 이사한 이집 부엌에 큰 창이 나 있다. 창 밖으로 바로 기찻길이 보인다. 역이 지척이어 기차는 아주 느릿느릿 다가오고 떠나간다.

이따금 기적 소리가 들린다. 어릴적 처음 가본 도시에서 자고 난 첫 새벽, 그때 잠결에 듣던 두부장사의 딸랑이던 종소리 같다. 나른하던 머리 속 한 켠에서부터 뭔지 맑고 해사한 기운이 번져나오는 기척. 그러면 부름이라도 받은 듯 창가로 다가간다. 부엌 창 앞에 서는 시간이 많아졌다.

이 글을 쓰기가 이렇게 어려울 줄 몰랐다. 처음 책을 내는 일이라니… 뭔가 멋지고 찡한 감동을 실어야 할 것도 같고, 글쎄 여느 때와는 다른 감회를 전해야 하지 않나 하는 부담 때문이겠다. 평소에도 무슨 말을 푸짐하고 재미있게 할 줄을 모르는데 지금 이 순간도 마찬가지다.

등단한 직후 미국으로 건너가 몇 년간 살았다. 떠날 때 내 선생님께서 '미국 가서 할 일이 생겼지 않느냐' 그러셨다. 그때는 '할 일이 생겼나, 그런가 보다' 했었다. 그런데 가서 살면서 그토록 실감할 줄이야. 한 언어를 가진 사람들끼리의 반목과 말의 지옥, 말은 없을수록 좋았다. 그러니 나는 그냥 쓰기만 하면 되었다.

나는 역시 겪어 보고서야 겨우 깨닫는 테두리를 벗어나지 못하는 생애일 뿐이다. 그 테두리 안에서 늘 마음에 걸고 사는 생각 한 가지는 무엇에든 기울지 않으려는 호된 다짐이다. 그러느라 또 늘 망설인다. 한 편으로 기울지 않기 위한 가늠인데 그러다 보면 종종 혼잣말이 웅얼거려지곤 한다. '참 헤프게도 망설인다' 라고.

글쓰는 일이 내게 구원의 의미로 자리하길 간절히 희구해 왔었다. 그러나 실제로 쓰는 일은 그 간절함의 지극함에 늘 미치지 못했다. 그 간극을 채우는 길이란 그저 더 열심히 쓰는 일 뿐임을 나는 모르지 않는다. 그러니 앞으로도 줄곧 내 혼잣말은 정든 제 주위를 고루 스치며 웅얼거림을 되풀이 하게 될 것 같다. '참 헤프게도 망설인다' 고.

이 글을 쓰는 내내 그분 생각이 떠나지 않았다. 언제나 한결같이 내가 기울지 않도록 균형을 조절해 주시는 황송문 선생님께 마음 깊이 감사드린다.

2001년 추석날 이 채 원

차례

제1부

내 동무의 집

빨래

　어머니가 하시던 대로 이불과 요의 호청을 주르륵 뜯어내어 빨고 찜통에 푹푹 삶는다. 묵은 때가 지고 하얗게 삶아진 빨래를 옥상에 올라가 탁탁 털어 넌다. 묵은 때가 가신 호청처럼 내 마음도 묵은 시름들이 때와 함께 사라진 듯 속이 다 후련하다.

　해마다 장마가 닥치기 전 이렇게 바지런을 떨어야 눅눅한 장마를 그나마 보송하게 날 수 있다. 이제 목화솜 이불은 정리해 두고 삼베이불을 준비해야겠다. 그것 역시 푹 삶아 서걱서걱 푸새질을 해야지. 이럴 때면 새로 풀 먹여 몸에 닿는 까실한 이불 호청의 감촉이 좋아 가을이 좋다하시던 어머니 생각이 난다.

　눈부신 햇살이 속눈썹을 나른하게 간지르면, 나는 그대로 옥상에 선 채 꿈속인 듯 어린 시절을 더듬어 간다.

　이맘 때 할머니와 어머니는 햇볕이 좋은 날을 잡아 마당에 가마솥을 내다 걸고 장작을 지피셨다. 대밭이 병풍처럼 둘러 쳐진 샘물가에서는 집안 일을 돕는 아줌마의 빨래방망이 소리가 힘차게 울렸다. 빨랫돌 위에서 무명 빨랫감을 탁탁 두들기는 소리는 날씨의 힘을 입어서인지 유난히 명쾌하게 대밭을 뚫고, 집 뒷산까지가 닿아 울리고 대청마루까지 잠깐씩 흔들어 놓곤 했다.

그런 날엔 집안의 남자 어른들은 다 어디로 갔는지 내 기억 속엔 남자들의 모습은 보이지 않고 온통 여자들뿐이다. 남자들에게는 장작을 날라다 주는 장면까지만 배역이 주어져서 그 다음부터는 여자들 마음대로 엮어보라는 묵계라도 있었던 것일까.

아무튼 그런 날은 여자들의 세상이었고, 나도 덩달아 무언가에서 풀려난 듯 홀가분하게 들뜬 기분이었다. 안마당의 화단엔 함박꽃이 마음껏 활짝 피어 있고, 그 위를 꿀벌들이 닝닝거렸다. 마당가에서는 투둑투둑 불붙은 것이 꺾이고 사그라지기도 하면서 장작불이 활활 타고 있었다.

샘물가 빨래터에서의 방망이 소리는 한층 우렁차게 울려 퍼져나가다가 다시 울림이 되어 되돌아 왔다. 빨래방망이를 마음껏 두들겨대던 날 여자들은 그 동안에 쌓인 울분과 시름들을 묵은 때와 함께 씻겨 보냈을 것이다.

얼마나 후련했을까. 있는 힘껏 방망이를 두들길 수 있고 빨래를 훨훨 헹굴 수 있는 그 시원함이라니. 그러고 보면 편리할 대로 편리해진 요즘 세상이 그리 좋은 것만도 아니다. 어디 소리 한 번 마음대로 낼 수가 있나, 물 한 바가지를 시원스레 촤악촤악 뿌려볼 수가 있나. 편리함이라는 사탕발림으로 우리를 이만저만 구속하는 게 아니다.

대청마루에 턱을 괴고 엎드려 까딱까딱 다리장단을 맞추며 빨래방망이 소리가 되울려 오는 걸 듣고 있노라면, 어느새 할머니와 어머니는 쌀겨에 재웠던 삼베빨래까지 다 삶아 너른 바깥마당에 넌다. 바지랑대를 받쳐 널어놓은 광목, 옥양목 새하얀 빨래들이 살랑바람에 펄럭이면 어린 우리들의 마음조차 들썩거려 그것 또한 놀잇감이 되곤 했다. 너울대는 빨래 사이를 넘나들며 이리저리 숨바꼭질하는 우리에게 "아이구, 빨래 다 버릴라!"하고 방망이를 든 채 호통치며 쫓아오시던 할머니의 모습도 눈에 선하다.

봄바람은 빨래를 잘 말려주어 사랑스럽고 기특하다. 어느새 다 마른 빨래를 걷어와 푸새질을 한다. 다시 옥상에 널고 꾸득꾸득 마를 때쯤 걷어와 착착 깨끗한 보자기에 싼다. 그리곤 그 위에 올라서서 빨래를 밟는다. 이렇게 밟고 있자니 오래전 옥양목 앞치마를 두르신 어머니가 무슨 노래인가 흥얼거리며 기우뚱기우뚱 빨래를 밟으시던 그 모습 그대로 지금 이곳 내 집의 마루에 와 계신 것 같은, 시공을 분간할 수 없는 묘한 감회에 젖게 된다.

한참을 밟아 판판해진 빨래를 다시 빨랫줄에 사뿐히 걸쳐 바싹 말린다. 내 마음조차 사뿐사뿐 성기성기 시원하다. 이젠 다듬이질이 남아있다. 어머니는 지금도 다듬이질을 하시는데 이맘때 친정 동네에 들어서면 어머니의 다듬이 소리가 들려 온다. 도시 한 가운데서 들려 오는 다듬이 소리는 참 그윽한 감동을 준다.

다듬이질이 다된 빨래는 어린 내가 좋아하던 순서를 기다리고 있었다. 대청마루의 양끝에 앉아 하얀 빨래를 마주 잡아 당겨 네 귀를 맞추는 그 일을 나는 줄다리기처럼 재미있어 했다. 할머니가 돌아가신 후 할머니가 잡으셨던 어머니의 맞은 편 자리를 내가 물려 받았고, 나는 자연스럽게 어머니의 빨래잡이 상대가 되었다. 어머니는 내가 빨래를 잡아 주는 걸 제일 마음에 들어 하셨다. 가끔 동생이 잡아 보기도 했지만 그애는 나와 영 딴판으로 빨래 끝을 놓쳐 나동그라지기 일쑤였고, 너무 힘을 주는 바람에 말짱한 빨래를 구겨 놓기도 해서 실컷 지청귀를 먹기만 했다. 그 일은 그만큼 마주 앉은 두 사람의 마음이 잘 맞아야 한다.

어머니와 함께 빨래를 잡아본 적이 언제던가. 뒤꼍에는 대나무가 고즈넉이 조는 듯 서있고 주위는 갑자기 아무 소리도 없이 나른한 정적이 감돌던 그 한낮. 대청마루에 희디흰 무명 빨래를 사이에 두고 줄다리기 하던 어머니와 나의 그 한나절로 돌아가고 싶다. 그 정겨운 풍경 속으로.

수수팥단지

  딸아이의 열번째 생일이다. 해마다 해왔던 것처럼 어제 저녁 수수 한 되를 사와 박박 씻어 더운물에 담가 불려 놓았다.

  이번이 딸아이에게 해주는 마지막 수수팥단지이기에 나는 몸살기가 있어 몸이 몹시 귀찮음에도 게을러지는 마음을 애써 쫓아 버리며 부지런을 떤다.

  아이가 태어나 열 살 때까지 생일날 수수팥단지를 해먹이는 풍습을 나는 지금까지 꼬박 지켜오고 있다. 내 어머니가 나는 물론 우리 여러 형제에게 빠지지 않고 해 주셨듯이. 옛날 어머니는 그 큰 살림과 바쁜 농사일에 치여 사시던 와중에도 잊지 않으시고 무슨 경건한 의식이라도 치르듯이 손수 방아를 찧어 우리들에게 수수팥단지를 해주셨다.

  옛날에는 수수도 도정을 여러번 하지 않아 지금의 수수보다 손이 더 많이 갔다. 붉은 물이 가실 때까지 수차례 헹구고 떫은 맛을 없애기 위해 뜨거운 물에 하룻밤 불려 낸 수수를 소쿠리에 건져 절구에 찧는다. 얼만큼 쿵쿵 찧다 보면 수수알에 달라붙던 절굿대가 풀풀 가뿐해지는데 그러면 그때부터 떡체로 가루를 쳐내가며 방아를 찧었다.

체에는 용도별로 여러 가지가 있었다. 풀을 쑬 때 쓰는 고운 겹체, 발이 성긴 어레미, 그 중간쯤의 도드미, 그리고 떡가루 등을 칠 때 쓰는 떡체가 있었다. 그 시절의 체장사를 생각하면 지금도 어쩐지 해학적이면서 세상을 모나지 않게 그저 꼭 체모양으로 둥글둥글 살아가는 듯한 초연함이 전해져 온다. 체장사는 주로 할머니들이 많이 했던 것 같다. 자신의 체구로는 감당할 어림도 없을 듯한 집채만한 체의 둥치를 주렁주렁 노끈에 엮어 등에 멘 늙수그레한 여인네가 흥얼흥얼 노래 가락을 흘리며 해질 녘 고갯마루를 넘어가던 모습은 무어라 형언할 수 없는 쓸쓸함을 남기곤 했다.

어머니는 어느새 물을 끓여 다 빻아진 수수가루를 익반죽하셨다. 개떡 모양 넙적넙적 반죽한 것을 끓고 있는 물에 넣으면 한참 후에 충분히 익었다며 둥실 떠올랐다. 그 개떡 모양의 수수 덩어리들을 한데 어울어지도록 치대며 다시 반죽을 한다.

수수나 팥이나 붉은 색의 곡식으로 떡을 해준 것은 무병하길 기원하는 살풀이의 의미를 갖고 있기 때문에, 고물로 쓰는 팥은 거피하지 않고 붉은 색이 그대로 드러나도록 어지간히만 빻아서 썼다. 팥은 용도가 고물이므로 농도를 살펴가며 고실고실하게 삶아지도록 주의해야 했다.

어느 핸가 막내 남동생의 돌 때였다. 식구 중에 유일하게 여름 생일인 그애가 말썽을 피울 때면, "미운 짓만 골라 하누나, 여름 생일까지 타고나서 엄마 고생시키질 않나..."하며 내가 그애의 태생을 걸고 효녀연 하기도 했었다. 돌 전날 초저녁부터 돌잔치 준비를 하는데, 어머니와 셋째 숙모는 달을 보며 도란도란 마루에서 색색의 송편을 빚고 있었고 작은 어머니와 새댁이었던 넷째 숙모는 부엌에서 아궁이에 장작을 지피며 증편을 찌고 있었다. 한참

후에 아무런 기척이 없어 무슨 일인가 들여다보니 글쎄 두 양반이
바닥에 깔고 앉았던 가마니 위에 그대로 누워 잠이 들어있는 게
아닌가. 어린 애들이 소리없이 조용하면 일 저질러 놓는다더니 어
른들도 다를 게 없었다. 덕분에 불조절을 잘 했어야 하는 증편은
타서 채반에 늘어붙어 버렸고, 새댁 숙모는 어쩔 줄을 모르며 얼
굴을 들지 못했다. 다음날 아침에 보니 수수팥단지마저 쉬어 돌상
에 구색만 갖췄을 뿐 짐승들 먹이만 늘어나게 되었었다.

　어느 사이 나는 나도 모르게 고스란히 어머니의 뒤를 이어 하지
않으면 무슨 죄라도 짓는 듯한 책임감으로 이렇게 열번째 의식을
치르고 있다. 손쉽게 구할 수 있는 케잌이 쌔고 쌨건만 소위 젊은
엄마인 내가 이토록 고집스럽게 손이 많이 가는 수수팥단지를 해
주는 까닭은 무엇일까. 방앗간에서도 환영을 못 받으면서… 이 적
은 양을 빻기 위해 큰 기계 전체를 가동시켜야 하기 때문인지 방
앗간 아줌마가 처음엔 몹시 귀찮아했다. 그래도 나는 소쿠리에 건
져 놓은 수수와 알맞게 삶아진 팥양푼을 들고 방앗간엘 간다.

　“아이구, 돌때 해줬으면 됐지 뭐하러 지금까지 귀찮게 수수팥단
지를 만들어? 젊은 사람이 이상하네.”

　몇해째 성가시게 한 덕분에 단골이 된 방앗간 아줌마의 해마다
되풀이 되는 물음이다.

　“열살 때까지는 해줘야죠.”

　역시 똑같은 나의 대답이다.

　“하긴 그렇지. 그런데 요즘 여자들이 어디 그런가.”

　아줌마는 금방 언제 귀찮아 했더냐는 듯이 소금을 성큼 집어 넣
고 기계를 작동시킨다.

　어제 저녁 수수 담그는 걸 보고 덩달아 바쁘게 돌아다니던 딸아

이는,

"오늘 친구들 여덟명 데려올 거야." 라고 외치고 서둘러 학교로 달려갔다.

토요일이니 꼭 점심때쯤 해서 아이들이 몰려올 것이었다. 아이들이 잘 먹을 수 있도록 설탕도 적당히 넣어 수수를 익반죽 하고 바지런히 팥고물에 굴려 생일상 한가운데에 소담스럽게 차려 놓았다.

왁자지껄 떠들며 우르르 몰려온 아이들은, "어머, 이게 뭐야?" 호기심을 보이며 다른 음식보다 먼저 수수팥단지를 집어 먹는다. 설명해 주는 내게 아이들은, '처음 먹어 본다' 또는 '조카 돌 때 본 적이 있다' 고 재잘댄다. 하긴, 돌 때나 있었을 일을 어떻게 기억하겠는가.

나는 가을에도 또 이렇게 수수팥단지를 만들며 내가 어머니로부터 받은 정성을 내 아이들에게 전해줄 것이다. 가을엔 아들아이의 생일이 있기 때문이다.

추억 만들기

아이의 친구는 여러 날 여행이라도 떠나듯이 단단히 채비를 갖춘 차림새를 하고는 현관으로 들어섰습니다. 제법 상기된 표정 속에 호기심을 가득 담은 그런 분위기로 두 아이는 마치 신성한 어떤 의식이라도 치르듯이 들어서고 맞이하고 했습니다.

아이의 선생님은 참 독특한 분이라 여겨집니다. 한 학년이 끝나가는 이 시기에 선생님은 아이들에게 무언가 기억에 남을 추억거리를 만들어 주려고 고심하신 듯싶습니다. 친구와 함께 잠을 자는 기회를 갖도록 했는데, 먼저 함께 자고 싶은 친구를 정하고 그 친구집 어른들에게 양해를 구하는 절차를 거쳐 저녁때쯤 가서 자고 아침에 함께 등교하는 것입니다.

아이는 벌써 며칠 전부터 들뜨기 시작했습니다. 하룻밤을 함께 자게 될 친구와 무엇을 하며 재미있게 보낼 것인가를 두고 말입니다. 그러더니 방문을 닫고 저 혼자 들어앉아 있는 시간도 훨씬 많아졌습니다. 그리고 오늘 학교에서 돌아와 백지 한 장을 내밀었습니다. 선생님이 엄마들에게 내시는 숙제랍니다. 아이들을 함께 재운 소감문인데 나는 다시 한번 이 선생님의 다감한 배려를 감지하게 되었습니다.

방으로 들어간 아이들은 우선 카세트를 틀어 놓고 요즘 저희들이 좋아하는 노래들을 듣는 것이었습니다. 그리고 다달이 한번이라도 거르면 큰일날 듯이 사 모아둔 월간 만화책들을 모두 꺼내 놓고는 같이 보며 깔깔대고 뭐라뭐라 쉬임없이 재잘거렸습니다. 내가 잠자리를 보아주거나 과일을 들여 주기 위해 방문을 열 때마다 두 아이는 깜짝깜짝 놀라는 눈치를 보이며 재잘대던 얘기를 딱 멈추곤 했습니다.

백지를 앞에 놓고 앉아 있자니 내 속에 있던 옛 기억의 장면들이 떠오르기 시작합니다. 돌이켜 보면 우리들에게 있어 사춘기의 첫 소망이라면 '친구와 함께 자보는 것'이 아니었을까요. 좀 더 거슬러 올라가 유년기에도 그런 소망은 내게 간절했었습니다. 어릴 땐 왜 그렇게 내 집이 아닌 곳에서 자보는 것을 소망했을까요. 늘 내가 자고 깨는 내 방이 아닌, 그리고 항상 같이 누워 잠자는 내 형제가 아닌 다른 식구들과 자본다는 것, 그것은 어릴적 내가 가장 소망하던 일 중의 하나였습니다.

그 소망하던 일을 어른들의 공인 하에 떳떳이 누려볼 수 있는 날이 바로 명절 때였는데, 한동네에 혹은 가까운 마을에 대부분의 친척들이 모여 살던 그 시절엔 명절날이면 사촌, 육촌의 언니 오빠, 아저씨… 고만고만한 또래들이 미리부터 들떠 있었습니다. 어른들은 밤을 새우며 명절 준비로 분주했기 때문에 아이들은 모두 작은 집에서 함께 자게 되었으니 말입니다.

하얀 홑이불을 뒤집어쓰고 하던 귀신놀이가 가장 기억에 남는데, 그렇게 갖가지 떠들썩한 놀이에 지쳐 출출해지면 누군가 당번을 정해 동네 맨 꼭대기, 어른들이 분주한 우리집으로 먹을 것을 가지러 갑니다. 부침개나 누룽지를 얻어 가지고 오는 길, 어스름한 달빛 아래 연방죽 물에 비친 향나무 그림자가 어찌나 무시무시하던지 금방 귀신이 나타나 목덜미를 잡아채는 것 같아 혼비백산하여 아랫마을 작은 집을 향해 냅다 줄달음을 치곤 했습니다.

그 다음 장면은 좀 더 자란 후의 중학교 1학년 때 일입니다. 그해 여름엔 비가 너무 많이 와서 홍수가 나는 바람에 학교로 가는 유일한 통로였던 내의 나무다리가 물에 잠기고 말았습니다. 학교에서는 집에 돌아갈 수 없는 아이들을 학교 근처에 사는 아이들 집에서 묵도록 조처했습니다. 내게는 학교 근처에 사는 친구가 있었습니다. 묘하고 신기하게 생겼다 해서 '묘신'이라는 이름을 갖게 되었다는 친구였지요. 나는 난생 처음으로 친구 집에서 친구와 함께 잠을 자게 되었습니다. 홍수로 다리가 물에 잠겨 친구와 함께 자게 되었다는 그 일이 그때의 내게는 마치 어떤 알수 없는 존재로부터의 크나큰 은총으로까지 여겨지기도 했었습니다.

다음날 집에 들어갔을 때 회초리를 준비하고 계신 어머니의 엄한 눈길에 맞닥뜨리게 됐고, 나는 그 날 또 난생 처음으로 어머니로부터 종아리를 사정없이 맞았습니다.

유년시절부터 내겐 낯선 장소, 낯선 것들에 대한 끝없는 동경이 있었던 것 같습니다. 그리고 그 날 이후로 나는 그런 동경이나 소망이란 드러내어서는 안될 어떤 금기, 나만의 은밀한 것으로 마음 속 한 갈피에 접어 두어야 하는 것으로 인식하게 되었는지도 모릅니다.

남의 집에서 자게 될 때면 쉽게 잠을 이룰 수 없는 설레임이 있었는데 나는 그 알 수 없는 설레임 때문에, 그 설레임을 다시 겪어 보고 싶어 계속해서 그 소망을 간직하고 있었나 봅니다. 그리고 다른 곳에서 자는 밤엔 꼭 한밤중이나 이른 새벽에 잠이 깨게

되었는데, 그때의 어리둥절함이라든지 내가 자고 있는 곳이 어딘
지를 깨닫게 될 때까지의 그 난처하고 생소한 만족감, 그것을 나
는 거듭해서 자꾸 겪어 보고 싶었지요.

지금 이 순간 아이의 선생님과 친밀하게 이어져 있음을 느낍니
다. 이런 기회를 소망하고 있거나, 혹시 아직 깨닫지 못하고 있을
그 소망을 이렇게 자연스럽게 실현시켜 주시니 말입니다.

저 두 아이는 오늘 이 하룻밤을 나중에 어떻게 추억할까요. 재
잘대는 말소리가 끊임없이 새어 나오는 아이의 방을 바라보며 내
어린 날을 이윽히 들여다봅니다.

콩나물 시루

플라스틱 콩시루를 구입해 콩나물을 기른다. 여러 시간 불린 콩을 콩시루의 칸칸에 가지런히 깔고 물시계 그릇의 눈금에 맞게 물만 채워 주면 더 할 일이 없다. 저 스스로 알아서 시간에 맞춰 물을 내리고 이삼일이면 앙증스런 콩에서 토실한 싹을 틔운다. 자디잔 콩에서 싹이 꼬물꼬물 돋아 나와 있는 모양은 어떻게 형용할 수 없이 사랑스러운 게, 마치 갓난아기의 손가락이 꼬물거리는 것 같기도 하다.

내가 구한 콩나물 시루는 색깔도 연분홍으로 깔끔하고 네모 반듯 날렵해서 그냥 부엌 씽크대 위에 놓아 두기만 해도 장식 효과가 날 듯하다. 콩나물 기르기야 한결 수월해졌지만 맨질맨질한 플라스틱 용기에선 아무런 정취도 느낄 수가 없다.

옛날 우리 할머니의 콩나물 시루는 투박한 질그릇의 둥실한 몸매를 갖고 있었다. 밑에는 숭글숭글 구멍이 뚫려 있고 검회색의 곱상과는 거리가 먼 생김새였지만, 그 속에서는 콩나물 뿐 아니라 무궁무진한 옛날 애기가 실타래처럼 풀려나올 것만 같은 정겨움이 듬뿍 묻어 있었다.

당신의 제일 중요한 소임인 듯 할머니는 늘 콩나물을 정성스레

기르셨다. 어두운 눈으로 돌이랑 썩은 콩을 일일이 골라내시고는 깨끗이 씻어 불린 콩을 콩나물 시루에 앉히셨다. 콩나물 시루의 밑바닥에 베헝겊을 깔고 콩을 가지런히 담은 후 그 위에 바깥 공기에 닿지 않도록 또 헝겊을 덮었다. 커다란 질자배기에 물을 채우고 나무 삼발이를 걸친 다음 그 위에 둥그런 콩나물 시루를 앉혀 놓으셨다.

추위를 몹시 타는 고양이가 찬바람을 피해 부엌 부뚜막에서 잠을 자고, 도둑 고양이가 아무 집 부엌이나 숨어 들어가 아궁이 속에서 잠을 자다가 이른 아침 지펴지는 불길에 혼비백산 튕겨 나와 달아나던 시골의 그 추운 겨울에 우리 할머니의 콩나물 시루는 겨우내 윗목을 지키고 넉넉하게 앉아 있었다.

김장 김치가 제맛을 내기 시작하면 콩나물을 기르시는 할머니의 손길이 한층 더 바빠졌다. 깍두기에는 콩나물국이 제격이었기 때문이다. 옛날엔 요즘처럼 콩나물 콩이 따로 있는 게 아니어서 밥 밑으로 넣는 콩으로 그냥 콩나물을 키웠기 때문에 콩나물의 생김새가 퍽이나 소담스러웠다. 콩머리도 크고 줄기도 통통했다.

밤새 몰래 내린 눈이 장독대 위에 소복이 쌓여 아침 햇살에 한층 눈이 시린 겨울날의 아침 밥상이 떠오른다. 상 위에는 연록색의 송송 썬 움파가 동동 떠 있어 파향이 향긋하고 콩머리가 노랗게 또렷또렷한 콩나물국이 올라있다. 김치 보시기에는 깍두기점 사이사이 살얼음이 살짝 끼어 창호지 문으로 비껴든 햇살에 빨간 고추 빛깔이 자디잘게 균열져 무늬를 이룬 깍두기가 담겨 있다. 나는 그 아침 밥상 위의 풍경을 아버지가 수저를 드시기를 기다리는 동안 이윽히 바라보며 음미한다. 콩나물국에 흰밥을 말아 한 숟갈 뜬다. 그 위에 살얼음이 섞여 사박사박한 깍두기를 얹어 먹는 맛이란 그 어떤 기름진 찬에도 비할 바가 아니었다.

　이즈음에도 종종 그 맛이 까닭 없이 간절해져 일부러 무공해라
고 비싼 콩나물을 사다가 국을 끓여 보지만 옛날에 후후 불며 밥
숟갈 위에 깍두기를 얹어 먹던 그 맛은 찾을 수도 흉내낼 수도 없
다. 그래서 이번엔 직접 내 손으로 콩나물을 길러 먹으면 그 맛을
찾으려나 하고 플라스틱일망정 콩나물 시루를 사기까지 했지만,
옛날 할머니의 콩나물 맛은 도저히 우러나오질 않는다.

　사람의 입맛이란 다분히 감성적이다. 그렇지 않고서야 어떻게 똑
같은 재료에 똑같은 양념을 쓰고도 그 맛이 모두 다를 수가 있을
까. 물론 거기엔 손맛이라는 비결이 숨어있기는 하다. 그러나 그보
다는 음식 자체의 맛에 자신이 살아온 삶의 궤적, 어느 시기의 기
억이나 그 언저리, 이제는 결코 다시 돌아가 볼 수 없다는 삶의 일
회성에 대한 안타까움까지 결부시켜 맛을 추억하는 것 같다. 나이
가 들어 갈수록 그런 증세가 더 두드러지는 것만 보아도 그렇다.

　우리가 간절히 원하고 안타까이 찾는 맛이란, 기껏 헤매 돌아보
아도 그 귀결점은 결국 '옛날에 먹던'이라 말하게끔 되는 유년기의
것이 아니던가. 입맛에 대해 전혀 생면부지인 시기, 최초의 맛을
우리는 할머니나 어머니를 통해서 알게 된다. 그래서 가장 그리운
맛을 찾게 될 때 자연히 어머니가 해주던 어떠어떠한 음식이라고
떠올리는 것일 게다. 어떤 맛을 그리워하는 증세는 연륜과 더불으
는 것 같다.

　나도 점점 옛맛을 그리게 되는 때가 많아지고 있다. 어떤 맛이
간절해지게 되면 그 맛과 더불어 그 시절에 입었던 옷가지나 부엌
에 있던 살림도구들, 하찮은 부지깽이에 이르기까지 동시에 하나
의 풍경으로 떠오르곤 한다.

다시 씽크대 위에 날씬하니 꼴을 빼고 있는 플라스틱 콩시루를 일별하곤 할머니의 콩나물 시루를 떠올린다. 콩나물 시루가 앉혀 있던 자배기의 물에는 종구락(작은 바가지를 이른 말)을 띄워 놓아 콩나물에 물을 주었다.

물만 많이 주면 콩나물이 빨리 크는 줄 알고 자꾸 물을 퍼주다가 "에이구, 콩나물 다 썩힐라."하시던 할머니의 꾸지람, 그 정겨운 꾸지람을 듣던 어린 날이, 그리고 아직 파르스름한 새벽빛이 어려 있는 이른 아침 '쪼르르'하고 콩나물 시루에서 물 떨어지는 소리에 잠이 깨던 그 수많은 아침들과 콩나물 시루에 물을 주고 계신 할머니의 쪽진 뒷모습이, 어쩌면 이리도 어제 일처럼 가깝게 여겨지는 것일까.

점차 빛을 잃어가던 파르스름한 새벽빛이 부우연 앞문 틈으로 살그머니 기어 들어와 할머니의 쪽머리 은비녀 위에 잠시 머물렀다가 길게 꼬리를 물고 뒷문으로 새어 나가던 그 아침들이.

내 동무의 집

　예닐곱쯤 된 아이들이 놀이터 모래무더기에 모여 놀고 있다. 뭐라는지 알아들을 수 없는 말들을 끝없이 재잘댄다. 피부색이 제각각인 아이들은 얼마 후 그 놀이에 지쳤는지 함께 놀이터 옆에 있는 한 아이의 집으로 사라졌다.

　함께 놀던 아이들을 데려 간 아이는 무슨 말로 아이들을 제집으로 이끌어갔을까. 제집에 무슨 놀이감이 새로 생겼다고 자랑했을까. 노는 동안 깜빡 잊고 있다가 불현듯 그에 생각이 미처 제 동무들에게 으쓱거리며 뽐냈음직하다. 저 아이들은 저희들 집에 어떤 색깔의 채송화가 자라고 있다거나 봉숭아꽃이 몇 송이 피었다는 등의 자랑은 하지 않을 것이다. 자란 후 어느 날인가 홀연 기억 한 귀퉁이로부터 어릴적 동무의 집이 떠오를 때 저 아이들은 무엇으로 그 동무의 집을 추억하게 될까.

　이따금 유년기 저편의 일이 생각날 때 아슴푸레하게나마 내 동무의 집이라 떠올릴 수 있는 어릴적 소꿉동무가 있었더라면 좋았겠다는 생각이 들곤 한다. 그러면 문지방을 넘듯 지금 이쯤에서 그 아득한 유년기 동무의 집 언저리로 훌쩍 넘어가 있을 수 있을 텐데. 어릴 때 나는 다른 아이 집에 놀러간다거나 다른 아이를 집에 데려와 놀거나 하는 일을 해보지 못했었다. 내 동무란 내 또래의 아줌마 뻘이나 사촌 형제들이 다였다. 그 외에 완전한 남을 동무로 두었던 기억이 없다.

억지 믿음으로 한 아이를 내 동무라 떠올리자면 제풀에 무안해져 슬며시 웃음이 나온다. 이제 와서 생각하면 그애가 나를 제 동무라 여겼는지조차도 알 수 없다. 워낙 동무가 없다보니 그냥 나혼자 그렇게 여겼다는 편이 옳겠다. 학교에서 돌아오는 길, 보리밭 가장자리에서 기다리고 있다가 그애가 다가오면 완두꽃을 꺾어 슬그머니 건네곤 했던 그 일만으로 나는 그렇게 생각하는지도 모른다. 나는 동글동글한 완두잎이나 그 줄기에서 피어난 분홍도 보라도 아닌 그 빛깔의 꽃이 그렇게도 좋았다. 화초가 아니라 열매를 맺기 위한 꽃이니 생김이 탐스러울 수도 없었고 꺾은 후 그 어여쁨이 오래 지속될 리도 없었다.

싸리문 밖에서 들여다본 그애의 집은 방들이 굴속처럼 어두웠다. 집안에 외양간이 있어 소가 여물을 먹고 우물우물 되새김질하는 소리를 방안에서 다 들을 수 있는 그런 전형적인 시골집이었다. 나는 지나칠 일이 있을 때면 소가 금방이라도 그 뿔로 나를 받을까 조마조마해 하며 잠깐씩 그애의 집안을 기웃거리곤 했었다. 여름이면 키다리꽃이 울타리 밖을 넘겨다보듯 피던 그애 집을 내 동무의 집이라 여길 수 있었으면 하는 바램을 갖게된 것은 그런 구차한 살림에도 그 집에 피어나던 꽃 때문이었던 것 같다.

사시사철 그애의 집에서는 나팔꽃, 분꽃, 키다리꽃들이 쉬지 않고 피었다. 나는 그애 집 울타리 너머로 칸나라는 꽃도 처음 보았다. 그 꽃은 그 시절과 집이며 사람들과 퍽 어울리지 않아 보이는 깜짝 놀랄 모양과 색깔을 하고 있었다. 꽃이라 하기 끔찍한 무엇이 울타리 사이로 얼핏 비쳐 놀라고 있을 때 그애가 '칸나'라고 그 무언지 끔찍한 것의 이름을 가르쳐 주었는데 생김새만큼이나 깜짝 놀랄 이름이라고 생각되어 가슴이 철렁했었다.

내가 그애 집을 볼 때마다 그렇게 자꾸 들여다보고 싶었던 까닭은 우리집에서는 그렇게 많은 꽃을 보지 못했기 때문이었을 게다. 그애 집은 사람보다 꽃이 훨씬 많은 집이었고 우리집은 꽃에 비해 사람이 너무 많은 집이라는 생각을 했었다. 매화, 함박꽃이나 좀 있었던 우리집 화단은 퍽도 적적해 보였다. 어느 핸가 어머니가 산난초를 캐어다 안마당 화단에 심으셨는데 그 꽃의 청보라빛 탓이었는지 적적함을 더는 데 별 도움이 되지 못했다.

나와 달리 동무가 많았던 덜렁쟁이 동생은 자주 제 동무들의 집에 놀러 다녔다. 동생은 주로 제가 다녀온 집에서 본 호박이나 고구마가 어떻더라는 등의 하나도 이야기 거리가 못되는 것들에 대해 푸짐한 이야기를 만들어 내곤 했다. 언제나 무엇이든 제가 다녀온 그 동무집에서 본 것들이 우리집 것보다 더 낫다는 식이었는데, 한번은 그 날 다녀온 제 동무집의 꽃에 대해 얘기하기 시작했다. 사람들 얘기는 없이 유독 그 집에 있던 꽃들에 심취한 채 아주 상세하게 얘기해 주어 나는 그 집을 마치 꽃집인 듯 착각했었다. 특히 쪽두리꽃이란 이름을 가진 꽃이 마음에 들었다며 제 얼굴마저 그 꽃처럼 보이려 어설픈 표정을 짓고 있었는데, 퍽 우스운 꽃이름이어서 처음엔 이상했지만 내가 한번도 본 적이 없는 그 꽃을 동생이 하도 실감나게 묘사하는 바람에 나조차도 그 꽃을 세상에서 제일 고운 꽃으로 여기게 되고 말았다.

붉고 흰 빛깔이 어우러진 꽃잎에 기름한 수술들이 주렴처럼 드리워진 쪽두리꽃이 울타리 너머로 살며시 웃고 있더라는 그 이야기에 나는 무슨 신비로운 전설이라도 되는 양 깊이 감동되었다. 그 이야기를 들으며 그런 꽃도 있는 집에 사는 아이를 동무로 둔 동생을 한없이 부러워하다가 비로소 나는 동생이 꽃을 좋아하는 줄도 알게 되었다. 그래서 평소엔 늘 언니 노릇에 빈틈을 보이지 않으려던 내가 그때 만큼은 동생의 턱밑에서 고개를 끄덕이며 동생의 동생노릇마저도 달갑게 할 지경이 되어 있었다. 나는 그렇게 나도 쪽두리꽃이 울타리 너머로 웃고 있는 집에 사는 동무가 있어 가끔 그애 집에 가서 그 꽃을 볼 수 있었으면 하고 바랬었다.

딱히 떠올릴 만한 친한 동무가 없었던 내가 '내 동무의 집'이라 떠올릴 집이 있었으면 좋겠다는 가장 정겨운 바램을 가질 때, 나는 상상 속에서 울타리 너머로 쪽두리꽃이 고개를 내밀고 있는 옛날 초가집들을 모두 내 동무의 집이라 떠올리곤 한다. 그래, 그때 어디에나 있었던 그런 시골집들 중의 하나쯤 어쩌면 내 동무의 집이었을 수도 있지 않은가 하는 생각으로.

목화솜 이불

날씨가 꽤 쌀쌀해졌다. 장롱에서 두툼한 목화솜 이불을 꺼내 덮으니 묵직하게 꾹 눌러주는 맛이 여간 아니다. 이 이불은 옛날 우리 밭에서 씨 뿌리고 거두어 수십년간 보관해 두었던 목화로 내가 결혼할 때 어머니가 손수 만들어 주신 천연 목화솜 이불이다. 가끔씩 이렇게 목화솜 이불을 덮으면 가뿐한 요즘 이불을 덮을 때와 다른 진중한 훈기를 품을 수 있게 된다.

이제 세월이 많이 흘러 기억도 희미하지만 어릴 때 내가 살던 마을 들녘은 가을걷이가 끝난 이맘때면 하얗게 피어 벌어진 목화를 따는 일이 한창이었다. 세월이 흘러 기억이 희미해진 까닭에는 세월의 양적인 흐름도 있겠으나, 아예 우리의 눈앞에서 사라지고 말아 더 이상 볼 수 없는 사물들에서 오는 잊혀짐의 의미가 더 많은 비중을 차지한다 하겠다. 세월이 흘렀더라도 종종 혹은 가끔씩 일지언정 눈으로 직접 확인해 볼 수 있는 대상이라면 그래도 잠시 기억의 언저리를 어림하며 그 생각 속에 머물러 볼 수 있는 기회가 주어지기도 하지만, 그리 오래 전 일이 아님에도 사회 또는 산업구조가 완연히 달라지면서 우리로부터 아주 오래 전 일이었던 듯 잊혀진 일들이 얼마나 많은지…불과 삼십년전 안팎만 해도 흔

했던 목화가 지금은 아예 재배되지 않고 수요의 전량을 수입에 의존하게 되어 이젠 생김새조차 기억하는 이가 많지 않다.

농촌의 가을 아침은 언제나 새벽부터 가을걷이로 바쁜 어른들의 수런대는 거동과 함께 밝아왔다. 농촌의 아이들도 아침잠이 없었다. 추수철이 되면 네발 달린 동물이라면 모두 동원되다시피 바빴다. 학교에서도 일주일 정도의 가을 방학이 주어졌다. 가을 아침은 늘 아스름한 안개와 알맞게 습기가 배인 풍경으로 나를 맞았다. 그것은 전연 선명하지 않은 몽롱함과 은근함으로 한 발 한 발 내딛을 때마다 살갗에 안개의 입자를 촘촘히 떨구곤 했다. 나는 거의 그 입자들을 낱낱이 만져볼 수 있을 것만 같은 지경이 되어 혼곤히 취한 채 가을 아침의 논둑길을 자박자박 걸어다니곤 했다.

내가 그렇게 걸어다니고 있는 동안에도 이쪽 저쪽 논에서는 탈곡기 소리와 어른들의 굵직한 웅성거림들이 쉬임없이 들려오고 있었다. 내겐 그런 기계음과 탈곡기에 볏단을 집어넣으랴, 낟알을 긁어내랴, 추수에 열중하고 있는 어른들의 모습이 전연 바쁘게 느껴지지 않았다. 서둘러 탈곡을 마치고 다른 가을걷이를 해야 하는 바쁜 마음으로 한껏 분주한 동작에서나, 그러느라 사이사이 들려오는 추임새 같은 고함에서조차도 느리게 흐르는 일관된 물길 같은 한가함과 적요가 감지되었다. 그것은 마치 정지된 하나의 풍경 같기도 하고 땅 밑에서 울려오는 듯한 장중하면서도 낮은, 형체를 드러내지 않는 어떤 묵시처럼 여겨지기도 했다.

희뿌윰한 새벽부터 오롱가룽 오롱가룽 소리를 내며 돌아가는 탈곡기 소리에 잠이 깨면 가을 방학을 맞은 아이들은 갖가지 잔일을 돕거나 벼베기가 끝난 논에 나가 이삭줍기를 했다. 나는 벼를 베어낸 자리의 그루터기를 하나하나 밟고 그 우둑우둑하는 감촉에 기꺼워하며 이삭을 줍다가, 어느 집 바람벽에서 혹은 책에서 보았던 밀레의 <만종>이나 <이삭줍기>를 떠올리곤 했다.

해질녘, 모두 베어내어 그루터기만 가지런한 텅 빈 논에서 그 그림들을 떠올리자면 어찌나 가슴이 벅차오르던지 마치 내가 그 그림들 속의 인물이라도 되는 듯 그 자리에 마냥 서있고 싶었다. 턱없이 감동적인 상태가 되어 순해지고 쓸쓸해지던 그때의 느낌은, 그 나이의 내가 어림잡을 수 없는 어떤 설움의 물결이 한 켜 한 켜 가슴속에 쌓이는 것이 스스로 감지되는 그런 생생한 느낌이었다.

갖가지 가을걷이 중에서 내게 가장 멋스러운 장관으로 여겨졌던 일은 콩타작이었다. 한번 콩을 내리치고 휙 허공으로 들려진 도리깨는 도리깨 꼭지 부분에서 한 바퀴를 돌아 다시 콩더미를 때렸다. 의좋은 부부는 도리깨질도 타닥타닥 장단이 잘 맞았다. 어느 집 부부는 사이가 좋지 않아 도리깨질도 맞물려 서로의 몸을 때리고는 노려보며, 싸우며 도리깨질을 하느라 한층 더 분주했다. 그런 모습을 엿보고 킥킥대며 징검징검 뛰어가는 밭둑엔 비스듬히 서너 묶음을 기대어 세워놓은 깻단들이 정겹다. 깨가 다 마르게 되면 일일이 깻단의 깨알을 털어낸다. 내 기억에 그 일은 허리가 꼬부라진 할머니들이 바짝 쪼그리고 앉아 조금도 조급하지 않은 손놀림으로 마치 소일 삼아 하는 일처럼, 느린 움직임으로 남아 있다.

타작을 끝낸 콩가지며 깻단들은 버려지지 않고 땔감으로 쓰였다. 바삭하게 건조된 땔감들은 아궁이 속에서 따다닥 따다닥 불꽃을 튀기며 어쩌면 저희들의 본색모양 고소한 냄새를 풍기는 것도 같았다.

그러나 뭐니뭐니해도 가장 내 기억에 남는 일은 목화를 따는 일이었다. 모든 가을걷이중 맨 마지막 들일이었던 그 일을 내가 무척이나 싫어했기 때문이다. 우리 목화밭은 논둑을 지나고 밭을 거치고 집에서 한참 떨어진 곳, 땅콩밭 옆에 있었다. 아침이면 희뿌연 서리가 깔리는 그때쯤 며칠간 목화를 따고 나면 손이 다 터서 꺼칠꺼칠해지고 손등에서는 살이 튼 사이로 피가 배어 나오기 일쑤였다. 목화줄기들은 유독 바싹 말라 그 메마르기가 마치 백조가 된 왕자 이야기에 나오는 가시덤불이 연상될 지경으로 수없이 내 얼굴과 손을 할퀴며 눈물을 머금게 했다.

학교에 다녀오자마자 어머니의 부름에 이끌려 비료푸대를 머리 위로 휘휘 날리며 목화밭에 나가 하얗고 탐스런 목화를 따다 보면 짧은 가을 해는 금세 기울어 감빛 노을 속에 당너머 고갯마루가 흥건히 젖게 마련이었다.

늦가을의 바람막이도 없는 저녁 들녘은 어찌나 매몰차게 춥던지 지금도 그때를 떠올리면 등에 오싹하니 한기가 실려온다. 그렇게 하기 싫어 요리조리 꾀를 부리고 다 딴 후엔 영락없이 몸살을 앓으면서도, 목화의 쓰임새와 소중함에 대해 끊임없이 얘기하시는 어머니의 옆고랑을 지키며 나는 꼼짝없이 목화를 땄다.

우리 목화밭은 무척이나 넓어 늦가을 들판을 하얀 풍요로움으로 가득하게 했다. 벌써 전부터 앞일을 내다보시고 그렇게 미리미리 솜을 준비해 두어야 했던 까닭은 우리 딸 삼형제 때문이었다. 비료 푸대에 담아 집안에 들여온 목화는 물레를 돌려 씨를 잣고 일일이 손으로 펴서 솜을 만들어 다락에 고이고이 보관해 두었다. 사는 솜은 못쓴다고 아직 누가 될지 모르는 훗날 딸들의 시어른들 몫의 침구까지 염두에 두셨던 어머니의 마음을 나는 결혼을 하고 나서야 어림짐작이나마 하게 되었다.

어머니가 나를 시집 보낼 때 만들어 주신 그 따스한 목화솜 이불을 다시 덮는다. 훈기를 담은 솔기마다 내 어릴적 가을날의 기억들, 휑한 들판 한 가운데서 찬바람을 참아내며 목화를 따던 어머니의 정성이 오롯하다.

27년이라는 세월

　집안 일을 끝내고 한가하게 창밖을 내다보고 있었다. 오랜만에 소나기가 내렸다. 비가 내리자마자 벌써 시원한 바람기가 느껴진다. 바람에 흙내가 실려온다. 앞산의 흙냄새일 것이다. 며칠 전부터 앞산에 몰려와 나뭇가지들을 치우고 자리를 깔고 앉아 피서하던 할머니들이 소나기가 내리기 시작하자 황급히 자리를 떴다. 아마 그 수선통에 산자락의 흙이 들썩거려 내게까지 흙내를 보내었나 보다.

　그때 마침 전화벨이 울렸다. 낯선 중년 남자의 목소리였다. 이런 시간에 내게 전화를 걸어올 남자란 없었다. 달갑잖아 하는 내게 목소리의 주인이 내 이름을 확인하더니 자신을 밝혔다. 초등학교 동창 아무개라고. 제헌절날 동창회 모임을 갖기로 했으니 꼭 참석해 달라고 했다. 상대는 내 연락처를 알아내는데 경찰인 동창의 힘을 빌리는 등 애로가 많았던 데다 시일도 많이 걸렸다고 퍽이나 감격스러운 어조로 말했다.

　남들이 초등학교 동창회에 간다는 말만 들어보았지 내가 실제로 그 일을 경험하게 될줄은 몰랐다. 6학년 때 담임이셨던 선생님까지 참석하신다는 말에는 갈지 말지 망설이던 마음이 무색해지리만치 반가웠다.

그 전화가 있고 동창회가 열리기 전까지 서울이며 지방 어디 어디에 산다는 동창들로부터 수없이 전화가 왔다. 전화 속의 목소리들은 한결같이 들떠있고 흥분이 실린 채 자기를 기억하느냐고 도무지 기억해낼 수 없는 중년 남녀의 목소리로 물어왔다. 그러나 내겐 그 목소리들이 27년이라는 단절된 세월을 이어줄 수 없는 비현실적인 느낌으로 다가올 뿐이었다. 까마득히 깊은 지하로부터 들려오는 울림이라면 맞을까. 그들은 전혀 아무것도 자신들에 대해 기억해 내지 못하는 나에 대한 서운함을 호들갑스런 인사치레로 얼버무리며 전화를 끊었다. 나는 그런 그들에게 쑥스러워하며 많은 세월이 흘러서 그런 모양이라고 기억하지 못하는 일에 대해 궁한 변명을 했다.

동창회날은 비가 올 듯 말 듯 몹시 무덥고 습한 날씨였다. 집결지인 역에는 관광버스가 한 대 세워져 있고 그 주위에 한 무리의 중년 남녀들이 어울려 있었다. 그렇게 무리지어 모여있는 모습이 주위에 더 없었으므로 나는 한 눈에 그들이 내 동창들임을 짐작할 수 있었다.

악수를 청하며 자신의 이름을 밝히는 남자 동창들 중에 기억나는 인물이 두엇 있었다. 한 사람은 내가 서울로 전학을 온 뒤 내게 처음으로 연애편지란 걸 보냈던 아이였고, 또 한 사람은 몇 학년 때부터인지 확실치는 않지만 아이들이 만든 스캔들 속의 내 상대였던 아이였다. 관광버스는 운송사업을 하는 동창이 내었고 동창회 모임을 결성한 주인물들은 모교에 에어컨을 설치해 주는 등 왕성한 의욕을 보이며 이날의 모임에 뜻깊은 의미를 부여하고 있었다.

버스는 가끔씩 미리 약속이 되어있는 장소에 정차하며 이곳 저곳에 살고있는 동창들을 태웠다. 동창들은 만나자마자 서로의 이름만 밝히면 금방 알아보곤 얼싸안으며 떨듯이 반가워했다. 그런 모습은 그동안 그들의 전화를 받으면서도 그랬지만 의아할 정도로 그들로부터 나를 고립시키는 작용을 했다. 그들과의 내 기억은 다 어디로 가버린 것일까. 내 기억 속에는 왜 그들이 없을까. 얼굴을 대하면서 기억이 떠올려지는 동창은 몇몇에 불과했다.

주로 할머니 얘기만 해서 부모가 없는 것으로 여겨졌던 유순이. 유순이가 내 기억에 남아있는 것은 장아찌 때문이었다. 나는 지금도 그애가 도시락 반찬으로 싸오던 무장아찌 맛을 기억한다. 유순이네 무장아찌는 유난히 반질반질 윤기가 흐르고 감칠맛이 있었다. 유순이는 그 무장아찌를 꺼내며 제 도시락은 꼭 할머니가 싸주신다고 할머니 얘기를 했었다. 나는 그래서 지금도 무장아찌하면 유순이와 유순이 할머니를 동시에 떠올리게 된다. 그렇다고 유순이의 어렸을적 모습이나 유순이 할머니의 모습을 기억하는 것은 아니고 그저 장아찌와 연관시켜 더불어 떠올리게 된다는 말이다.

그 다음으로 기억할 수 있는 동창은 희순이다. 그때나 지금이나 키가 무척 크다. 초등학교 시절 내내 나를 몹시도 괴롭히던 아이였기 때문에 나는 그애를 잊을 수가 없다. 몇몇 아이를 늘 거느리고 다니며 나를 괴롭히도록 조종했고 저 자신도 내 호피무늬 코트의 장식을 잡아 떼거나 옷핀으로 찌르기도 했다. 그 희순이가 지금은 군인의 아내가 되어 있었다.

남자아이들보다 여자아이들의 괴롭힘은 한층 더 내 마음에 깊은 상처를 내곤 했다. 남자아이들은 학교 운동장에 있던 플라타너스 나무에서 털투성이 벌레를 집어들고 그때나 지금이나 벌레라면 자지러지는 내 몸에 던져서 놀래키는 장난을 일삼았다. 남자아이들이야 원래 좀 짓궂게 마련이니 그러려니 할 수도 있었다. 여자아이들의 괴롭힘은 보다 치밀하고 은밀한 잔인함을 동반하고 있었다. 나는 그 점이 견딜 수 없었다. 나는 왜 그들의 미움의 대상이 되어야 하는지, 그들은 왜 나를 자신들과 다르다고 여기는지, 나는 초등학교를 다니는 동안 줄곧 그 일로 시달려야 했다.

주변 도로가 확장되고 교문 밖에는 깔끔한 건물들이 들어서 주위 환경이 완연히 달라진 모교에 도착했다. 학교 앞을 흐르던 도랑도 사라지고 그 근방에 유일했던 교문 앞 가겟방도 자취를 감추었다. 엄연히 존재하던 모습들의 사라짐. 그 사라진 자취를 두리번거리느라 어릿어릿한 가운데 공식적인 행사가 끝나고 식사를 한 후 여흥 순서가 시작되었다.

귀청을 울려대는 밴드소리에 지쳐 운동장으로 나와 옛날의 그 플라타너스 나무 아래 서있을 때 스캔들 속의 내 상대였던 재석이가 따라나와 옆에 섰다. 예전처럼 지금도 왜소한 체구다. 그는 나즈막한 목소리로 자기가 보고싶지 않았느냐고, 저는 나를 많이 생각했고 보고 싶었노라고, 그렇게 내게 옛날 일을 애기하기 시작했다. 그가 그 말을 하는데 기어코 찌푸렸던 하늘에서 비가 쏟아지기 시작했고 우린 비를 피해 우리가 공부했던 교실 앞 차양 밑에 섰다.

그는 몇 학년 땐가 홍수가 났었는데 학교 앞 냇물이 불어 제가 나를 업어서 냇물을 건네주었다고, 그 일을 기억하느냐고 결국 기억나지 않는다는 말을 하고 마는 나를 한없이 쓸쓸하게 하는 그런 목소리로 물었다. 할아버지 심부름으로 우리 집에 오게 될 때면 안산 고개에만 올라서도 벌써 가슴이 떨리고 부끄럽고 그랬다고 말하면서 재석이는 웃었다. 우리집 대밭 사이에 샘이 있었는데 나보고 그 샘이 기억나느냐고, 내가 늘 맴돌았던 내집의 샘을 오히려 그가 상기시키며, 참새를 잡으러 일부러 우리 대밭까지 왔었노라는 얘기도 했다. 그 얘기들을 하고 있는 그의 표정이 어찌나 애잔한지, 나는 그때 저 애는 남은 세월도 저 표정으로 견디어 나가겠구나 하는 생각을 했다.

어느덧 해가 기울기 시작했다. 여흥은 질펀하게 계속되고 있었고, 행사를 마치고 서울로 오는 버스 안에서도 그 분위기는 끝이 없을 듯 이어졌다. 무엇이 저들을 저렇게 몸을 뒤흔들며 소리지르게 만드는 것일까. 옆을 지나는 차안의 이목을 염려한 나머지 커튼을 치면서까지 선 채로 고성방가하는 그런 무리들과 한 치도 다름이 없는, 어쩔 수 없는 중년의 모습으로 그들은 변해 있었다.

나는 처음과 달리 모임이 계속되는 동안 내내 알 수 없는 쓸쓸함에 가슴이 아려옴을 어쩌지 못했다. 그 가슴아린 쓸쓸함의 출처는 어디일까. 저런 식의 몸짓이 동심으로의 회귀란 것일까. 저들은 혹시 이미 잃어버린 동심에 대해, 젊음에 대해 안간힘을 쓰고 있는 것은 아닐까. 결코 다시 돌이킬 수 없음을 알기 때문에 저리도 필사적이 되어 있는 게 아닌지. 그럼 왜 나는 그렇게 되어지지 않는 것일까. 나는 그곳에서도 그들과 같이 어울어질 수 없었다.

오는 길에 한 남자 동창이 자기 회사의 후원으로 TV에서 잊고 있던 사람을 만나게 해주는 프로를 통해서라도 나를 찾으려고 했다는 말에 나는 잠시 무안해졌다. 기를 쓰고 옛사람을 만나고자 하는 사람의 진면목은 무엇일까.

헤어지며 겨울에 다시 모임을 가질 예정이니 꼭 참석해 달라는 말을 들었지만, 나는 내가 다시 참석하는 일은 없을 것임을 잘 안다. 돌이킬 수 없는 것들에 대한 애절함이나 안타까움… 그 모든 것들로부터 차오르며 내 안에 서식하는 쓸쓸함을 마주할 자신이 없기 때문이다.

서울 구경

　나는 여섯살 때 서울 구경을 처음으로 했었다. 부모님은 동생들을 할머니와 식모에게 맡기고 오빠와 나만 데리고 가셨다. 초등학생이던 오빠도 동행했던 것으로 미루어 여름방학 때였나 보다.

　엄마는 벌써 며칠 전부터 장날 떠온 옷감으로 옷을 만들기 시작하셨다. 흰 바탕의 포플린에 보라색 도라지꽃 무늬가 잔잔한 천이었다. 엄마는 그 천으로 당신과 나의 원피스를 만드셨다. 처녀적부터 바느질 솜씨 좋기로 칭찬이 자자했었다는 엄마의 손에는 무엇이든 천이 닿기만 하면 후줄그레하던 헌옷조차도 금세 요술을 부린 듯 매끈한 새옷으로 변했다. 그런데 어쩐 일인지 나는 그런 엄마를 닮지 못했다. 어렸을 땐 매일 재봉틀 앞에 앉아 계신 엄마 곁을 맴돌며 한번이라도 더 재봉틀에 손을 대보고 싶어 안달을 하다가 바늘에 손가락이 박히기까지 했으면서도 정작 커서는 너끈히 재봉질 할 나이임에도 기피하기에만 급급했다.

　나는 지금도 재봉틀을 어떻게 다루는지 모른다. 어쩌면 그렇게 엄마와 다를 수가 있을까. 어려서 너무 낯익었던 것이라 되레 멀어지는 현상일까. 하지만 지금도 재봉틀을 앞에 하고 다르륵 다르륵 바늘이 굴러가고 뒤편으론 옷감더미가 구름처럼 뭉실뭉실 노루

발을 향해 밀려드는 그런 장면은 나를 지극히 아늑하게 한다. 아마 평생을 살아가며 이처럼 오래오래 아름다운 풍경으로 간직하라고 어린 시절 그렇게 질리지도 않고 재봉질 하시는 엄마 곁을 떠나지 못했는지도 모른다.

나는 동무들과 소꿉장난할 생각도 않고 재봉틀 옆에만 붙어 있었다. 첫 서울 나들이인데 오죽했을까. 서울 갈 때 입고 갈 새 원피스를 지금 엄마가 만들고 있는데 그걸 보지 않고 어떻게 한가하게 밖에 나가 소꿉질 따위를 할 수 있겠는가 말이다. 나이는 어려도 소견은 빤하다는 얘기다. 엄마 역시 걸리적거린다고 나가 놀라 꾸짖기는 커녕 시종 콧노래를 흥얼거리시며, '어디 품이 맞나 대보자'하거나 '칼라는 어떤 모양으로 하면 좋을까'하면서 마름질한 옷을 내 몸에 대 보기도 하고 내 의견을 묻기도 하셨다.

그 여름 서울 나들이 길에 나선 우리 네 식구의 옷차림은 이랬다. 아버지야 늘 멋쟁이셨다. 시골에 사시면서도 양반 지주댁 종손이라는 신분에 충실하시느라 직접 농사일에 손대지 않고 서울 출입이 잦으셨던 때문이다. 아버지는 내가 중절모라 알고 있는 상아색의 여름용 모자를 쓰셨고 역시 상아색 양복을 입으셨다. 포마드를 잔뜩 바르신, 모자가 가리지 못한 부분의 머리카락이 햇볕에 반짝이던 게 기억난다. 오빠는 엄마가 아버지의 헌 양복을 잡아 멋지게 만든 반팔 양복 차림이었다. 엄마는 어른의 옷을 아이들 옷으로 개조할 때 늘 '잡는다'는 표현을 쓰셨다. 계절이 바뀔 무렵 옷장 정리를 하실 때면 항상 이렇게 중얼거리고 계셨다. '이 바지를 잡아서 누구 걸 만들면 좋을까', '이 코트는 잡으면 큰애 것이 되겠구나'라고. 세상에 얼마나 드문 행운인가. 나는 엄마가 만들어주신 이 세상에 유일무이한, 오직 단 하나 뿐인 옷을 입고 자랄 수 있었다. 엄마와 나는 예정대로 똑같은 천으로 만든 도라지꽃 무늬 원피스를 입었다. 우리 네 식구는 그렇게 성장을 하고 오랜 세월 우리 논둑을 지키고 서있는 미류나무 가지에서 악을 써대는 매미 소리를 배경으로 드디어 서울행 기차를 탔다.

아버지는 맨처음 우리 식구를 창경원으로 데리고 가셨는데, 나는 어린애였으면서도 동물원의 원숭이라든가 공작새의 자태 같은 것에 대해 그다지 흥미를 느끼지 못했나 보다. 그런 것들에 대한 기억을 전혀 갖고 있지 않으니 말이다. 그 다음 남산에 갔는데, 나는 그곳이 참 인상적이었다. 남산으로 향하는 비스듬한 오르막 길 중턱에서 아이스크림이란 걸 팔고 있었다. 그 아이스크림은 시골에서 여름날 어쩌다 몇 번 먹어 보았던 '아이스케키'와는 영판 달랐다. 과자로 된 컵, 그 안에 담긴 몽글몽글 보드랍기 한이 없을 듯한 난생 처음 보는 아이스크림. 그런 맛, 그런 모양의 아이스크림이란 게, 내게는 서울이란 곳에 대한 느낌을 단박에 전해 주는 경이로움으로 다가왔다.

케이블카가 있었던지, 그래서 케이블카를 탔던지, 그런 것도 내 기억엔 없다. 다만 남산 가던 길 어느 골목에서 술에 취한 청년들 몇이 어울려 고래고래 외치듯 불러대던 이상한 음악에 깜짝 놀랄 만큼 충격을 받은 나머지 어리둥절했던 기억만이 선명하다. 시골에서 라디오를 통해 클래식 소품이나 연속극 주제가 밖에 들어본 적이 없는 내 귀에, 그 이상한 생전 처음 듣게 된 음악은 귀를 통해 들어와 머리를 온통 뒤흔들고 마침내 감수성의 통로를 한꺼번에 활짝 열어 제꼈던 것이다. 제목도 모르고 멜로디를 처음부터 끝까지 다 아는 것도 아니면서 지금까지도 기억하는, 'sing sing sing sing 어쩌구'하던 그 노래.

그리고 그 날 저녁이 되어 청파동 작은 할아버지댁에 가는데, 골목안 어느 집 창문에선가 흘러나오던, '오오오 쌔~애드 무비'하는 노래가 전해 주던 그 까닭없이 어린 마음을 울적하게 적시던 청승맞음이라니.

여섯살의 첫 서울 나들이 길에서 나는 어쩌면 훗날의 아무데도 쉬이 섞이지 못하는 내 고질적인 성벽의 한 구석을 미리 보였던지도 모른다. 당연히 창경원의 원숭이가, 공작새가, 그리고 남산의 케이블카가 흥미진진했어야 하지 않았을까. 내 속에 무엇이 있어 어딘가 그로테스크한 것, 무언지 썩어가는 기미가 풍기는 것에 마음을 쏠리게 하는 것일까. 자란 후에 내 고질적인 성벽이 거대한 타인의 벽에 막힐 때마다 나는 그때의 일이 생각나곤 했다. 어쨌든 먼 훗날의 내 감수성에 아무런 귀띔도 하지 않고 서울은 첫 서울 나들이길의 내게 그런 얼굴을 보여 주었다.

꽃게 엄지발의 행복

　지금 농촌에서는 모내기가 한창이다. 나 어렸을 때 모내기철이면 꽃게와 갈치, 오징어가 제 맛이었다. 시절 음식의 의미가 사라져 이젠 아무 때나 무엇이든 먹을 수 있게 되었지만 오히려 그 때문에 무얼 먹어도 그 맛이 그 맛이 되어 시들해졌다. 어른들은 계절이 바뀔 때마다 무엇 무엇을 먹을 철이다, 뭐가 제맛이겠다며 그 철에 나는 먹거리로 계절을 대변했다.

　나도 이맘때쯤이면 노란 알이 꽉 찬 꽃게와 갈치에 대한 기억이 절로 솟구쳐 오른다. 제철을 만난 꽃게는 어찌나 살이 쫄깃하고 알이 여문지 몰랐다. 게딱지 안에 단단하게 붙어있는 노란 알을 젓가락으로 요리조리 힘을 주어 떼어내 입안에 넣으면 그 알은 꼬득꼬득 영근 감촉으로 씹히며 고소한 맛을 입안 가득 감돌게 했다. 다른 생선의 알보다도 꽃게의 알이 더 꼬득꼬득한 것은 그것의 입자가 아주 미세하기 때문인 것 같다.

　우리 고향에서는 생선을 파는 사람을 갯것장사라고 불렀다. 모내기철이면 갯것장사들이 우리 집에 줄을 잇다시피 했다. 일꾼들을 잘 먹이기 위해 음식을 많이 장만했는데 아마 갯것장사들은 어느 마을의 어느 집에서 언제 모내기를 하는지 다 헤아리고 있는 듯했다. 갯것장사는 때맞춰 꽃게나 갈치, 오징어를 가득 담은 커다란 양은 다라이를 이고 땀을 뻘뻘 흘리며 우리집 대문으로 들어서 안마당에 쿵 내려놓았다. 갯것장사는 머리에 얹혀 있던 또아리를 내려 땀을 훔치며 뜰에 앉아 가쁜 숨을 가라앉혔다. 그러는 동안 일하는 언니가 밥상을 내왔고 그이는 보리가 섞인 밥 한 사발을 게눈 감추듯 먹어 치우고는 우리 할머니와 어머니, 일하는 언니를 도와 생선 다루는 일을 했다.

갈치 비늘은 호박잎으로 벗겼다. 호박잎을 센 것으로 뜯어다가 썩썩 문지르면 반짝이던 비늘이 밀려나고 연한 갈치 속살이 드러났다. 오징어는 또 어땠는가 하면, 그때의 오징어 속에서는 하얗고 납작한 뼈가 나와서 아이들은 그것으로 배를 만들어 냇물에 띄우며 놀기도 했고 잘라서 지우개로 쓰기도 했다. 잘못해서 공책을 찢어 먹기도 했는데, 딱딱한 오징어 뼈를 지우개로 쓸 생각을 했다니 지금 생각하면 좀 어이가 없기도 하지만 그래선지 내 기억중에서도 아주 독특한 것으로 여겨진다.

이제 생선 다루는 일이 다 끝났다. 갯것장사는 생선값으로 곡식 말을 받아 이고, "다 갈아 주셔서 고마워유. 밥두 많이 얻어 먹구 잘 쉬다 가유."하며 대문을 나섰다.

저이네 집에도 나처럼 어린 아이들이 있겠지. 이제나 저제나 엄마가 언제 올까 눈이 빠지게 기다리고 있겠지. 오늘은 엄마가 갯것을 다 팔아서 곡식을 많이 받아 왔으면 얼마나 좋을까. 그래서 보리밥이나마 실컷 먹어볼 수 있기를 고대하고 있을 것이다. 나는 그때 우리집 대문을 나서는 갯것장사의 남루한 뒷모습을 보며 잠간 그런 생각을 했던 것 같다. 윗저고리는 한껏 위로 당겨지고 해진 런닝셔츠가 허리춤에서 비어져 나온 몸뻬바지의 뒷모습에서.

　마루에 앉아 그렇게 떠나는 뒷모습을 보고 있자면, 갯것장사가 오면서 잔칫날처럼 풍요롭던 마음은 잔치가 끝나고 사람들이 다 떠나간 후의 텅 빈 마당처럼 마음 한 구석에 슬며시 그늘이 들어 앉곤 했다.

　할머니와 어머니는 다 다뤄진 생선을 간수하는데, 끓일 것, 조릴 것, 구울 것 등으로 조리법에 맞게 분류해 두었다. 그 중에서 구울 것을 향해 내 눈이 가자미눈이 되었다. 그것은 특별히 오빠를 위한 몫이었기 때문이었다. 두 분은 어쩌면 그렇게 오빠를 위한 일이라면 의기가 투합되는지, 그런 때는 할아버지도 아버지도 별 의미가 없는 존재인 듯했다. 사실 그건 나 혼자만의 삐딱한 생각에 불과했지만 그 나이의 내겐 할머니와 어머니의 그런 처사가 도무지 불공평하고 억울하기 이를 데 없었다. 두 분은 의식주 전반에 걸쳐 오빠와 나머지 형제들을 차별했다. 빨래를 널 때 오빠의 빨래는 빨랫줄의 한 가운데에 넌다든지, 밥상에 앉을 때도 오빠는 모서리에 앉으면 안되고 깍두기를 먹을 때도 오빠는 반듯하게 네모난 것만 골라 먹게 했다. '아들이면 대수인가. 종손이면 제일인가' 우리 딸 형제들은 어른들 앞에서는 아무 불평도 못하고 공깃돌 놀이를 하거나 뒷뜰에 비질을 하면서 어른들의 불공평한 처사에 대해 입을 삐죽거렸다. 어른들은 그렇다치고 더 얄미운 건 오빠의 태도였다. 너무도 당연한 듯이 자신에 대한 어른들의 떠받듦을 받아들였고, 마치 자기는 그렇게 태어나게 되었던 듯이 행세했다. 그렇지 않고서야 어떻게 동생들에게 눈꼽만큼도 미안한 기색이 없단 말인가.

　할머니와 어머니의 그 차별대우는 식생활에서 유독 두드러졌다. 텃밭에서 금방 뜯어 하얀 진을 머금고 있는 싱싱한 쑥갓을 넣어 그 향긋함이 군침을 돌게 하는 오징어 국을 퍼줄 때, 오빠의 대접에는 건더기가 그득하고 우리 딸들의 대접엔 국물에 건더기는 몇 개 둥둥 떠다닐 뿐이었다.

"왜 오빠만 건더기를 많이 줘? 우린 먹을 게 없잖아!"

나는 그런대로 군소리 없이 먹지만 동생은 꼭 한 마디씩 하고는 지청귀를 먹었다.

"더 줘. 오빠는 건더기 다 먹지도 않고 꼭 남기면서…"

지청귀를 먹고 찔끔 풀이 죽었으면서도 동생은 기어코 한 마디를 내뱉고, 그 대가라도 되듯 조금 더 건더기를 얻어먹곤 했다. 그러면 할머니는 나를 건너다보시며, "너도 더 주랴?"하시며 꽁알꽁알 불평을 하고 얻은 동생의 것보다 좀 더 많은 양의 건더기를 내 대접에 퍼 주셨다.

꽃게찌개를 먹을 때의 풍경은 또 어떤가. 게딱지는 할아버지나 아버지의 몫이었고 오빠는 꽃게의 다리 중에 살집이 제일 통통한 엄지발만 차지했다. 우리는 그 나머지를 먹거나 할아버지나 아버지가 남기신 게딱지를 알뜰히 발라먹을 수 있을 뿐 감히 엄지발에는 젓가락을 댈 엄두조차 내지 못했다.

내가 지금까지도 잊지 못하고 해마다 이맘때면 그때의 냄새가 코 주위를 맴돌아 아쉬워지는 게 있는데 바로 구운 갈치다. 할머니는 오빠 몫으로 갈치 가운데 토막만 골라 소금을 간간하게 뿌려 대바구니에 알맞게 말려 놓으셨다. 그것을 오빠가 학교에서 돌아오면 풍로에 숯불을 피워 석쇠에 올려 구우셨다. 햇살은 더없이 눈부시고 바람은 솜털을 간지럽히며 산들거리고 갈치 굽는 냄새는 부엌에서 마당으로 퍼져 나오다가 결국은 대청마루에서 숙제를 하고 있는 내 콧속에까지 다다랐다. 숙제를 하면서도 나는 '오빠가

갈치구이를 좀 남길까? 쬐끔만이라도 남겼으면 좋겠다' 라는 생각
뿐이었다. 그러나 오빠는 갈치가 탔다느니 짜다느니 까탈을 부리
고 헤집어 대면서도 다 먹어 치우는 것이었다.

배가 고픈 것도 아니면서 공복의 허기 비슷한 것은 멈추지 않았
고 그 순간의 소원이라면 그저 노릿노릿 구운 갈치를 마음껏 먹어
보는 것이었다. 지금도 그때의 갈치를 굽던 냄새가 진동하는 것
같다. 갈치에 숯불의 화기가 쏘여지기 시작하면서 서서히 연기가
부엌 문 밖으로 새어 나오고 갈치살이 익기 시작하며 솔솔 풍겨
나오던 그 견딜 수 없는 냄새가.

그렇게 불평등하고 인색하게 취급되었던 억압의 세월은 머지않
아 해방을 맞게 되었다. 나는 결혼을 했고, 다행스럽게도 나의 남
편은 여자가 귀한 집에서 자란 덕분인지 먹을 것을 두고 남자니
여자니 구분을 하지 않았다. 한 마디로 똑같은 사람 입인데 똑같
이 먹는 법을 실천하는 사람이었다. 나는 처음엔 오히려 그런 방
식에 적응하는 일이 생경했다. 게다가 남편은 자기 입보다 아내인
내 입을 우선으로 배려해 주는 것이었다. 친정에선 한번도 보도
듣도 못하던 일이었다. 아버지는 돌아가실 때까지 한번도 어머니
한테 그렇게 하신 적이 없었다.

결혼 후 어느 해 겨울, 모처럼 시장에 딸기가 났길래 사가지고
편찮으신 아버지를 뵈러 친정에 간 적이 있었다. 딸기를 씻어 아
버지 옆에 놓으며, "아버지, 벌써 딸기가 나왔어요. 좀 들어 보세
요." 하고 방을 나왔다가 얼마 후에 들어가 보니 딸기 접시가 말
끔히 비워져 있었다. 어머니한테 드셨느냐 했더니 아니라셨다. 아
버지는 어머니한테는 들어 보라 권하지도 않고 당연히 혼자만 다
드신 것이었다.

결혼과 더불어 나는 신분이라도 상승된 듯 자신만만해졌다. 먹는 것으로부터의 해방이 이토록 큰 기쁨을 주다니, 삶에 대한 자세도 달라지는 것 같았다. 할아버지로부터 소탈하고 대범하게 살아가는 법을 배우고 자란 남편은 우리 오빠와 달리 자질구레한 일에 까탈을 부리지 않았다. 그래선지 생선을 먹을 때도 일일이 가시를 발라내지 않고 웬만한 것은 그냥 씹어 삼키었다. 그것도 내겐 처음엔 몹시 당혹스런 일이었다. 저러다 잇몸이나 목을 상하면 어쩌나 싶기도 했다.

이제 남편은 아이들에게도 그 방법을 물려주고 싶어한다. 그 방법이 대물림 될 수 있을지 어떨지 모르겠지만 우리 식구는 먹는 일에 있어서 아주 자유롭다. 나는 결혼하면서 꽃게딱지도 엄지발도 아무런 죄의식 없이 먹을 수 있게 되었고, 구운 갈치를 먹고 싶으면 아무 때나 구워서 가운데 토막까지 자유롭게 먹을 수 있게 되었다. 아니 오히려 남자인 남편이 게딱지 속의 노란 알을 꺼내 아내인 내 밥숟가락 위에 놓아주니 어린 시절의 그 억압의 세월은 충분히 보상 받고도 남는 셈이다.

나는 남편과 불화가 있을 때도 금방 기분을 전환시킬 수 있다. 꽃게 엄지발도, 갈치 가운데 토막도 마음껏 먹을 수 있는 행복이 어디 그리 흔한 일이던가. 익히 알고 있듯이 행복이란 큰 것에서 오는 것이 아니지 않던가. 오히려 작고 사소한 일에서 그것은 더욱 뿌듯하게 실감되어지는 법이므로. 음식을 놓고 자기 입에 넣기 바쁜 남편이 아니어서 얼마나 다행이고, 어떤 때는 자식의 입보다도 아내의 입을 먼저 생각해 주는 남편, 꽃게 엄지발 속의 쫄깃한 살을 발라 아내의 입에 넣어줄 줄 아는 남편을 둔 일보다 더 행복한 일이 어디 또 있겠느냐고 상기하면서 말이다. 내게 아무리 어

려운 일이 닥치더라도 상기해 낼 남다른 행복이 있으므로 나는 줄
곧 대범한 아내일 수 있으리라.

샴푸

　빨래비누로 아이들의 머리를 감겨 주다가 문득 옛날 일이 떠올라 슬며시 웃음이 나왔다.

　중학교 때 담임 선생님이 어느 날 내 머리를 보시고는 "머리결이 참 좋구나. 샴푸로 감니?" 하시는 물음에 차마 빨래비누로 감는다 하지 못하고 "아뇨, 세수비누로 감아요." 라고 거짓말을 했던 기억이 떠올랐기 때문이었다.

　70년대 초였다. 처음으로 샴푸라는 상품이 시중에 나와 새것에 대한 누를 수 없는 호기심으로 너도 나도 사서 쓰기 시작할 때였다. 그런데 우리집만은 예외였다. 남들은 벌써 쓰기 시작한 샴푸가 우리집에는 없다는 사실이 시대에 뒤처진 초라함으로 여겨졌고, 그때껏 빨래비누로 머리를 감는다는 일이 몹시도 창피하게 느껴졌던 나는 그런 거짓말을 할 수밖에 없었던 것 같다. 지나칠 정도로 완고하리만치 전통고수주의자이셨던 어머니는 매사를 시류에 흑하는 것은 경박한 짓이라 여기셨기 때문에 우리집 식구들은 계속해서 빨래비누로 머리를 감는 수밖에 없었다.

　한 가지, 어머니만의 독특한 비법이 있었는데 그것은 맹물이 아닌 쌀뜨물로 머리를 감는 방법이었다. 쌀뜨물을 받아 두었다가 끓여서 머리를 감으면 마치 기름이라도 바른 듯이 머리결이 매초롬히 윤기가 돌았다. 아마 샴푸와 마찬가지로 처음으로 선을 뵌 린스를 한 것과 같은 효과라 할 수 있지 않을까 여겨진다.

그래도 제법 사춘기 나이인 내겐 빨래비누로 머리를 감는다는 일은 숨기고 싶을 정도로 부끄러운 일이었고, 그 요정과도 같은 새로운 존재는 그야말로 이름만 들어도 향기가 콧속을 간지럽힐 만큼 매혹적이었다. 불에 기름 붓는 격으로 기술과목을 담당하셨던 선생님은 수업 시간 중에 수업과 별 상관도 없는 샴푸예찬을 해대었는데 그 남자 선생님은 노총각으로 우리 담임 선생님을 짝사랑했었다. 이건 공공연한 비밀이었다. 기술 선생님은 수업시간에 교실로 들어갈 때나 수업을 끝내고 나왔을 때 복도에서 우리 담임 선생님만 만나면 공연히 웃어가며 졸졸 따라 다니곤 했다.

학생들 사이에 오가는 애기로는, 우리 선생님은 관심도 없는지 짓궂게 굴 때마다 퉁박을 주며 쌀쌀맞게 구는 데도 그 기술 선생님은 혼자 좋아 눈치도 없이 주책을 떤다는 것이었다. 그도 그럴 것이 기술 선생님은 생김새부터 우리 선생님과는 어울리지 않았다.

땅딸막한 키에 다부지게만 보였지 통 멋이라곤 눈을 씻고 봐도 찾을 데가 없었다. 기왕 그렇게 생겼을 바에야 그냥 생긴 대로 수수하기만 하면 좋으련만 선생님의 자기 도취는 끝간 데를 모를 만큼 심각했다.

자기가 세상에서 제일 멋있는 사람인 듯 틈만 나면 으쓱거렸고, 자기의 취향이야말로 가장 고상한 듯 피력하곤 했다. 그러니 수업 시간에도 우리들 앞에서 자기는 머리를 꼭 샴푸로 감는데 샴푸를 쓰면 뭐가 어떻게 좋으니 어떠니 하고 중언부언했을 게다. 사실은 노총각 신세를 어떻게든 면해 보려한 가련한 몸짓이었을 텐데 그 갖가지 몸짓들이 정말 눈물겨울 지경이었다. 아직까지 그 선생님이 내 기억에 남아 있는 것도 아마 그와 같은 우스꽝스러움 때문이리라.

어쨌든 나는 그런 선생님을 우습고 경박하게 보면서도 그 선생님으로 인하여 그분이 그토록 선전하는 샴푸를 어떻게 써볼 수 없을까 하여 안달이 나 있었다.

얼마후 어머니는 딸들, 특히 나의 성화에 못이겨 마지못해 그 샴푸라는 귀한 물품을 사놓으셨는데, 집안에 새로 등장한 샴푸는 그 무엇보다도 아껴 써야 하는 품목으로 모셔졌다. 나는 그 샴푸를 집안의 여자들만 써야 한다는 규칙을 정해 놓고 혹시라도 오빠나 남동생들이 몰래 쓸까봐 수시로 감시하곤 했었다. 남동생들이야 아직 어려서 샴푸란 것에 별 관심이 없었지만 오빠는 감시의 눈을 피해 그것을 몰래 쓰는 눈치였다. 나한테 들키는 날엔 갖은 구박을 당하곤 했는데, 이를테면 무슨 남자가 점잖지 못하게 숨기면서까지 그런걸 쓰느냐, 날라리처럼 하고 다니려 그러느냐는등 나는 샴푸의 야들야들한 매력을 미끼로 감히 오빠를 마음껏 뒤흔들었다. 아무리 샴푸를 쓰지 않았다고 잡아떼어도 빨래비누에선 찾을 수 없는 샴푸만의 화사한 향내 때문에 오빠는 번번히 내게 들키곤 했다.

어쨌거나 우리는 그 첫 샴푸를 무려 6개월이나 사용했다는 놀라운 기록을 갖게 되었다. 그때 우리 식구의 그 샴푸 사용방법은 이랬다.

먼저 빨래비누로 애벌감기를 한 후 그 다음 샴푸를 아주 조심스럽게 적은 양을 직경 2센티미터나 될까 말까 할만큼 짜서, 샴푸의 향과 거품을 고루 음미하며 썼다. 혹시 조금이라도 더 많이 짜게

되면 뚜껑을 열고 다시 병 속에 담아 넣으며 애지중지했던 그 샴
푸가 이제 삼십년 가까운 세월이 지난 지금은 과다사용으로 다시
빨래비누로 머리감기를 권장하게까지 되었느니 격세지감이 아닐
수 없다.

나는 사나흘에 한번씩 머리를 감는다. 매일같이 머리는 감는 깔
끔한 사람들은 나를 보고 지저분하달지 모르지만 습관이 된 나는
전혀 불쾌함을 느끼지 못한다. 거창하게 말해 환경보호 차원에서
라 해도 좋고, 나의 피부가 건성이어서 그에 맞추느라 그렇다 해
도 좋다. 아니면 어릴적 어머니가 씻겨 주실 때부터 목욕은 좋아
했지만 머리감는 일은 몹시도 싫어했던 오랜 습관 때문이라 해도
좋겠다. 나 자신 뿐만 아니라 모두에게도 해가 되지 않는 이 습관
을 나는 앞으로도 내내 지니고 싶다.

김장

　결혼을 한 후에도 해마다 친정 어머니나 시어머니로부터 김장 김치를 얻어다 먹고 살아왔다. 평소에는 내 솜씨로 담아 먹는데, 김장 김치는 엄두를 내기 힘든데다 아무래도 어른들의 깊은 손맛을 흉내낼 수 없기 때문이었다. 어른들께서도 어린 것들 데리고 김장을 해낼 일이 염려가 되시는지 늘 자식들 몫까지 김장을 하셨다.

　김장하시는 날 가서 도와드리지도 못하면서 '김장 다 했으니 가져다 먹어라' 하시면 쪼르르 달려가 낼름 챙겨오곤 했다. 이러한 얌체짓을 '역시 어머니 김장 김치맛은 아무도 흉내낼 수 없다니까'라는 너스레로 때우는 일을 몇 해나 거듭하자 스스로도 퍽 죄송스럽고 떳떳하지 못했다. 올해는 내 손으로 김장을 해보리라 단단히 마음을 먹었다.

　핑계는 좋았었다. '뭐, 김치먹을 사람이 있어야지. 배추 한 포기 담아도 한 달은 가는데' 하면서 그다지 김치가 절실하지 않은척 하는 식으로 매번 김장김치를 신세지는 일에 대해 미안막이를 하곤 했다. 그래도 염려가 되시는지 어머니는 '그럼 한번 담아보라' 하시면서 배추를 절여 보내 주셨다. 배추김치를 담는 일 중에 제일 중요하고 어려운 과정이란 배추를 잘 절이는 일이므로 힘든 일은 어머니가 이미 다 해주신 셈이었다. 내가 할 김장은 배추 다섯 포기에 불과했지만 들어가야 할 양념은 한 가지도 빠질 수 없었다. 갓이며 밤, 청각까지 채치고 다지고 하느라 옛날의 김장에 비하면 소꿉질에 불과한 양을 다루면서도 부산을 떨었다.

어릴적 우리집 김장하던 날은 동네 잔칫날 같았다. 내 기억으로 김장은 새로 이엉을 엮어 지붕을 이는 일과 새 창호지로 문창호일도 싹 끝낸 집 안팎의 겨울나기 준비를 마친 후였다. 그 무렵쯤의 동네집들은 노란 새 지붕과 새 창호지 문들로 말끔해진 게 마치 텁수룩한 머리를 새로 깎은 것처럼이나 개운하고 해사했다. 날씨도 그랬다. 아침이면 하얗게 서리가 깔려있는 싸아한 공기는 그동안의 온갖 꾀죄죄하던 티끌들이 다 떨어져 나간듯 아주 말겠다.

김장하는 날은 동네에서 부엌일 솜씨 얌전하기로 소문난 민희엄마가 꼭 왔었고, 동네 아줌마들이 모두 올라와 일을 했다. 뭐라뭐라 웅성대며 집안으로 들어온 아줌마들은 절여놓은 배추를 보고는 '아이구, 배추가 다 살아서 밭으로 가겠다'며 수선들을 떨었다. 마당에는 멍석이 깔리고 항아리들이 줄을 서있는가 하면, 아줌마들은 김치속을 넣으며 제각기 우스갯소리들도 곧잘 했다.

부엌과 마루에선 모두를 먹게 할 음식을 조리하고 차리느라 그야말로 흥겨운 한마당이었다. 제 자식 챙기기로 둘째 가라면 서럽기로 소문난 살구나무집 아줌마는 담 너머로 연신 자기 아이들에게 뭔가 먹을 것을 슬금슬금 넘겨주느라 또한 분주했다.

우리집은 김장김치에 황석어젓을 썼다. 조기가 알을 배는 철이 되면 갯것 장사가 미리 알고는 황석어를 이고 찾아와 안마당에 내려놓고 머리에 얹었던 또아리를 내리며 땀을 훔치곤 했다. 할머니와 어머니는 노랗게 알밴 황석어를 젓갈 항아리에 담고 차곡차곡

소금에 절여 두셨다. 광에 보관해 두었던 황석어젓은 김장할 때가 오면 날을 잡아 뽀얗게 끓이셨다. 어릴적 날씨가 꽤 추워진 어느 날 학교에서 돌아왔을 때 집안 가득 젓갈 냄새가 진동하면 곧 김장할 날이 다가왔음을 깨닫고는 미리 마음이 풍성해지던 기분을 나는 지금도 김장철이 되면 되살리곤 한다.

김장하는 날의 그런 풍성한 잔치 분위기를 고스란히 느끼고 싶은 나의 기대가 어떤 작용을 했던지 나는 김장하는 날이 되면 버릇처럼 감기에 걸려 학교에 가지 못하고 따끈한 아랫목에 누워 앓곤 했다. 음식을 준비하느라 아궁이에 지펴진 불길이 끊이지 않은 덕에 방은 더욱 훈훈해지고 그 훈기 속에 누워 문밖에서 들려오는 풍성한 소음에 귀기울이던 때의 그 아늑함 또한 김장하던 날만이 지녔던 별미였다. 그리고 앓는 덕에 마음껏 어리광을 부리며 누워서 얻어먹던 배 맛은 또 얼마나 시원하고 달던지.

옛날 우리집에서 담았던 김장김치는 배추김치만 해도 배추 네다섯 접에 동치미와 깍두기, 총각김치, 보김치, 호박지, 그리고 아버지가 무척 즐기셨던 잎새김치까지 종류를 다 헤아릴 수 없이 많았다. 호박지는 다른 김치를 담고난 후 호박을 납작납작 썰어 넣고 무청이랑 배춧잎들을 버무려 담는데 날로 먹지 않고 익혀서 먹는 게 다른 김치와 다른 점이었다.

다른 집에서 담지 않는 김치로 우리집에서는 무청으로 김치를 담았는데, 아버지가 직접 '잎새김치'라 이름까지 지어 퍽도 즐기셨던 김치였다. 연한 무청만을 골라 양념을 많이 쓰지 않고 담는데 무청 특유의 고소하고 시원한 맛이 그만이었다. 우리집 배추김치는 많이 절이지 않는 데에 맛의 비결이 있었던 것 같다. 바짝 절여 배추맛을 다 빼낸 김치와는 달리 두고 두고 이듬해 봄까지도 시원한 맛이 우러났다.

　배추를 살짝 절인 만큼 항아리에 넣을 때는 김치 위에 우거지를 두껍게 덮었다. 그래서 한겨울 항아리 속의 김치를 꺼내려면 몇겹이고 우거지층을 걷어내야 했다. 맨위에는 하얗게 곰새기가 앉아 있고, 그 다음 층엔 그냥 배추색깔, 또 그 다음엔 좀 불그레한 고추빛깔이 돌고, 그리고 더 들어가면 마침내 희고 빨간 자태의 김치가 모습을 드러내는데, 그것도 김장김치를 꺼내 먹을 때의 빠뜨릴 수 없는 재미였다.

　김장이 끝나면 겨울은 머뭇거리지 않고 성큼성큼 달려왔다. 오릿길의 학교를 가고 올 때면 온몸이 고드름이 되어버리는 것 같았다. 학교가 끝나면 나는 서둘러 집으로 돌아왔다. 나는 호박지를 좋아했는데, 추운 겨울날 그렇게 꽁꽁 얼어가지고 학교에서 돌아오면 호박지 끓이는 냄새가 집안에 가득했다. 어머니는 얼른 모자랑 장갑을 벗겨주시곤 아랫목에 내 발을 묻어주셨다. 부엌에서 상을 들고 방으로 들어오신 어머니는 화롯불에 호박지 냄비를 올려놓으시고 내 밥숟갈 위에 호박지를 찢어 얹어 주셨다. 다른 반찬은 없어도 좋았다.

　어머니가 얹어 주시는 대로 후후 불며 받아먹던 그 호박지 맛은 그냥 구수했다는 것으로는 부족하고 뭔가 달면서도 곰삭은 깊은 맛이었는데, 아마 그 호박지의 맛뿐만이 아니라 주변의 정경, 추운 겨울 밖에서 방안으로 들어왔을 때의 그 훈훈한 온기와, 서로가 한데 어울어지게끔 되는 추위와, 따끈한 아랫목 밥상 옆의 화로와, 그때 창호지를 통해 밥상 위로 가득 비쳐들던 오후의 햇살이, 그리고 등을 토닥이며 밥숟갈 위에 호박지를 얹어주시던 어머니의 손길, 그런 모든 것 때문이 아니었던가 여겨진다. 그런 오래 전에 잊혀진 것들에 대한 향수 탓일까, 나는 첫 입덧하던 때 다른 것 다 싫고 유독 호박지 생각만 간절하기도 했었다.

　겨울이 가까와지면 늘 명절을 앞둔 것처럼 마음이 흥겨워지고 푸근해진다. 아주 오래 전의 일이었고 또 지금 직접 내 손으로 겨우살이 준비하는 일 하나 없으면서도 이때가 되면 늘 마음이 들썩거려지고 옛날 김장하던 날 우리집 안마당에서 분주하던 동네 아줌마들의 모습까지 떠오르기도 한다.

우거지찌개

김장김치 단지를 비우려다 보니 우거지들이 국물에 절어 제물에 말짱한 우거지김치가 되어 있다. 버리기는 아까운데 하며 맛을 보니 폭 곰삭은 게 겨울 끝에 잃어가는 구미를 솔깃하게 한다. 우거지 김치를 일부러 썰지 않고 큰 냄비에 담아 들기름을 조금 넣고 끓여 보았다. 돼지고기에 국물도 홍건하게 하는 요즘식의 김치찌개가 아니라 아주 옛스런 방법이다.

'끓인다'는 말보다 '지진다'는 표현이 더 적절할 것 같다. 버리지 않길 정말 잘했다는 생각이 들만큼 우거지 찌개는 맛이 있었다. 썰지 않고 그대로 지져 손으로 찢어먹는 맛도 그만이어서 남편도 '이거 진짜 옛날 맛 난다'며 평소보다 밥을 많이 먹는다. 아이들은 젓가락도 대보려 하지 않지만 나와 남편은 모처럼 흡족하게 포식을 하고 나니 그 결에 누가 먼저랄 것도 없이 옛날 애기들이 이어져 나온다.

이 우거지 찌개를 좋아하던 사람이 또 있다. 내 오빠의 절친한 친구이고 내가 남편과 결혼하면서 시숙이 된 그분이 지금은 가족과 함께 모스크바에 살고 있다. 음식의 맛은 지난 기억을 불러온다. 평소에 잘 생각나지 않던 일이 어떤 음식을 입에 대는 순간 돌연 떠오르는 일이 종종 있다. 그것은 흔히 음악이나 그밖의 다른 정적인 대상에서 갖게 마련인 좀 메마르고 미화된 기억의 환기와 다른 면을 갖고 있다. 음식으로부터의 연상은 그보다 소박하고 훨씬 삶에 밀착된 기억과 관계가 있다. 불쑥 떠오른 기억의 실마리는 점점 실타래 풀리듯 한 장면에서 그 다음 장면으로 또 그 다음 장면으로 줄줄 이어져 한 이야기의 전말까지 확연히 떠올려 주기도 한다. 이렇게 우거지를 지져먹자니 내 고등학생 때쯤의 일이 떠오른다.

그해 겨울 우리 집은 새집을 짓고 있었다. 집을 짓는 일을 어머니가 맡아 하셨기 때문에 겨울방학 동안 대강의 집안 살림과 밥을 짓는 일은 나와 동생이 맡아야 했다. 시숙은 그때 대학생이었는데 그 겨울방학 동안 아르바이트 삼아 우리 새집 짓는 현장에서 일을 했었다. 시숙은 거의 우리집에서 함께 지내다시피 했다.

하루에 한끼는 우리와 같이 식사를 했고 오빠와 함께 잠을 잤는데 대학생이 되고도 자기만 아는 어린애 같았던 오빠는 방이 좁다거나 코를 골아서 싫다거나 하며 자기 친구와 함께 방을 쓰는 일을 꺼려했다. 다른 식구와 함께 지내길 꺼리는 점에서는 나도 마찬가지여서 꽤나 투덜댔던 걸로 기억된다. 나이가 나이였는지 나는 시숙의 생김새가 마음에 안 들어 한번도 친근하게 대한 적이 없었는데, 그런 점에서는 오히려 동생이 훨씬 어른스러워서 오빠가 없을 때는 동생이 시숙을 맞이하고 말상대를 해주곤 했다.

그 겨울 내가 주로 반찬이라고 만들었던 게 김치찌개였다. 우리 집 김장김치는 우거지를 두껍게 덮기 때문에 항아리를 비우면 우거지가 많이 나오게 마련이었다. 윗부분의 우거지는 버리고 밑에 있는 우거지는 김치와 함께 찌개를 끓였다. 추워서 꼼짝도 하기 싫은데 밥까지 할려니 여간 짜증이 나는 게 아니었고 나는 되는 대로 하기 쉬운 김치만 지져댔다. 그런데 시숙은 그런 밥상을 대하고도 표정 한번 바꾸는 법이 없었고 오히려 항상 '너는 김치찌개도 참 맛있게 잘한다'고 칭찬을 하는 것이었다. 그런데도 나는 칭찬이고 뭐고 시숙의 그 짝달막한 생김새를 가까이 대하는 게 영 싫기만 했다.

어머니는 그런 나와 오빠에게 '어째 너희들 소견이 그 모양이냐'고 야단을 치셨다. 그러면 나는 '나야 아무 상관도 없지만 오빠는 자기 친한 친구면서 도대체 왜 그러느냐'고 시숙에게 마뜩지 않게 구는 처신의 책임을 오빠한테 떠넘기곤 했다.

그렇게 겉으로 퉁명스럽게 굴긴 했지만 나도 속으로는 시숙의 사람 됨됨이에 감동하고 있었다. 시숙은 자신밖에 모르는 내 오빠와 달리 너그럽고 늘 뭔가 도와 주려고 애쓰며 무슨 까탈을 부려도 다 받아주는 포용력을 지니고 있었다. 공사 현장에서 고된 일을 하고 피곤한 몸으로 들어와서도 내 수학과 영어 공부를 도와주었는데 종종 말이 없어서 돌아보면 꾸벅꾸벅 졸고 있기 일쑤였다. 나중에 예비고사며 입시를 치던 날엔 어김없이 미리 집에 와서 기다리고 있다가 문제를 풀어 정답을 맞춰주곤 했다. 그리고 나서는 긴장을 풀라며 극장에도 데리고 가주었는데, 그때 나는 잠깐 '이 오빠가 친오빠였으면 좋겠다'는 바램을 갖기도 했었다.

그랬던 시숙이 결혼 후에는 외국에 나가 있게 되는 경우가 잦아졌고 몇 해 전부터는 가족과 함께 모스크바에서 살게 되었다. 이제 설도 널모레로 다가왔다. 모스크바에서 설을 맞는 시숙이 봄이 멀지 않아 입맛 깔깔한 요즘 우거지찌개와 더불어 절로 생각이 난다.

사람은 하찮은 사물을 대하고도 불쑥 그 사물과 연관된 기억과 사람들을 떠올리게 된다. 엄동을 함께 견디어 냈던 공유의 기억이 더욱 애틋하게 마음을 훈훈히 덥히고 더 오랫동안 기억에 남고는 한다. 선량한 성품은 으레 서서히 그 진가를 드러내는 법인가 보다. 두고 두고 그 성품에 대해 추억하는 즐거움은 금방 혀끝을 간지르는 얕은 맛은 없어도 오래 두어 곰삭아 은근한 뒷맛을 주는 음식과도 같다.

  먼 곳에서 설을 어떻게 샐는지, 시숙이 빠진 명절은 언제나 한 자리가 뻥 뚫린 느낌을 갖지 않을 수 없게 한다. 오래 남지 않은 훗날 시숙이 귀국하면 나는 무엇보다 김치 우거지를 지져 상에 올려야겠다. 그리고 그 해 겨울을 함께 견뎠던 모두와 함께 식사를 하리라. 그러면 오늘 나와 남편이 그랬듯 그 시절 얘기를 끝도 없이 나누고 한바탕 웃어대며 기억을 공유한 사람들끼리의 즐거움을 마음껏 풀어볼 수 있으리라.

제2부

형언할 수 없는 투명함

옥아

　내 마음속엔 '옥아'라는 이름으로 불리웠던 얼굴이 오래도록 그리움으로 자리하고 있다. 내가 어릴적, 열 세살 어린 나이에 우리 집 식모로 들어와서 스물 여섯 살에 시집갈 때까지 함께 살았던 옥아의 본명은 영옥이었다.

　아버지를 일찍 여의고, 엄마는 개가하여 의지할 곳이 없던 옥아는 마을 사람의 소개로 우리 집에 들어오게 되었다. 옥아는 부엌일은 물론 집 안팎 궂은 일, 우리 형제들의 뒤치다꺼리를 도맡아 했다. 우리 형제들은 옥아의 이름인 영옥에서 '영'자를 생략하고 그냥 부르기 좋게 말을 배울 때부터 '옥아'라고 불렀고, 옥아는 우리들에게 도련님이나 애기씨라는 호칭을 썼다.

　나는 상상을 초월한 기억력을 가진 아이로 소문이 났었다고 한다. 내가 돌전의 일을 기억한다는 게 그것이었다. 내가 돌도 채 되기 전에 부엌에서 마루로 통하는 일광문 앞에 쪼그리고 앉아 옥아가 삶아준 햇밤을 먹었는데, 그 일을 나중에 커서까지 다 기억한다는 것이 그 내막이다. 사람의 기억력이 아무리 뛰어나다 한들 어찌 돌전의 일까지 기억하겠는가. 내가 특출한 기억력의 소유자로 알려지게 된 건 순전히 옥아의 덕이었다.

돌도 되지 않은 내가 혼자 힘으로 삶은 밤을 발라먹은 사실을 하도 신기하게 여긴 나머지, 옥아가 '돌도 안된 애기씨가 글쎄 밤을 살점 하나 남기지 않고 혼자 발라먹었어요' 라고 두고 두고 얘기하고 다녔기 때문에, 나는 나도 모르는 사이에 실제로 내가 그 일을 기억하는 것으로 스스로 자기 최면이 걸리게끔 되었던 것은 아닐까. 실은 지금도 그 점에 있어서는 석연치 않은 부분이 없지 않다. 내가 정말로 그때 일을 기억하는 건지 아니면 옥아의 최면 효력이 워낙 강도 높은 것이었는지 모르지만, 지금도 내가 그날의 장면을 확연히 떠올릴 수 있으니 석연치 않을 수밖에.

가을 햇살이 눈부시게 화창하고, 어른들은 어디 가셨는지 주위가 고요한 한낮, 부엌 쪽으로 고개를 엉거주춤 내밀고 있는 내게 옥아가 '아이구 애기씨 떨어지겠다'며 얼른 내 앞에 놓아주었던 삶은 밤접시, 그 밤을 바짝 쪼그리고 앉아 옴팍옴팍 발라먹고 있는 아기의 열중한 모습. 마치 한 장의 사진처럼 그 장면은 완벽하게 내 기억 속에 남아 있다.

옥아는 늘 바쁘게 종종거렸는데 아마 짐작컨대 손끝이 그리 여물지는 못했던가 보다. 아버지까지 '저 앤 무슨 일을 시원스레 하지도 못하면서 닭이 발 휘젓듯이 손만 바쁘구나' 라고 하신 적이 있었는데 그 점은 옥아가 공교롭게도 닭띠였으니 그럴 법도 했다. 엄마도 늘 옥아가 해놓은 일을 보고 '칠칠치 못한 것. 언제 제대로 일 배워서 시집가겠느냐' 고 야단을 치시곤 했으니 옥아가 일을 척척 잘하지 못한 것은 사실이었겠다. 그래도 옥아는 우리에겐 지성이었다.

비오는 날 일손이 좀 한가해지면 옥아는 자신의 방인 골방 앞마루에, 홑이불을 배에 걸치고 누워 있는 나에게 무릎베개를 해주고 내가 졸라대는 대로 옛날 얘기들을 들려주곤 했다. 옥아가 들려주는 옛날 얘기는 항상 같은 것의 되풀이였지만 나는 자꾸 더 해달라고 졸랐고 그러면 옥아는 못이기는 척 해와 달이 된 남매 얘기나 도깨비를 무찌른 소년의 얘기, 또 지금은 무엇 때문에 그렇게 되었는지 내용이 잘 기억나지 않는 팔과 다리가 모두 잘리게 된 서서방 얘기들을 해주었다. 서서방 얘기는 그때까지 들어본 것 중 가장 끔찍하게 무서웠던 얘기여서 그 얘기를 들을 때면 늘 옥아의 무릎에 얼굴을 파묻고 있거나 내가 먼저 '옥아. 이번엔 서서방 얘기'하고 청해 놓고는 미리 홑이불을 쓰고 앞에 말한 대로 무서움을 견딜 준비를 단단히 하는 것이었다. 수없이 들어서 줄거리를 다 알고 있으면서도 옥아가 들려주는 얘기는 매번 처음 듣는 듯 흥미진진했다. 어쩌다 잠깐 얘기가 끊겨 올려다보면 옥아는 꾸벅꾸벅 졸고 있는데, 그러면 나는 옥아의 옆구리를 쿡 찌르고 다음에 이어질 장면을 상기시키고는 얘기를 계속할 것을 재촉하곤 했다.

처마 밑에 떨어지는 빗소리 외엔 아무 소리도 들리지 않던 그 많은 한나절 시간들, 졸거나 혹은 내가 잠들도록 토닥이며 끝없을 듯 이어지던 옥아의 얘기들. 그런 때의 느낌은 마치 하늘과 땅이 하나인 것 같기도 하고 세상에 다른 사람 아무도 없이 나랑 옥아만 홀연히 세상 위로 빠져 나와 부유하는 듯싶기도 한, 시공을 분간할 수 없는 까마득한 아늑함과 평온함이었다. 그러다가 나도 모르는 새 혼곤하게 빠져들던 낮잠은 또 얼마나 달콤하던지.

옥아가 시집가던 날이 생각난다. 옥아는 바닷가에 사는 어떤 총각에게 시집을 갔는데 엄마는 장농이며 이불, 여러가지 살림살이들을 다 해주셨다. 나는 옥아가 신랑을 따라서 떠나는 뒷모습을 고갯마루에서 지켜보았다. 가을이었다. 내가 돌도 되기 전 햇밤을 발라먹었다는 그때처럼 밤나무마다 밤송이들이 따갑게 잔뜩 열려 있었다. 나는 자꾸 눈물이 나와 '옥아, 잘가' 라는 말밖에 못하고 그저 뭐라 형용할 길 없는 서러움 때문에 가슴속이 미어질 것만 같았다. 그 날 나는 처음으로 이별의 슬픔을 겪고 있었다.

그 후 곧 다니러 오겠다던 옥아는 시집간 후 한번도 나타나지 않았다. 그 후로 지금까지 우리 식구는 옥아의 소식을 듣지 못했다. 옥아도 이젠 많이 늙었겠다. 손주도 보았겠지. 어떻게 살다가 어떻게 늙어갔을까. 그냥 가끔씩 옥아가 그리워질 때면 '옥아를 한 번 만나 볼 수 있었으면 좋겠다'고 나는 입속말을 하곤 한다.

가브리엘 마리의 금혼식

자랄 때 나의 음악에 대한 열정은 실로 집념 그 자체라 말하지 않을 수 없을 정도였다.

동생을 간신히 업을 수 있을 무렵부터 나는 언제나 라디오에 귀를 기울이고 살았다. 어린이 프로는 물론 오전에 방송되던 '가정음악실'이라고 기억되는 클래식 음악 프로를 가장 즐겨 들었었다.

그때만 해도 마을에서 드물게 라디오가 있는 집에서 자랐던 덕에, 나는 늘 라디오를 들을 수 있는 행운을 누렸다. 어쩐 일인지 나는 또래 아이들과 쪼르르 몰려다니며 아옹다옹 싸운다거나 손발이나 얼굴 할 것 없이 흙고물을 묻혀가며 노는 일에 별 재미를 느끼지 못했다. 그냥 집에서 동생들을 봐주거나 엄마 옆에서 엄마의 말동무를 하는 일이 고작이었고, 대청마루에 엎드려 누렇게 바랜 옛날 이야기책을 읽으며 라디오에 귀를 기울이는 일로 나의 유년기를 채워갔다.

이야기책을 읽는 일에 지루한 생각이 들쯤이면 아버지가 나를 위해 사랑방 앞뜰에 매어주신 그네를 탔다. 그 일은 그때의 내게 유일한 동적인 즐거움을 주는 놀이였다. 아버지는 머슴에게 튼튼한 동아줄을 꼬게 하셨고 발판도 새끼줄로 평평하고 두툼하게 엮어 만들게 하셨다. 그네는 나 혼자 탈 때도 있었지만 오빠랑 발을 엇갈리게 밟고 마주 보고 서서 배 그네를 탈 때도 많았다. 다른 모든 동적인 놀이에 시들한 반면 그네는 꽤 잘 타서 발이 지붕 위까지 넘어가는 것은 예사였다. 몇 번쯤 발을 굴러 오락가락 하다가 세게 구르며 획 허공으로 떠오르면 대문 밖 내리막 길이 더 아래로 까마득해지고 안산 고개 너머까지 한눈에 가보지 않아도 다 보였다. 그때 내 몸에 끼얹어지던 바람은 어찌나 감미롭고, 저 아래밭에 올망졸망 자라던 풋채소의 이파리들은 왜 그리 또 그렇게 언뜻언뜻 푸른빛이 어리며 아득하던지… 나는 종종 엄마한테 이렇게 말하곤 했다.

"엄마, 난 그네를 타면서 노래 부르는 게 참 좋아. 목소리가 보통 때보다 훨씬 예쁘게 나오거든." 그네를 타면서 노래를 하면 바람이 효과음이 되어 주는지 목소리에 미세한 떨림이 섞여 아주 고운 음색이 되었었다.

그러던 어느 날인가. 그 날도 역시 오르락내리락 그네를 타고 있는데, 대청 마루에 놓아둔 라디오에서 참 아름다운 음악이 흘러나오고 있었다.

빠르지도 않고 고음의 날카로움도 없는 단순한 음계의 주제가 반복되던 그 곡은 어린 나의 온 가슴을 기쁨으로 일렁이게 하고는, 내게 곡목을 알 수 있는 기회도 주지 않은 채 여름날의 바람 속으로 사라지고 말았다. 그러나 단 한번밖에 듣지 못했던 그 멜로디는 그대로 내 마음속에 새겨져 언제나 살아 있었고 나로 하여금 늘 그 멜로디를 흥얼거리게 하였다.

그것을 계기로 나는 클래식 음악을 집중적으로 감상하는 음악 애호가가 되었고, 감명 깊게 들었던 곡들을 작품 번호와 연주자까지 차례로 번호를 매겨 기록해 두는 나만의 두툼한 음악 공책을 갖게도 되었다.

그러나 감상곡 번호가 400번이 넘어 가도록 어린 날 들었던 그 곡의 곡목은 끝내 알아내지 못한 채 안타까와하며 고등학교 시절을 맞게 되었다. 그러다가 어느 날 버스에서 우연히 라디오를 통해 그 음악을 다시 듣게 되었다. 가브리엘 마리의 <금혼식>. 무려 십년만의 재회였다. 좀 과장된 것 같지만 곡목을 알게 되었던 그 순간, 나는 정말 감격하지 않을 수 없었다.

<금혼식>, 얼마나 잘 어울리는 이름인가! 격렬하거나 지나치게 낭만적이지 않으면서 차분하게 안정된 그 멜로디. 삶에 대한 집착이나 치열함에서 어느 정도 물러나 인생을 관조하는 여유를 주는 듯한 것이 <금혼식>에 대한 나의 느낌이었다.

그 시절 내겐 클래식 음악에 대해 의견을 나눌 사람도 없었고 악기를 접할 수 있는 기회란 학교에 단 한 대 밖에 없던 풍금과 이따금 엄마가 불곤 하시던, 그 시집 올 때 가져왔다는 하모니카가 전부였다. 자란 후에도 기타만 좀 튕겨보았지 정식으로 클래식 음악과 관계된 악기를 배운 적이 없다. 그저 무작정 음악을 하고 싶은 열망만 마음 깊은 곳에서 간절했다. 그것은 마치 짝사랑의 열병과도 흡사했고, 누구에게도 말할 수 없는 크나 큰 비밀 같기도 했다. 그 비밀은 드러낼 수 없으며 모든 비밀이 그렇듯이 혼자만이 갖는 은밀함이 주는 감미로움 또한 각별했다. 누구한테 배운 적도 없으면서 작곡을 해보겠다고 혼자 끙끙대며 뒤척이기도 하고 시간만 나면 음악 감상실에 묻혀 지내며 나는 음악을 오매불망했다.

그러나 얼마 후에 나의 안간힘이 얼마나 무모한 일인지 알게 되었고 마침내 가만히 그 무모한 안간힘을 느슨하게 풀어 주게 되었다.

　그 후로도 음악에 대한 아쉬움이 다 가셔지지는 않았지만 어린 날 들었던 그 한 곡의 음악으로 인해 나는 나의 음악에 대한 갈증을 해갈시킬 수 있었던 게 아닌가 한다. 그리고 '직접 음악을 전공하지 않더라도 늘 음악을 사랑하는 애호가의 입장으로 사는 것 또한 얼마나 소중한 삶인가'라고 말한 어느 노작곡가의 말 한 마디는 내가 지금까지 살아오는 데 큰 위안이 되는 말씀으로 남아있다.

원추리꽃

　며칠 전 여름 방학을 맞은 아이들을 데리고 친정에 다녀왔다. 아이들에겐 외가라는 곳이 먼 시골이 아닌 지척에 있어도 늘 그리운 곳인가 보다. 어린 시절 내겐 그런 그리움을 가질 외가가 없었다. 이럴 땐 아이들이 부럽기까지 하다. 그리워할 외가가 있고 언제든 가면 반겨주는 외가 식구들이 있다는 것은 얼마나 큰 축복인가. 나는 자라면서 외갓집 얘기를 하는 아이들을 많이 부러워했다. 방학이 되면 시골 외할머니댁에 갈 수 있는 아이들, 젊은 이모나 외삼촌에 대한 얘기들을 푸짐하게 가지고 다시 서울로 돌아와 친구들 앞에서 줄줄 풀어놓을 수 있는 아이들이 못내 부러웠었다.

　결혼 초 한동안 친정에서 살았는데, 내 아이들은 따로 살게 된 뒤에도 늘 외가를 잊지 못했고 외사촌 형제들을 그리워했다. 우리 식구를 내보내며 '시집보낼 때보다 더 서운하다' 라고 말씀하시던 어머니는, 그 후에 어린이날이면 꼭꼭 잊지 않고 손주들에게 학용품이나 머리핀을 선물해 주시고 크리스마스 때도 꼭 카드를 보내어서 아이들을 즐겁게 하셨다.

　설날 세배돈을 주실 때도 손녀들에겐 분홍색, 손자들에겐 파란색의 손수 만든 봉투에 넣어 주신다. 아이들이 그토록 외가를 좋아하는 데에는 그런 외할머니의 숨은 정성이 깃들어 있기도 하다.

아이들은 휴일만 되면 그 어떤 놀이 공원보다도 외가에 가자고 졸라댔다. 양쪽 집 아이들이 휴일만 되길 손꼽아 기다리다가 휴일 아침이 밝기 무섭게 일어나 몇 시에 올 거냐, 몇 시쯤 갈게, 해가며 전화질이다. 그렇게 만나서 시간을 보내고 헤어질 때 조카들은 보내는 설움에 울기 시작하고, 우리 아이들은 떠나는 아쉬움에 자고 가면 안되겠느냐고 사정하며 정말 눈물겨운 이별의 장면이 연출되곤 한다.

이번에도 방학을 하자마자 '제일 먼저 해야할 숙제가 외할머니 댁에 가는 일'이라며, 좀 컸다고 이젠 제법 엄마를 놓치려 드는 큰 아이가 외가에 갈 것을 주장하고 나섰다. 그러지 않아도 친정에 간지가 꽤 되었었다.

친정집에 들어서자 집안에서는 은은한 묵향이 배어 나오고 있었다. 먼저 조카들이 환호를 지르며 뛰어 나오고 어머니는 책상 앞에 선 채로 붓글씨를 쓰고 계시다가 "이제 오냐?" 하시며 반갑게 고개를 드셨는데, 아 그때 어머니의 그 표정. 당신이 손수 가꾸신 분재분 사이로 나타난 어머니의 그 표정은 옛날 나 어릴 때 이따금 발견하곤 했던 어머니 젊었던 어느 날의 바로 그 표정이었다. 뭔가에 몰두해 빛나는 눈길.

생각해 보면 어머니는 자기 세계가 참 분명하셨던 것 같다. 옛날 그 큰살림에 언제 짬이 있어 일기를 다 쓰셨는지, 어릴적 내 기억 속엔 늘 일기를 쓰시거나 날이 궂어 일손이 한가한 날이면 누렇게 바랜 이야기책이 손에 항상 들려있던 어머니의 모습이 있다. 나는 그때 어머니의 그 표정을 처음으로 보았다.

또 여름방학 때 식물 채집이나 공작 숙제를 꼭 함께 해주시던 일이 생각난다. 식물 채집을 하는 날은 어머니도 호미를 들고 동행하셨다. 그 눈부신 날 어머니가 입고 계셨던 흰 바탕에 도라지꽃 무늬가 있던 포플린 원피스를 나는 지금도 생생하게 기억한다. 어머니는 이파리가 갸름한 풀 한포기를 캐서 허리를 펴며 웃으셨는데 우연히 원추리꽃 옆에 서있게 되셨다. 그때도 어머니는 그 뭔가에 몰두해 생기로 가득찬 표정이셨다. 주위는 온통 검푸른 산자락, 그 틈에 다소곳이 피어있던 원추리꽃의 선명한 주황빛의 조화, 그리고 그 옆에 생기 넘치는 표정의 어머니가 호미를 든 채 환하게 웃고 계시던 그 장면을 나는 잊을 수 없다.

나는 식물 채집 보다는 어머니와 동행한다는 뿌듯함을 더 즐겼다. 어머니의 뒤를 졸졸 따르며 통통하게 막 터질 듯 부풀어 있는 도라지꽃 봉오리를 손으로 눌러 폭폭 터뜨리며 좋아하기도 했다. 채집해온 식물들은 잘 펴서 신문지에 끼운 다음 다듬잇돌 밑에 눌러 두었다가 며칠 후 식물이 완전히 건조되면 누런 미령지로 만든 공책에 하나씩 조심스레 붙였다. 잎, 줄기, 뿌리마다 잘게 오린 종이에 풀을 발라 눌러 붙이고는 채집한 장소를 앞산, 뒷산, 당너머 고개들이라 적고, 식물 이름을 적은 칸에는 도라지, 강아지풀 등 몇 가지 외엔 대개 모름이라 적었다.

마침 오빠도 휴가중인데 이번 휴가는 고향집에 가서 보내기로 했다며 느이 애들도 가고 싶어하면 데리고 가마 하셨다. 아이들은 외할머니와 외사촌들과 함께 간다니까 무턱대고 좋아라 했고 바로 다음 날 아침 일찍 떠나기로 했다.

아이들을 맡기고 남편과 둘이서만 집에 돌아온 후 나는 내내 시골 속의 아이들 생각을 했다. 도시에서만 자란 아이들이 엄마가 태어나고 자란 시골집을 처음 가보고 어떤 느낌을 가졌을까. 가꾸는 이 없어 폐가에 가까운 그곳을 보는 순간 귀신집이라 놀라지는 않았을까. 사람이 살지는 않고 한동네 사람이 가끔 돌보기는 한다지만 어디 사람이 사는 집 같겠는가.

지금쯤은 무얼 하고 있을까. 아마 어머니는 옛날 당신 자식들에게 하셨던 것처럼 이곳 저곳 아이들을 데리고 다닐 것이다. 그러면 아이들은 한때는 엄마의 왕국과도 같았던 그곳들을 보고 놀라기도 하고 '애개' 하고 시시해 할지도 모르겠다. 이가 시리도록 차디차던 대밭 가운데 샘가에서 목욕을 하며 꼭 저희들만할 때의 엄마가 모기한테 물려 뜯기며 목욕하던 일도 떠올려 볼 테고, 새벽이면 누가 먼저 깰세라 달음질쳐 가던 오이꽃 버섯밭도 보게 될 것이다. 그러면서 아이들은 아, 엄마 아빠들은 이렇게 살았었구나 라고 깨달으며 잠시 숙연해지기도 할 테고 또 돌연 배꼽을 잡고 웃기도 하겠지.

그러나 아이들은 외할머니의 그 생기에 찬 젊은 표정은 결코 볼 수 없으리라. 아이들의 눈엔 다만 늙은 할머니의 모습으로만 비칠 테니까.

여름날의 풍경

여름철은 모든 게 푸짐하다. 하늘을 쩍 갈라놓을 듯 뇌성벽력을 동반한 소나기 소리가 후두둑 후두둑 세상을 뒤흔들고, 매미 소리는 미음미음 하는 놈부터 쓰름싸름 쓰름싸름 하고 우는 놈, 또 찌르르르 게으르게 늘어지는 소리를 내는 놈도 있었는데, 매미가 그렇게 울어대면 여름의 막바지 더위가 기승을 부렸다. 매미들은 각자의 소리로 일제히 합창을 하는가 하면 어떤 때는 유독 목청 좋은 한 놈이 거드름을 피우듯 길게 힘껏 '미유—움'하고 유장하게 뽑아낼 적도 있었다.

푸짐한 게 어디 소리뿐이랴. 먹을 것이 귀해 산으로 들로 다니며 찔레순이나 삘기까지 뽑아 먹어야 직성이 풀리던 봄철에 비해 여름은 갑자기 식생활에서 해방을 맞은 듯 했다. 연한 떡갈나무 잎을 골라 따다가 채반에 깔고 쪄낸 거무스름한 밀개떡(호밀가루에 붉은 강낭콩이 숭숭 박힌)이며 참외, 감자… 또 찐빵이 있었다. 그때 무슨 바람이 불었는지 우리 마을에선 찐빵을 쪄먹는 게 유행이었다. 막걸리와 이스트(효모균)를 넣은 밀가루 반죽은 하루 저녁이 지나면 낙하산 모양 푸욱 부풀어 일어났다. 그게 또 뭘 그렇게 신기한 구경거리라고 일어나자마자 반죽 그릇부터 서로 먼저 들여다보려고 바지런을 떨고 탄성을 지르곤 했는지 모른다.

아이들의 관심사란 그렇게 자주 쉬이 변하기 때문에 그들에겐 늘 세상이 새롭지 않던가. 부풀린 반죽은 한 움큼씩 떼어 속에 팥을 넣고 찔 때도 있고, 그냥 맨반죽만 찔 때도 있었는데 속에 든 것이 없더라도 단것만 조금 들어가면 그저 세상에 그렇게 맛있는 게 없는 듯했다. 그때만 해도 설탕이 귀했었다. 그래서 설탕 대신 당원이라는 알약같이 생긴 감미료가 주로 쓰였다.

찐빵을 쪄먹는 일이 유행이다 보니 종종 어느 집 빵이 잘 쪄졌는지 동네 어른들이나 아이들 사이에 품평회가 열리곤 했다. 누구네 것은 맛은 좋은데 반죽이 잘 부풀지 않아서 찐득거리느니, 아무개네 것은 막걸리가 너무 들어갔다느니, 역시 찐빵은 그 집 것이 맛있다며 맛도 좋고 반죽도 잘 되어서 감촉이 꼭 스폰지 같다고 하기도 했는데, 한번은 우리 집 찐빵이 가장 잘 되었다고 동네 어른들의 입에 오르기도 했다.

밭일 하는 사이사이 아낙네들에겐 막걸리 대신 주전자 가득 차디찬 샘물에 당원을 타고 찐빵과 함께 내가면 그만이었다. 그 힘으로 어른들은 어지간한 빗속에서도 쉼 없이 밭을 매고 깻모종, 고추모종을 내곤 하셨다.

보기에 탐스러운 만큼 찐빵 애기도 수다스러워진 것 같다. 감자 애기도 빼놓을 수 없다. 감자 캐는 일처럼 재미있는 일이 또 있을까. 호미로 득득 긁어 줄기를 쑤욱 뽑아내면 뿌리마다 조랑조랑 달려있는 감자알들은 얼마나 앙증스러운지 모른다. 그때의 감자는 지금의 감자와 생김새가 좀 달랐다. 보라색 꽃이 피는 보라색 감자였고 씨눈이 많았다. 그 감자를 좀 더 맛있게 쪄먹는 방법을 두고 또 동네 아낙네들 사이에 의견이 분분했다. 결국 달순이네 방법이 가장 좋은 것으로 결론이 낫는데, 먼저 당원을 탄 물에 감자를 한소끔 삶은 다음 물을 따라내고 뜸들이듯이 뭉근하게 불을 땐다는 것이었다. 역시 그 방법대로 하니 훨씬 아리지 않고 고소하더라고 동네 어른들은 이구동성으로 입을 모았다. 내 입맛에도 그렇게 찐 감자가 좋았다. 그냥 푹 삶은 것보다 한 입 베어 물었을 때의 감촉이 솜사탕처럼 포슬포슬한 게 마치 감자의 입자가 낱낱이 흩어지는 듯한 부드러움을 느끼게 했다. 노리끼한 감자 색깔에서 가장자리 쪽에 하얗게 분말이 일어나는 듯한 모양이 마치 바닷가 바위 기슭에 부딪치는 물보라를 연상케 했다.

먹으랴 심부름하랴 반나절을 보내고 그 다음은 여유 있게 팔을 휘저어도 보고 늘어뜨려 보기도 하면서 방학 숙제거리를 챙겨 참외밭 원두막으로 간다. 원두막에 누워 올려다보는 하늘은 솜 같은 구름이 유유자적 한가롭게 떠간다. 여름 하늘의 구름은 언제나 크고 낮게 세상을 굽어보고 있다. 어릴 때 생각으론 '올라와 보렴. 타고 싶으면 내가 태워주마' 라고 어른 같은 수많은 구름들이 나를 둥실 실어 올려 그 넉넉한 품에 태워줄 것만 같았다. 구름은 또 꼭 목화솜 같기도 했다. 옛날 가난한 집 처녀가 시집갈 걱정을 하며 저 구름이 목화솜이었으면 했더라는 엄마의 얘기를 떠올리며 그림을 그리다 보면 도화지엔 언제나 파란 하늘에 두둥실 떠있는 구름과 원두막이 있는 그림이 그려지곤 했다.

해가 기울 무렵이면 동생과 함께 지게를 진 머슴을 따라 메꾸리(새끼줄로 엮은 바구니의 일종)를 끼고 밭에 들어가 참외를 딴다. 내다 팔 줄 모르던 우리 집 참외밭은 항상 이고랑 저고랑에서 참외가 포그르르 썩어 가고 있었다. 줄기 사이로 노란 얼굴을 빼꼼히 내밀고 있는 참외들, 그 연한 줄기를 밟을까 조심하며 따는데 동생은 많이만 따려고 덜렁대며 껑중거리고 다녀 줄기를 다 이지러뜨린다. 그러고도 많이 딴 것만 좋아 참외가 가득한 메꾸리를 머리에 이고 활짝 웃고 있는 동생의 얼굴은 온통 노랑빛으로 물들었다.

그렇게 따온 참외를 샘물에 띄워 두었다가 저녁이 되면 맷방석 깔아 놓은 마당가에 모깃불을 피우고 금방 푸짐하게 쪄낸 찰옥수수와 함께 먹었다. 먹다가 꾸벅꾸벅 졸기도 하는 동생을 흔들며 '오줌 누고 자야지. 그냥 자다가 또 오줌 싸면 안돼' 하면 벌떡 일어나 변소로 향했다. 다녀오는 동안 졸음을 물리친 동생은 오줌싸개인 제 약으로 쓰려고 걸어둔 옥수수 수염을 쳐다보며 나와 함께 그림일기를 그리는 것으로 무더운 여름날을 마무리했다.

형언할 수 없는 투명함

어릴 때는 여름방학이 되면 누군가 손님이 오리라는 기대로 공연히 기다려지곤 했다. 그때는 어느 집이든 아무 때나 손님이 올 수 있던 여유로운 시절이었다. 방학이면 집에 누군가 항상 손님이 와있게 마련이었다. 미리 언제 가겠다는 연락을 하지 않고 갑작스럽게 방문하더라도 서로간에 불편함을 느끼지 않았다. 아니, 손님은 당연히 아무 때나 오는 법이었다. 사실 손님이란 그 편이 더 자연스럽게 어울리지 않는가. 요즘은 아무도 아무 때나 남의 집에 가지 않는다. 심지어 부모 자식간에도 아무 때나라는 법은 통용되지 않는다. 그러므로 만남의 즐거움이 반감될 수밖에 없다. 느닷없이, 예고 없이 찾아온 손님이 어릴 땐 얼마나 반갑던지 어디 다른 먼 세상에서 그 세상 한 자락을 척 떼어 가져온 듯 손님이 묵고 있는 한동안은 집안 공기조차 개운해지는 것 같았다.

요즘도 나는 종종 누가 나를 불쑥 찾아주었으면 하는 바램을 갖곤 한다. 한편 내가 누군가를 불쑥 찾아가 보았으면 하는 주책없는 생각도 한다. 하지만 요즘 세상에 주책없고 모자라기로 그만한 일이 없겠기에 그 생각들을 그냥 빙긋 웃음으로 지운다. 그러다 보면 좀 쓸쓸해진다.

미국에 와서 길고 긴 첫 여름방학을 맞은 아이들은 뭔가 푸짐한 놀거리가 없을까 매일 행복한 고민을 한다. 한국에서처럼 시간에 맞춰 학원에 다니는 것도 아니고 그저 매일이 노는 날인데, 집 근처의 도서관이나 아파트 정원에서 뛰다가 그것도 지치면 아이들은 누군가 집에 찾아오는 사람이 없을까 막연히 기다린다. 그럴 때면 나는 아이들을 차에 태우고 근처에 있는 슈퍼마켓을 한 바퀴 휘이 둘러보고 들어온다.

아이들을 데리고 슈퍼마켓에 갔다가 마침 세일중인 분말주스를 만나게 되었믓. 분말 주스통을 아취형 터널로 쌓아 올린 세일 코너는 아이들의 호기심을 부추기고도 남을 정도로 흥미 있게 치장되어 있었다. 오렌지 분말주스였다. 붉은 색도 아니고 노랑색도 아닌 저 빛깔, 마치 원추리 꽃같은 저 빛깔을 언젠가 본적이 있다는 생각이 내 가슴속에 힐끗 비쳐갔다. 쇼핑용 카트를 세우고 잠시 진열대 앞에 멈춰 그 투명한 빛깔을 바라보게 되었는데, 그때 기억의 실마리가 풀리며 하나의 기억이 아련하게 밀려 올라오기 시작했다. 현실로부터 발이 들린 듯 어딘가로 끌어올려져 몽롱히 취하게 하는 그 빛깔 때문에 나는 예정에 없던 그 분말주스를 샀다.

이런 식으로 나는 가끔 충동구매를 하곤 한다. 그 자리에서 그 기억이 떠오르지 않았던들 분말주스를 살 일이라곤 없었다. 만일 아이들이 사자고 졸랐더라도 쓸데없는 짓이라고 타박을 주었을 게 뻔하다. 내 순간적인 기분, 어느 순간 솟아오르는 감흥 때문에 섭사리 목적했던 것을 버리고 목적과 추억을 맞바꿈한다. 아이들은 평소와 달리 선선한 내 태도에 의아해 한다. 의아해 하면서도 아이들은 좀더 자주 엄마에게 그런 기분이 생기기를 바란다.

초등학교 몇 학년 때던가 그 해 여름방학 때 서울에서 살며 대학에 다니고 있던 아저씨가 장차 당숙모가 될 약혼녀를 동반하고 우리집에 내려왔었다. 그 여대생 아가씨는 서울 사람답게 참 뽀얀 얼굴을 하고 있었다. 우리 형제들은 우선 그녀의 날렵한 자태에 넋을 빼앗겼고 아저씨와 둘이 얘기를 나눌 때의 그 매끄러운 말투와 두 사람 사이에서 번져나오는 솜사탕 같이 향기롭고 간지러운 기운에 정신이 다 아지랑이 속처럼 모롱모롱 녹을 것 같았다.

엄마는 한여름 기별도 없이 들이닥친 서울 손님으로 인해 퍽이나 진땀을 빼시는 눈치였다. 그 손님이 당신의 사촌 시동생과 그 배필이 될 새 사람이었으므로 그렇잖아도 더운 여름 한낮, 꼭꼭 새밥을 지어 먹이느라 땀을 뻘뻘 흘리셨다.

동트기 전부터 잠이 깬 우리는 그 서울 아가씨가 언제쯤 일어나려나 아가씨가 자고 있는 방문 앞에 쪼그리고 앉아 귀를 모으고 있었다. 그러다가 일어난 기척이 들리면 냉큼 굴뚝 뒤로 숨었다. 아가씨가 방을 나서면 서로 다투어 그녀를 에워싸듯 앞서거니 뒤서거니 해가며 밭으로 갔다. 밭에서 오이나 가지를 함께 따가지고 아침 준비하시는 엄마한테 드린 다음 부엌 마루에 앉아 다리를 까불며 서울 아가씨와 우리가 함께 나눈 얘기며 자잘한 일까지 미주알 고주알 조잘거렸다.

그녀는 우리가 난생 처음 보는 카메라를 들고 나와 고갯길과, 꽃분홍색으로 화르르 만개한, 우리가 일명 간지럼나무라고도 불렀던 백일홍 꽃나무를 배경으로 사진을 찍어 주었다. 서울 아가씨가 내려오면서 우리의 마음을 둥둥 뜨게 한 많은 일 중에서도 내가 그 무엇보다 마음을 빼앗겼던 건 분말주스였다. 그녀는 우리를 샘가로 데리고 가더니 '이게 오렌지 쥬스야. 이 가루를 물에 타면 맛있는 주스가 되지.' 하며 차가운 샘물에 선명한 색의 가루를 타는

것이었다. 주스 봉지에는 모르는 글자들이 새겨져 있었다. 미제 오
렌지 분말주스였다. 분말이었을 때의 사각사각하던 입자들이 샘물
에 녹으며 '샤아'하는 소리를 내던 것, 그 분말들이 잠시후 백일홍
붉은 빛도 아니고 개나리꽃 빛도 아닌 영롱한 빛깔로 녹았을 때,
나는 그 색의 형언할 수 없는 투명함에 혼미해지기까지 했다. 내
가 그때껏 보아온 적이 없고 느껴본 적도 없는 그 색에서 번져 나
오는 상쾌함과 투명함은, 아저씨와 서울 아가씨의 사이가 내게 전
해주는 분위기와 맥이 닿는 느낌이었으리라. 무덤덤하고 투박한
남녀사이만 보아왔지 그런 아리아리한 사이는 접해본 적이 없었기
때문일까.

　우리는 그 며칠 동안 무엇에 완전히 홀린 기분이었다. 다른 세
상을 다녀온 듯 발이 둥둥 떠있는 몽롱한 기분으로 그 몽롱함에서
깨어나기 힘들었다. 그녀가 대학에서 공부한다는 발레, 나는 그때
발레라는 무용의 이름도 처음 들어보았다. 그 여름 서울 아가씨는
그렇게 우리들에게 온통 향긋한 바람을 일으켜주고 떠났다가 그
이듬해 봄 아저씨와 결혼했다.

　서울 아가씨가 우리들의 당숙모가 된 후에도 나는 그 여름의 오
렌지 분말주스 빛깔을 바라보던 신비함을 담아 그녀를 생각하는
일을 멈추지 않았다. 그리고 아직 그때까지는 알지 못했던 그녀를
생각하는 내 마음이란, 어쩐지 그녀만큼은 그 한없이 형언할 수
없는 투명함을 간직한 사람으로 있어주기를 꿈꾸었던 祈願이었음
을, 나는 자란 후 비로소 깨닫게 되었다.

조기회

올해 들어 처음으로 매미 소리를 들었다. 계속되던 장마비가 잠깐 비껴간 사이 어느 틈에 매미가 등장해 천연덕스럽게 울어대는 소리를 듣고 깜짝 놀랐다. 벌써 매미가 울 때가 되다니. 이제 매미가 울기 시작했으니 바야흐로 본격적인 한여름이다. 갑자기 여름 기분이 부쩍 솟구친다.

매미가 울기 시작하면 어릴 땐 곧 여름 방학이 오리라는 기대로 부풀었었다. 그것은 변칙을 허용치 않는 불변의 사실이었으므로 마음껏 설레어도 좋았다. 어렸을 땐 정말 여름이 제일 좋았다. 여름이야말로 아이들과 가장 잘 어울리는 계절이 아닌가 한다. 마침내 그토록 고대하던 여름 방학이 되면 동트기 전 새벽부터 날이 저물도록 그야말로 놀거리가 지천이었다.

그 시절 내 고향의 학교에서는 여름 방학이면 조기회라는 모임이 있었다. 새벽 네시 반쯤 내 건너 마을과 우리 마을을 가로지르는 냇가 모래밭에 모였다. 손에는 싸리비를 들고 해도 뜨기 전 마을 어귀를 빠져나와 6학년 상급생의 인솔하에 우선 인원 점검을 하고 일제히 국민체조를 한 후 큰길 청소를 했다. 그 다음 저학년 고학년으로 나뉘어 게임도 하고 운동을 하기도 했다.

내겐 3학년 위인 오빠가 있었는데, 이 오빠는 무슨 오빠가 동생이 다른 아이로부터 괴롭힘을 당한다든가 하는 위기의 순간에 다른 오빠들처럼 불현듯 나타나 구해주기는커녕 오히려 그 무리에 섞여 한술 더 뜨는 게 고작이었다.

한번은 조기회에서 모두 모여 수건돌리기 게임을 할 때였다. 갑자기 오빠가 자기 친구와 짜고(나중에 알게 됐지만) 어느 틈에 내 뒤에 수건을 몰래 놓고는 술래로 걸렸다며 내게 노래를 시키는 것이었다. 분명 처음에 내가 보았을 때엔 없었는데 술래가 아니라고 따지는 사이에 슬쩍 던져 놓은 것이었다. 부드럽게 노래를 청하는 것도 아니고 말하자면 내가 익히 알고 있는 오빠 특유의 윽박지름을 담은 강요였다는데 나는 몹시 억울하지 않을 수 없었다. 내가 그 전해에 전교 독창대회에 나가서 상을 받은 적이 있기는 했지만 그날 조기회에서 술래도 아닌 상태에서, 더구나 강요에 못이겨 노래를 부르기는 정말 싫었다. 그런데도 오빠는 '안부르면 너 나중에 죽을 줄 알어' 라고 주먹을 내지르며 위협했다. 나는 어쩔 수 없이 울먹이며 노래를 불렀다.

오빠는 부를 노래까지 지정했다. 그「초록 바다」라는 지정곡을 지금도 기억한다. 맨처음 시작 부분에 반박자를 쉬고 들어가는, '초록빛 바닷물에 두 손을 담그~면' 하는 그 동요. 음악 시간에 그 노래를 배울 때 일이 생각난다. 그 반박자 쉬고 시작하는 것을 아이들이 하도 못 지키자 선생님은 생각다 못해 '초록빛 바다' 하지 말고 반박자를 쉬는 대신 '음'자를 넣어 '음 초록빛 바다'로 부르라고 하셨다. 그렇게까지 했는데도 아이들은 따라하지 못하고 오히려 '음'자가 들어감으로써 한 박자를 늘이는 한심한 결과만 만들어 냈다. 선생님은 따라오지 못하는 아이들이 답답해 풍금을 탁

탁 치셨고, 그런 선생님과 더불어 선창을 하던 나도 속이 터질 지경이었다.

나는 그 날 일을 계기로 오빠를 내가 좋아하는 사람의 목록에서 아예 영원히 제외시켜 버리기로 작정했다. 하긴 나도 이상했다. 매일 부르던 노래를 그 날은 왜 그리 부르지 않겠다고 고집을 피웠을까.

그렇게 조기회를 마치고 나면 마지막으로 모두 냇물 속으로 첨벙첨벙 뛰어 들어 멱을 감았다. 아이들은 모래밭에 옷을 훌렁훌렁 벗어 던지고 개구리헤엄을 치는데 나만 우두커니 앉아 바라만 보고 있었다. 나 말고 동네 아이들 모두 헤엄을 칠 줄 알았는데, 나는 어렸을 때부터 병적으로 물을 무서워했던 것 같다. 소나기에 물이 불어 시뻘겋게 콸콸 넘쳐나는 냇물도 무서웠고, 밑을 알 수 없이 적막하기만한 수면이 가끔씩 소금쟁이의 깨금질로 둥근 파문이 일곤 하던 푸르디 푸른 방죽물도 내겐 몸서리나게 무섭기만 하였다.

언젠가 비가 갠 하루, 모처럼 다니러 온 외사촌 언니의 손을 잡고 장에 가는 길이었다. 신작로 중간중간에 웅덩이가 파여 그 웅덩이에 뻘건 물이 찰람찰람 고여 있었다. 무심코 웅덩이에 눈길이 갔는데, 그 붉은 수면 위에 내 모습이 비치는 것이었다. 그게 어찌나 소스라치게 무섭던지 잔잔하게 「바위고개」를 부르며 걷고 있는 언니의 치마폭에 얼굴을 가리고 뒷뚱걸음을 걸었다. 그러다 고개를 돌린다는 게 그만 바로 길 아래쪽 냇물을 보게 되었고, 삽시간에 나를 삼켜 버릴 듯 출렁이며 넘실대는 광경에 나도 모르게 비명을 지르고 말았었다.

다른 아이들이 매일같이 맨살에 물을 끼얹으며 물에 친숙해 가는 동안 나는 그저 모래밭에 앉아 손가락 사이로 모래를 뿌리는 장난을 하거나, 동이 틀 때 햇살이 희미하던 풍경들을 하나하나 투명하게 드러내어 주는 모습을 바라볼 뿐이었다.

잠시후 후련하게 땀을 씻어 낸 아이들은 제 옷들을 찾아 주섬주섬 걸치고 흩어져 갔다. 점차 햇살은 멀리까지 퍼져 나가고, 너른 들판에서는 풀을 뜯는 소가 '음메에'하고 순한 울음을 퍼뜨리면, 우리들은 문득 뭔가 큰 일을 하고 오는 듯 가슴 뿌듯한 기분이 되어 개선장군처럼 '하낫 둘 셋 넷'하고 발 맞춰 고래고래 구령 붙이며 집으로 돌아오곤 했다.

조기회 모임은 어떤 이유에서인지 몇 년 후 슬그머니 자취를 감추게 되었다. 여름 방학을 그렇게도 활기차게 채워주던 조기회. 그 푸성귀같이 싱싱하던 새벽의 모임을 그들도 아직 기억하고 있겠지……

비밀의 화원

　봄이 되면서 동네 거리를 지날 때면 가장 눈에 띄는 게 주택가의 꽃밭이다. 어느 집이라 할 것 없이 이곳 사람들은 꽃을 가꾼다. 손바닥만한 여분의 땅이라도 생기면 먹을거리가 될 채소를 심어 가꾸는 우리네와 대조적이다. 어디든지 꽃이 심어져 있다. 그 꽃들의 색도 이왕이면 선명하고 화려한 쪽 취향으로 원색의 꽃들이 도로 쪽부터 집의 현관 앞까지 아롱다롱 피어 있다.

　담이 없는 집들이 군데군데 장식용 울타리를 세우고 꽃밭을 가꿔 놓은 광경은 말 그대로 평화롭기 그지없다. 그런 광경을 보고 있자면 떠오르는 노래 가사가 있다. '세상 풍경 중에서 제일 아름다운 풍경, 모든 것들이 제자리로 돌아간 풍경' 하는 노래다. 나는 늘 그런, 있을 것들이 제자리에 있어 동요가 없는 아늑한 상태를 몹시 그리고 있었는지도 모른다.

　얼마 전 아침이었다. 차를 천천히 몰며 동네 길을 가는데 어느 집 꽃밭이 유난히 눈에 들어왔다. 점점의 핏자국처럼 선명한 색의 꽃들이 그 집 정원을 채우고 있었다. 그림에서나 본 것 같은 모양의 선홍빛 꽃들이 아담한 꽃송이를 일제히 펼치고 있었다. 그때 문득 내 입에서 "레이지 데이지 스티치!" 라는 탄성이 터져 나왔다.

중학교 1학년이나 2학년 때였던 것 같다. 빳빳이 풀먹인 흰 칼라가 검은 교복 위에 눈부시던 시절이었다. 가정시간에는 자수나 레이스를 뜨는 등 실습이 많았었다. 그 중에서 나는 자수에 흥미를 가졌던 편이었다. 동양자수는 옛날 어른들이 하시는 걸 많이 보았었고 그때 학교에서는 주로 서양자수를 배웠다. 눈에서 진물이 날만큼 세밀하게 촘촘히 수를 놓아야 하는 동양자수에 비해 서양자수가 배우는 아이들에게는 훨씬 수월했기 때문으로 짐작된다.

자수 말고도 아이들은 레이스 뜨기를 즐겨했고 겨울이면 습관처럼 뜨개질을 했다. 교복 속에 입는 속치마도 털실로 짠 걸 입었고 장갑이나 웬만한 스웨터 정도는 거의 제 손으로 떠서 입었다. 나도 겨울이면 뜨개질을 많이 했었는데 손끝이 그리 여물지 못한 편이라 다른 아이들만큼 근사한 무늬나 다양한 뜨개질 방법은 배우질 못했다.

한 학기에 레이스와 자수를 한 작품씩 완성해서 제출했는데, 레이스 뜨기와 나는 상극에 가까웠다. 색감의 변화도 없는 탱탱한 흰 목실을 코바늘에 걸어 한 코 한 코 떠가는 레이스 뜨기가 내겐 왜 그렇게 지루했는지, 그걸 붙잡고 앉아 있으면 온몸이 다 뒤틀리는 것 같이 좀이 쑤시고 그것 말고 급하게 해야 할 다른 일이 있는 것처럼 마음이 바빠졌다. 대부분 그런 손재주를 필요로 하는 일을 잘하는 아이들에겐 위로 언니들이 있는 경우가 많았다고 기억되는데, 그래서 나는 그런 일을 잘 못하는 원인을 언니가 없는 탓으로 돌리곤 했다.

레이스 뜨기 때문에 일어난 해프닝이 한가지 잊혀지지 않는다. 그때 가정과목의 여름방학 숙제가 레이스 뜨기 두 점이었다. 나는 방학 내내 미루다가 막판에 가서 궁한 해결책을 떠올렸다. 엄마의 처녀적 작품을 내기로 한 것이었다.

엄마는 당신의 고리짝을 뒤진 끝에 찾아낸 레이스 화병 받침을 내게 주셨다. 그 화병 받침은 오래된 물건에서 맡아지게 마련인 매캐한 냄새가 온통 배어 있었다. 나는 엄마가 고리짝을 꺼내 이것 저것 뒤적거리실 때가 참 좋았다. 고리짝 안에는 별의별 것들이 다 들어 있었다. 처녀적부터 애지중지 간직해온 수실이며 양재본, 온갖 조각천들, 그리고 까맣게 말라붙어 그게 무엇인지 설명을 듣지 않고는 알수 없는 우리 형제들의 갓낳았을적 배꼽들도 화장품 크림병에 담겨 나란히 보관되어 있었다. 고리짝 안에서 풍겨 나오는 매캐한 냄새는, 마법의 주문을 외우자 마술 램프에서 피어오르는 연기와 함께 마법의 세계가 펼쳐지듯 매번 나를 고리짝 속의 아득한 세상으로 이끌어 갔다. 그 냄새는 제철을 기다리며 벽장 안에서 잠자고 있던 이부자리에서나 할머니가 가지신 권한의 상징 같은 다락 속 한 자리, 손주들에게 한 웅큼씩 쥐어 주시던 먹을 것들이 놓여있던 그 어둑한 자리에서도 맡을 수 있었다. 그것은 자꾸 뭔가 궁금해지게끔 하는 삶 속의 우묵한 자리, 그래서 까무룩히 아늑해지는 그런 의미의 세상이었다.

삼십년이 다되어 누렇게 바랜 화병 받침 두 점을 앞뒤로 들춰보며 뒤가 켕기지 않은 것도 아니었지만 나는 눈 딱 감고 삶아 빨아 가지고 제출하였다. 그러니까 엄마도 그 일의 공모자가 되신 셈이었다. 그렇게 오래된 고물을 방학 숙제로 제출할 생각을 했던 나도 참 낯 두껍고 간도 컸다 하겠지만 그걸 묵인한 엄마도 나 못지 않게 엉뚱한 분이었다. 엄마는 내가 그런 일에 눈썰미가 부족하거나 손재주가 없는 점에 대해서 별 불만이 없으셨다. 덕분에 내 가정과목 점수는 엉망이 되었다.

그런 내가 이상하게도 서양자수를 시작하고서는 대번에 흥미를
갖게 되었다. 처음 배웠던 게 바로 그 '레이지 데이지 스티치'였다.
본에 새겨진 꽃의 이름이 데이지꽃이라고 선생님이 말해 주었다.
한번도 그 꽃을 실제로 본적이 없지만 그 말을 듣고난 후 나는 데
이지라는 꽃이름을 잊어 본 적이 없다. 그 수를 놓으려면 어쩐지
마음이 애틋해지면서 그때 규정처럼 본에 새겨있게 마련인 작은
화원을 가꾸는 주인이 되어있는 마음이 되곤 했다. 한 땀 한 땀
뜰 때마다 색색의 수실이 꽃잎을 채우고, 꽃송이를 이루게 하고
드디어 화원으로 모습을 드러내는 일이 내 마음에 꼭 들었다.

그 뒤로 이어지는 서양자수에도 줄곧 마음이 이끌려 '다음 시간
부터 자수 실습을 하겠다' 라는 선생님의 말씀을 들으면 이번엔 어
떤 그림이 새겨져 있을까 이만저만 기대가 되는 게 아니었다. 그
다음 시간이 되어 자수할 재료를 나누어 받고 그림이 새겨진 자수
본을 펼쳐볼 때는 소중한 비밀함을 열어보는 듯 가슴이 두근거렸
다. 자수본에 새겨진 그림들은 선이 단순해서 한땀 한땀의 간격이
좀 성글어도 괜찮았다. 내가 또 가슴이 두근거려지는 건 자수실이
었는데, 동양 자수와 다르게 서양자수 실은 색이 선명하고 다채로
왔다. 빨강도 파랑도 그냥 빨강 파랑이 아니고 약간 흰색이 섞인
듯한, 주위에서는 볼 수 없는 아련함이 깃들어 있었다. 그러니까
나는 그 자수실에서 이국의 한 자락을 엿보고 있었던가 보다.

내가 얼마 전까지 간직하고 있던 자수본이 생각난다. 짙은 회색
바탕에 목동이 피리를 불고 있는 풀밭에 여기저기 올망졸망한 꽃
들이 피어있는 그림이다. 나는 그 작품을 끝내 완성하지 못했었다.
아마 수업 시간의 부족 때문이었던 것으로 기억되는데, 그 뒤에
그 작품을 꼭 완성해 보리라 마음먹었었지만 학교를 다 마치고 그

후에도 결국 미완성 작품으로 장롱 깊숙이 보관하는데 그치고 말
았다.

'레이지 데이지 스티치' 한 땀 한 땀 수놓아 가던 그 시절, 나는
흰 칼라의 빳빳함 속에서 혼자만이 피워낼 수 있는 비밀한 화원을
하나 간직하고 싶었던가 보다. 밖으로부터의 그 어떤 구속에도 흔
들리지 않을, 모든 것들이 제자리로 돌아가 세상에서 제일 아름다
운 풍경을 이룰 때를 그리고 있었으리라. 그 아름다운 풍경의 한
때를, 그 무렵 잠깐씩 엿보았던 바로 그 이국의 한 곳에서 나는
지금 만나고 있다.

도시의 소리

몇 살 때던가 처음으로 지방 소도시에 사시는 큰이모댁에 갔던 적이 있었다. 그 일은 시골에서만 살던 내가 모처럼 도시의 풍경을 접했던 신선한 충격의 기회가 되었다.

형제 중 막내였던 엄마의 큰언니이며 일찍 돌아가신 다른 형제분들과 달리 그때까지 유일하게 생존해 계셨던 큰이모는 엄마와의 연세 차이가 무려 이십년이나 났다. 연세로만 보면 모녀사이라 해도 틀리지 않았다. 나는 엄마가 외가에 가시는 걸 별로 보지 못했다. 어쩌다 외할아버지의 제사 때 외숙모만 계신 외가에 쓸쓸히 다녀오셨고 그밖에는 친정 출입을 거의 하지 않으셨다. 그 해 큰이모댁으로의 나들이는 이종사촌 오빠의 결혼식이었던가, 그런 큰 행사였던 걸로 기억된다.

엄마는 나만 데리고 떠나셨다. 나에게 최초의 먼 거리 여행으로 기억될 나들이였으므로 나는 눈에 닿는 모든 것에 마음을 빼앗겼다. 버스를 타러 가기까지 십리길을 걷는 동안에 만나게 된 냇물이며 다리, 냇물에 반사된 햇살이 잘게 부서져 별떨기처럼 반짝이던 물의 표면들에 넋이 팔려 엄마보다 자꾸 뒤쳐지곤 했다. 한 손은 엄마에게 잡히고 시선이 쏠린 풍경에서 눈길을 떼지 못해 얼굴을 뒤로 돌린 채여서 마치 질질 끌려가는 형상이었다.

신작로가 왜 하얗게 기억되는지, 그 하얗게 뻗어있는 신작로를 눈부셔하며 버스를 타고 가는데 길가의 미류나무며 간혹 지나는 사람들이 왜 모두 뒤로만 가는지 참 모를 일이었다. 버스를 타고 가는 동안 나는 두 가지 일에 정신이 팔려 있었다. 차창 밖 풍경들이 사라져 가는 방향을 따라 고개를 움직여가는 일과, 또 한가지 잊을 수 없는 일, 처음으로 내 후각은 아찔한 현기증을 느낄만큼 어떤 낯선 냄새에 취해 있었던 일이었다. 휘발유 냄새였다. 엄마가 어린앤데 휘발유 냄새를 좋아하다니 이상한 일이라고 하실만큼 나는 그 냄새에 취해서 일부러 자꾸 숨을 들이쉬었다. 그래선지 나는 처음 차를 탔으면서도 멀미를 하지 않았다.

큰이모댁은 그 도시의 어느 골목 이층집이었다. 골목이란 것도 참 생소했다. 내가 보아온 동네란 산을 배경으로 집들이 윗마을에서 아랫마을로 나란히 배열되어 앞으로는 내를 바라보며 그 사이에 논과 밭이 있는 단순한 선의 구성인데 반해 도시에는 집들이 길에 접하여 빼곡이 들어차 있는 데다 또 골목골목으로 집들이 층층으로 배열되어 있어 여간 복잡한 형태를 이루고 있지 않았다.

큰이모댁에서의 설레는 첫 밤, 낯선 곳에서의 잠자리인 탓에 마음이 진정되지 않기도 했거니와 주위의 어수선함 때문에 나는 쉽게 잠을 이루지 못했다. 그러다가 설풋 잠이 들었었는데 무슨 소리인가 때문에 새벽 무렵 잠이 깨게 되었다. 그때 잠결에 들려온 그 소리는 나의 얕은 잠속을 한동안 아득하게 떠돌다가 마침내 한데 모아지며 맑은 울림을 내었다. 바로 도시의 느낌을 확연히 실어다 주던, 딸랑딸랑 두부장사의 종소리였다. '아! 도시의 아침은 이렇게 시작되는구나.' 어린 나는 딸랑이는 청아한 종소리가 일으킨 신선한 충격으로 어찌나 설레던지 문을 열고 나서면 상상치도 않았던 놀라운 일이 내 앞에 나타날 듯한 즐거운 기대감으로 충만해졌다. 잠결에 듣는 자동차의 경적 소리는 또 얼마나 상쾌하던지…

내가 늘 자고 깨던 시골집의 아침이란 새소리와 대숲을 지나는 바람소리 뿐이었는데 도시엔 왠지 마음을 들뜨게 하는 색다른 소리들이 있었다. 그 소리들은 마치 어떤 흥미진진한 일들이 지금 한참 벌어지고 있으니 서둘러 나서라는 부추김과도 같이 마음을 솔깃하게 하는 느낌을 전해주었다.

그 색다른 소리들에 어리둥절하고 있는 나에게 나보다 나이가 훨씬 위였던 이종사촌언니가 "너 노래 한번 들어볼래?" 하고는 전축이란 것을 구경시켜 주었는데, 나는 그것을 보고 그만 숨이 탁 멎어버릴 만큼 놀라고 말았다. 그때까지 라디오 밖에 구경을 못했던 나에게 그 전축이란 뜻밖의 존재는 그야말로 미지의 경이로운 세계를 그대로 내 앞에 옮겨다 놓은 것 같았다.

언니는 전축에 레코드판이란 물건을 올려놓고 또 그 위에 바늘을 올려놓고 했는데, 그 손놀림이 어찌나 유연한지 마치 날렵한 흰 새가 얼핏 스치고 지나간 듯했다. 그 잠시에 이어 까만 레코드판이 돌며 바로 음악이 흘러 나왔는데 나는 순간 머리가 마비되는 듯한 느낌에 휩싸여 꼼짝도 할 수 없었다. 나는 언니가 나와 다른 울타리 속에 살고 있는 게 분명하다고 생각했다. 언니는 나한테도 전축바늘을 올려놓는 법을 가르쳐 주었는데, 혹시 언니처럼 잘 되지 않으면 어떡하나 하는 조바심으로 손가락을 달달 떨었던 생각이 난다. 나는 그 날 종일 그 전축 옆에 붙어 있다시피 했다. 내가 속했던 세상과 전혀 다른 소리들로 이루어진 낯선 세상에 완전히 매혹되었던가 보다.

그 날 전축 바늘을 올려놓던 내 손가락의 떨림 속에 어떤 감정들이 실려 있었던가. 동경과 부러움과 그 나이로는 헤아릴 수 없던 나와 바깥 세상 사이의 부인할 수 없는 간격, 그러면서도 어딘지 드러나지 않게 이끌리는 친근함. 감당할 수 없을 만큼 참 여러 갈래의 감정들이 일시에 몰려와 어린 나를 포위했었다. '하늘 아래 이미 새로운 것은 없다'라고 하지만 어릴 땐 눈에 띄는, 처음 대하는 모든 사물이며 현상들이 새롭지 않았던가. 그건 아마도 그 사물이나 현상 뒤의 어마어마한 이치들이 어렴풋이 감지되려는 기미를 눈치채게 됨으로 인해서일 게다.

큰이모댁에서 집으로 돌아온 후에도 한동안 나는 그 날의 놀라움을 함부로 펼치지 않고 꿈속에서나 아끼듯 다시 만나곤 했다. 엄마가 언제쯤 큰이모댁에 다시 가시지 않나 엄마의 눈치를 살피기도 했다. 큰이모댁에 더 이상 혼사가 없었던지 나의 바램과는 아랑곳 없이 엄마는 큰이모댁에 가지 않으셨다. 그렇게 몇년이 흘렀고 그 후로 엄마는 큰이모댁에 한번 더 갈 기회를 맞으셨다. 내가 학교에 들어가고 여러 해가 지난 뒤 큰이모의 장례식 때였다. 그때 나는 엄마와 동행하지 못했으므로 더 이상 그 도시의 신선한 소리들을 들을 수 없었다.

겨울날의 풍경

　마음 먹고 바느질감을 챙겨 바늘에 실을 꿴다. 손맵시 낼 작품이 아니라 여기 저기 솔기가 빠진 곳, 실밥이 늘어진 곳, 달랑달랑 곧 떨어지게 생긴 단추들을 감치고 깁는 일이다.

　다행히 반짇고리를 지니고 와서 처음 이곳에 도착했을 때부터 단추가 떨어졌거나 바지단이 튼 곳들을 금방 손질할 수 있었다. 그 후로 얼마간 지내다 보니 갖가지 일에 떠밀려 바느질거리가 잔뜩 쌓이게 되었다.

　구멍이 난 양말도 여러 켤레다. 이곳에서 사 신는 양말은 더 쉽게 구멍이 난다. 한국을 떠나올 때 여기 머무는 동안 필요한 양을 가늠해 양말을 넉넉히 사오긴 했었다. 그런데 모두 진한 색의 양말들이어서 여름철이 되자 아이들의 요구로 희거나 밝은색 양말을 사게 되었다. 그 품질이라는 게 우리나라 것과 비교도 할 수 없이 조잡한데, 신축성이 없어서 신을 때는 뻑뻑하고 신고 있다 보면 늘어지고 또 금방 구멍이 나기 일쑤다.

　어제 내린 눈으로 집안에 비쳐드는 햇살이 더욱 환하다. 밖에 쌓인 눈과 한나절의 햇살이 환하게 어우러져 오랜만의 바느질에 썩 어울리는 배경이 된다. 밖에서 눈싸움을 하는 아이들의 떠들썩한 소리도 들려와 이럴 때 화로라도 옆에 두고 있다면 제격이겠다 싶다.

양말은 발가락 부분과 뒤꿈치에 구멍이 잘 나기 때문에 그동안 여러 번 꿰맨 자국이 있는 것들도 있다. 구멍이 나는 부분이 일정하고 다른 부분은 아직 멀쩡해서 나는 몇 년씩 신은 양말도 버리지 못한다. 구멍은 빼꼬롬이 작게 난 것도 있고 어쩌다 이렇게 되었을까 싶을 만큼 크게 뻥 뚫린 것들도 있다. 그런 구멍이 난 양말의 주인은 역시 아들아이다. 밖에서 거친 움직임이 많은 운동을 하다보니 구멍도 거칠게 나기 마련이다. 딸아이 것은 언제나 엄지발가락 부분에 분꽃씨 만한 구멍이 나있다. 남편 것은 뒤꿈치 위에, 내 것은 발가락 부분에, 양말에 난 구멍만 보고도 누구의 것인지 확연히 구별이 된다. 오밀조밀 모여 있는 구멍들이 정겹다.

아이들이 어릴 때는 밝은 색의 양말을 많이 신겼는데, 구멍이 나게 되면 보색의 다른 못쓰게 된 양말을 오려서 기워 주곤 했었다. 더 기울 수 없게 된 양말은 다른 양말을 기울 때 쓰일 색의 배합을 어림해보며 골라 보관했다. 노란 양말에 발가락과 뒤꿈치 부분을 빨강과 초록으로 기워주면 예쁜 새양말을 신는 듯 아이들은 좋아했었다.

언젠가 기운 스타킹을 신은 나를 보고 친구가 ‘궁상맞게 스타킹을 다 기워 신느냐’고 웃었던 일이 있다. 나는 그 말에 ‘할만하니 한번 해보라’고 권했다. 어머니로부터 그렇게 익혀온 습관을 지닌 나에게는 한 올 줄이 나갔다 해서 전체가 말짱한 스타킹을 버릴 수 없었다.

어렸을 때 어머니의 바늘 가는 방향에 연신 눈을 주며 양말 깁는 법을 배우던 일이 생각난다. 비슷한 질감, 색의 헝겊을 구멍의 크기보다 여분을 두어 오려서 양말의 안쪽에 대고 시침질을 했다. 그때는 발바닥에 난 큰 구멍에 다른 헝겊을 대고 기우면서 양말을 오래 신었다. 시침질이 끝나면 양말의 겉쪽에서 구멍난 자리의 얌전치 못한 실밥들을 모아가며 고운 감침질로 마무리했다.

그런데 구멍 난 부분이 평면일 때는 수월하지만 발가락이나 뒤꿈치같이 곡선으로 된 부분은 여간 애를 먹이지 않았다. 그 곡선에 맞게 덧대는 헝겊도 여분을 두어야 마땅한데, 그때 어린 나이로서는 그런 물리가 쉽게 트이질 않았다. 그래서 빠듯하게 덧댄 탓에 한쪽을 시치고 나면 반대쪽에는 헝겊이 모자라기 일쑤였다. 그러면 뜯어내고 다시 알맞은 크기로 헝겊을 오려 아귀를 맞추는 일에 공을 들였다. 눈어림이나 손대중으로는 될 일이 아니어서 제대로 되어가는지 계속 어머니에게 여쭈며 익숙해지기까지 한참이 걸렸다. 그렇게 해서 나는 양말에 난 구멍하나 메꾸는 데에도 미리 가늠하고 적절히 안배하는 지혜가 필요함을 배우게 되었다.

딸아이는 내가 양말을 기울 때마다 저도 옆에서 해보려고 애쓴다. 아이들은 양말에 구멍이 나면 자연스럽게 '기워달라'고 말한다. 바늘이란 참 고마운 살림 밑천이다. 웬만한 정도의 해진 곳에 바늘이 닿아서 아물려지지 않는 경우가 드물다. 나는 요즘도 마땅하게 할 일이 없거나 공연히 뒤숭숭할 때면 옷장을 뒤져 혹시 바느질감이 없나를 찾아본다. 다른 번다한 일의 뒷전으로 밀려 벌어진 채 방치된 부분들을 다독이고 아물리기 위해서이다.

전기도 들어오지 않던 겨울밤, 까무룩한 등잔불 아래 어머니와 함께 머리를 맞대고 두런두런 이야기를 나누며 양말을 깁던 그 시간은 얼마나 아늑하던지. 문틈으로 바람이 들어왔나, 누군가의 숨결 탓일까, 잠깐씩 등잔불 불꽃이 떨리면, 벽의 그림자들도 순간

부풀어 춤추듯 하던 긴 겨울밤들. 그 일들은 겨울의 정취를 한결 훈훈하게 다독여 주는 풍경으로 내게 남아있다. 방 한 켠에는 동생들이 잠들어 있거나 책을 읽고 있고, 라디오에서는 연속극이 귀를 모으게 하던 그 시간, 잠든 식구들의 고른 숨소리와 문 밖에 비밀스런 거동 같은 눈이 사락사락 내리던 雪夜. 나는 지금도 양말을 기울 때면 그 분위기 속으로 잠깐씩 다녀오곤 한다.

엉큼한 아들

아들아이가 열한살이 되었다. 어느새 나보다 체중이 많이 나가고 신발도 같은 치수를 신을 만큼 듬직하게 자랐다. 내년 이맘때면 더 몰라보게 훌쩍 자라있을 것이다. 요즘 아이들은 성장 속도가 빠르니 변성기를 맞을지도 모르겠다. 남들은 자식이 커가는 재미로 산다느니 나날이 자라는 것을 보는 게 사는 보람이라느니 하지만 나는 내 아들이 자꾸 커가는 게 안타깝고 서운하기만 하다.

내 아들은 진지한 듯하면서도 엉뚱한 구석이 많아 균형 속의 파격이랄까, 삶 속의 오묘한 진수라도 깨우친 듯 여겨진다. 그 점에 있어서는 지금보다 어릴 때가 더 심오한 경지에 있었다고 할 수 있다. 이젠 그때만큼 엉뚱한 짓을 하지 않고 그보다 의젓한 모습을 더 자주 보여 서운한 마음이 되는 걸까.

아이들 얘기라면 엄마가 된 여자치고 누구나 다 다반사로 삼는 일상이고 또 제 자식은 모두 천재인양 착각하고 산다는 점을 익히 알고 있어, 나는 평소에 다른 이에게 내 아이들 얘기를 하지 않는다. 사람들은 자식의 문제라면 자신이 이제까지 지켜왔던 마음의 평정이나 이성적인 균형을 쉽사리 허물어뜨리고, 덮어놓고 미화하거나 도취하여 스스로의 판단력을 마비시키곤 한다. 그런 점을 미리 간파하여 옛부터 선인들은 자식자랑을 팔불출의 항목에 넣어 경계코자 했으리라. 그 점은 모든 인간관계 중에서도 유독 내가 마음을 쓰는 부분인데, 자칫 자식 일이라면 객관성을 잃기 쉬운 부모의 처지에서는 늘 마음을 단속하고 바짝 긴장하여 거리와 균형감을 유지하는데 신경을 집중해야겠다는 생각에서다.

대여섯살 때쯤 학교에 들어가기 전의 아들아이의 면모는 이랬다. 매사에 너무 여유만만하고 게으르다 싶어 사내란 모름지기 절도가 있어야지 하고 태권도를 배우게 했다. 틈만 나면 알통을 대보자고 팔을 걷어 부치던 중 파란 띠를 따고 들어오던 날은 싱긋이 웃고 들어오며 기쁨을 속으로 감출 줄도 알았다. 그러더니 다음날부터는 새록새록 실감되어지는 기쁨을 참는 일이 무의미하다 싶었는지 누구라도 왔다하면 아예 파란 띠부터 매고 나와 떡 버티고 서 있곤 했다.

아들아이는 유머감각이랄까 뭐 좀 마음을 한 군데 짐짓 허물어뜨리는 그런 기질을 갖고 있다. 말을 배울 때부터 가끔씩 던지는 말마다 들을 때는 어이없고 엉뚱하고, 그런가하면 듣고 보면 뭔가 상큼하게 뒤통수를 쳐주는 듯한 의미가 있는 말들이다. 하는 짓도 그렇다. 남자아이라서 딸아이 때와 다른 면이 많지만 우선 생각나는 건 빨랫감을 살펴볼 때다. 아들아이의 주머니 속에는 언제나 이것 저것 잡동사니들이 많이 들어있다. 오가다 길에서 주운 쇠붙이에서부터 딱지며 장난감 총알에 이르기까지 그 종류도 다양하다.

한동안은 주머니에서 과일과 돈이 나오기도 했는데, 자초지종을 알아보니 유치원 다니는 길에 지나게 되는 골목시장에서 노래를 부르고 얻어온 것들이었다. 아이가 남의 시선에 연연하지 않은 채 '니가 나를 모르는데~'하는 유행가를 부르고 다니자 재미 삼아 노래를 시키게 되었고, 아이는 청중이 많아지자 점점 더 흥이 나 알고 있는 노래를 다 불렀다. 그들은 노래값으로 자신들의 가게에서 파는 과일이나 돈을 쥐어주기도 했고 그러느라 아이의 귀가시간은 늦어질 수밖에 없었다. 덕분에 나는 모르는 사이에 유명한 사람이 되어 있었다. 나는 그들을 몰라도 그들은 나를 알아보았다.

아이와 함께 시장에 가면 여기저기서 "이 아이 엄마예요?", "이 아이가 아들이었어요?"하며 놀라움을 금치 못하는 것이었다.

언젠가는 집안의 동전이 자꾸 없어지는 게 이상해 아이를 수상히 여기고 살펴보았더니, 몰래 오락실에 출입하는 재미에 빠져 있었다. 그 날도 오락실에 갔다가 유치원이 끝나는 시간보다 훨씬 늦어 슬금슬금 눈치를 살피며 들어온 아이의 종아리를 걷게 하고 세게 때렸다. 한참 시간이 지난 다음 잘못을 반성했느냐고 묻자 '그렇다'고 대답하며 새삼 서러움에 겨운지 '엉엉' 울면서 이렇게 말했다.

"엄마, 나 이제 때리지 마. 잘못했을 때도 때리지는 마. 난 맞을려고 할 때는 마음이 탁 갈라진다."

아들아이의 그 말이 자식에게 매질을 한 후 부모의 공통심정인 안쓰럽고 자책하는 마음의 정곡을 후비고 들어와 사정없이 나를 질타했다. 그 순간 나는 훗날 결코 지켜질 수 없는 다짐을 단단히 하고 있었다. "그래, 네 마음이 탁 갈라지는 일, 앞으로는 엄마가 절대 하지 않으마." 라고. 그러나 불행히도 사람은 쉬이 망각하는 습성을 갖고 있다. 얼마 지나지 않아 나는 다시 아들아이의 마음을 탁 갈라지게 하기 시작했고, 그 후로도 아들아이의 마음을 수없이 탁 갈라지게 하는 일을 계속했다.

그 외에도 아들아이의 일화는 많다. 겨울철이었는데 유치원에

갈 시간이 되어서도 일어나지 않고 누워서 게으름을 피우길래 빨리 일어나라 성화를 부렸더니 "엄마, 나 엄마 같은 사람이 되고 싶어." 하는 것이었다.

나는 순간, 엄마로 살아간다는 일에 가슴 뻐그러지는 듯한 보람으로 어쩔했다. "이 녀석이 이젠 존경하는 인물상을 확립했구나. 그리고 그 주인공이 나란 말이겠지?" 그래도 그 보람을 아이 앞에서 고스란히 내색하는 게 의젓하지 못한 것 같아 "왜 그렇게 생각하느냐"고 넌지시 물었다.

"으응, 엄마는 아무데도 안 다니잖아. 추울 때도 집에 그냥 있으면 되고."

기대했던 것과 너무도 거리가 먼 대답에 나는 할 말을 잃은 채 잠깐 취했던 착각에서의 머쓱함을 모면하기에 급급했다.

이런 적도 있었다. 앞의 이야기와 거의 같은 맥락인데, 목욕을 시키고 물기를 닦아주는 내게 고추를 쓱 들이밀며 으쓱대더니 불쑥 이렇게 말했다.

"엄마, 나는 이 세상에서 누가 제일 좋은지 알아?"

나는 한번 당했으면서도 다시 착각에 빠지고 싶은 기대감으로 반색을 하며 아주 친절하게 반문했다.

"글쎄, 그게 누굴까? 무척 궁금하다. 누구니? 엄마? 아빠?"

그러자 아이는 짐짓 진지한 기색을 담으며 대답했다.

"아니, 바로 나야."

'어유, 엉큼한 녀석' 그렇게 의뭉스럽게 혹은 갑자기 허를 찌르는 엉뚱함으로 나의 마음을 흐뭇하게 하던 아들아이가 학교라는 특수사회에 발을 내딛은 후부터 차츰 의기소침해지고 엉뚱한 행동거지들이 줄어들게 되었다. 저 자신은 아는지 모르는지 나는 그 점을 눈치채게 될 때마다 상실감과 쓸쓸함에 마주해야 했다. 나는 내 아들이 살아가면서 언제까지나 파격의 의미를 즐기는 사람으로 남아있기를 바랬고, 그런 의미에 머물러 있던 시절의 아들을 사라져 버리고 말, 깨져버릴 물건을 애지중지하는 안타까움을 담아 아꼈었다.

보통 다른 아이들이 이십분 남짓 걸리는 귀가길이 아들아이에겐 제 관심이 쏠리는 것에 한눈을 파느라 한 시간도 넘게 걸려 종종 내 가슴을 졸이게도 하지만, 그럼에도 나는 그 일에 그다지 마음이 쓰이지 않는다. 아마 나는 아들아이가 가끔씩 그렇게 나를 조바심치게 하던 일을 앞으로 아주 그만두게 될까 서운해하는지도 모른다. 그것은 아이가 획일화 대열에 길들여졌음을 의미하며 경직된 세계 속에 소속되고 말았음을 증거하기 때문이다. 나는 내 아들이 여백에 조급해 하지 않고 그 안에 넉넉함을 담을 줄 아는 성인으로 살아가길 바란다.

비밀 공책

자랄 때의 친구 사이란 당자들에게 있어서는 그 어떤 다른 문제보다도 심각하고 소중한 의미를 갖는다. 소꿉동무 시기를 거쳐 사춘기에 이르러서의 친구와의 사귐은 부모의 영향권으로부터 벗어나 새로운 대상으로 전이해 가는 시기와 맞물리므로 한층 더 깊은 의미를 갖게 마련이다.

이 시기부터 맺게 되는 친구 관계란, 복잡하게 늘어가는 마음의 구조들로부터 따로이 호젓한 자리를 마련하게 되고 그 자리로 친구라는 새로운 의미의 세계를 구성하는 일이라 할 수 있다. 그러므로 친구란 종종 거의 우상과도 같은 의미의 영향력 있는 존재로 등장하지 않던가. 부모와는 더 이상 나누지 않게 된 숱한 화제가 이제 그 친구와는 가능하게 된 일이 어찌 그저 심상한 일일 수만 있겠는가.

미국에 온 후 채우에게 새로운 친구가 생겼다. 나을이란 이름을 가진 채우의 친구는 남편 동료의 딸이다. 막 친구를 좋아할 나이에 다다른 두 아이는 나이가 같아 만나자 마자 곧 가까와졌고 지금은 뗄래야 뗄 수 없는 사이가 되었다. 가족들이 함께 공원에 나가거나 해서 모일 때도 두 아이는 따로 떨어져 둘이서만 거닐며 무슨 얘기들을 끊임없이 속삭이는데 마치 연인사이 같은 은밀함이 엿보이기도 한다. 생김새도 비슷해서 두 아이가 함께 거리에 나가면 이곳 아이들이 쌍둥이냐고 묻기도 한다. 그런 아이들이 어느 날부턴가는 서로에게 하고 싶은 말을 적어 교환해 보는 두툼한 공책도 갖게 되었다. 그 공책에 무슨 비밀스런 내용들이 적혀 있는지 나을이의 엄마나 나나 퍽도 궁금하지만 아직은 둘 다 아이들에게 예의를 갖추는 자세를 유지하고 있다.

내심 이 아이들이 서로 지나치게 좋아하는 게 아닌가 하는 염려가 들 때도 있다. 가끔씩 네집 내집으로 돌아가며 함께 자기도 하는데 가만 내버려두면 매일 한집에서 자겠다고 할 지경이다. 이따금 옛날 일이 떠오르는 날이면 나는 채우에게 좋은 관계를 유지하기 위해서는 넘치거나 모자라지 않도록 조절하는 절제가 필요함을 넌지시 깨우쳐 주곤 한다. 사람 사이에서 균형을 잃지 않는 일이야말로 엄격한 자기 통제가 있지 않고서는 불가능한 일인 줄 모르지 않지만, 그래도 나는 그 힘든 일을 어린 딸에게 주문한다. 좀 모진 처사가 아닐까 되짚어 보며 아이가 안쓰럽기도 하지만, 이 아이들의 사이가 일그러지지 않기를 바라는 마음의 표현이므로 그런 대로 큰 장애는 되지 않으리라 여겨진다.

여고 1학년 때였던가. 흰 목련이 흐드러지게 피고 있던 봄날 점심 시간이었다. 도시락을 먹은 후 눈에 띄지 않은 짝을 찾아볼 겸해서 복도를 걷다가 몇 층이던가 어느 교실 앞 창가에 멈추게 되었다. 아마 얼핏 스치는 목련꽃 잎에 눈길이 닿았던가 보다. 나는 멈춰서서 무심히 창밖을 바라보았다. 사월의 싱그런 바람에 흰 목련이 몸서리치듯 떨어져 날리고 있었다. 그때 목표물을 정하지 않았던 느슨한 시선이 갑자기 화단에서 멎었다. 거기 낯익은 두 친

구의 모습이 보였기 때문이었다. 그들은 목련나무 아래 다정하게
손을 잡고 서서 나무를 올려다보기도 하고 흰 꽃잎을 주워 손에
올려놓기도 하면서 무언지 비밀 같기만한 얘기를 나누고 있었다.
가슴이 뛰었다. 그러나 가슴이 뛰는 게 남에게 들킬까 몹시 신경
이 쓰였고 나는 못 볼 것을 본 듯 서둘러 그 창가를 떠나 교실로
돌아와 아무 일도 없었던 듯 책장을 넘기고만 있었다.

　나를 혼자 남겨두고 그들끼리 따로 시간을 가져야 할 일이 무엇
이었을까. 그 날의 그 극심했던 소외감을 나는 쉽게 극복할 수 없
었다. 그 후로 나는 둘이었던 사이가 그 이상으로 확산될라치면
서둘러 마음을 단속하며 멀찌감치 그 관계로부터 거리를 두는 습
관이 생기게 되었다. 그런 관계의 복잡함 속에서 부대끼며 배겨내
야 할 일이 내겐 너무나 감당하기 벅찬 일이어서 아예 미리 포기
해 버리는 편을 택하게 되었던 모양이다.

　그 두 친구는 내 옆자리의 짝과 앞자리에 앉는 아이였다. 나는
내 짝 밖에 몰랐다. 고만한 나이의 친구 사이라는 게 그렇긴 하지
만 그애가 없으면 세상일이 다 시들하게 여겨질 정도로 나는 짝에
게 몰입되어 있었고 그애도 그러리라 믿어 의심치 않았었다. 그런
데 어느 날부턴가 앞자리의 아이가 내 짝에게 호의를 갖고 있는
기미를 보이더니 우리 사이를 비집고 들어오기 시작했다.

　둘 중 내 짝인 친구는 몸이 호린 듯 하면서 도톰했고, 한 친구
는 옆으로 바라진 듯 하면서 얇은 몸에 키가 약간 컸다. 나는 그
어느 편도 아니었다. 한 친구의 성격은 꽤나 신경질적이면서도 아
량이 넓었고, 또 한 친구는 더불더불 붙임성이 좋은 것 같으면서
도 늘 무리의 관심을 끌지 않고는 못 배기는 성격이었다. 역시 나
는 그 어느 편도 아니었다. 굳이 분류해 본다면 나는 아무 데도

속하지 않은, 그냥 그곳에 있는 편이었다.

그러니 나는 처음에도 그랬듯 그냥 원래 있던 곳에 티내지 않고 있는 편이 편했다. 속으로 입은 상처야 이루 말할 수 없이 깊었지만, 그 순간을 어찌 모면해야 좋을지 몰라 그냥 태연한 척 하기로 했고, 그렇게 얼결에 취했던 그 순간의 처신은 이후의 내 삶을 줄곧 지배해 왔다.

나을이와 채우의 사이가 이토록 극진할 시간도 이제 그리 많이 남아있지 않다. 나을이네가 귀국할 날이 얼마 남지 않았기 때문이다. 그 날을 앞두고 아이들이 어떤 생각을 하고 있는지, 어떤 준비를 하고 있는지는 아직 잘 모르겠다.

이런 저런 경험을 고루 해보는 게 올바른 성장 과정이 아니겠느냐는 묵은 통념에 반기를 들 뜻은 없지만, 그래도 나는 이 아이들이 나와 같은 그런 상처를 입지는 않았으면 한다. 모든 사람이 겪을 수 있는 일을 어리석게 내 자식들에게서만 비껴가는 요행을 바라지는 않는다. 다만 나는 그저 채우나 나을이가 나처럼 그만한 일에도 삶의 방향이 휘청해질 정도로 영향 받지는 않는, 좀더 여유로운 심성을 키워갔으면 하는 바램을 가질 뿐이다.

한편 생각해 보면 내가 쓸데없는 잔걱정을 하는 셈인지도 모른다. 정작 당자들은 당연한 수순으로 받아들이며 아무런 동요도 없는데, 공연스레 나혼자 오래된 피해의식을 이입시키고 있는지도 모를 일이다. 아무튼 나는 별스럽게도 궁금하다. 두 아이들의 속마음이 어떤지. 그걸 알려면 절대로 보여주지 않는 두 아이의 그 비밀공책을 훔쳐보는 수밖에는 없겠는데, 아직 내겐 그만한 담력이 없으니 유감천만이다.

닭찜과 북어

아이가 초등학교에 입학했던 때가 생각난다. 날씨가 풀린 탓으로 학교 운동장 군데군데가 녹아 질척거리고 있었다. 아이들은 운동장에서 선생님의 노래와 율동을 따라하는 것으로 학교 생활을 시작했다. 아이들 모두 이미 몇 년씩 유치원 등에 다니는 동안 익혀온 것들이라 흥미가 없을 것 같은데 그래도 새된 목소리로 열심히들 따라했다.

아이의 선생님은 오십대쯤의 온후한 인상을 가진 분이었다. 입학식 날 외에 나는 더 이상 아이를 학교에 데리고 다니지 않았다. 가까운 거리가 아님에도 아이는 혼자 걸어가고 돌아오며 밤톨처럼 야무지게 학교생활을 해나갔다.

나는 아이의 선생님께 변변한 선물을 전한 적이 없다. 1학년을 마치던 날 지방의 어떤 분이 마침 좋은 북어를 넉넉히 보내셨길래 그 반을 뚝 떼어 소포지에 포장해 선생님을 찾아뵙고 일년 동안의 감사한 마음을 전했을 뿐이다. 감사의 마음을 편지와 함께 전달했고 선생님도 나의 마음을 충분히 헤아려 주셨던 걸로 기억한다.

그 날 오후 잠깐 아이의 선생님을 뵙고 얘기를 나누는 동안 꼭 그 연세쯤 되셨을 나의 옛 선생님이 떠올랐다. 초등학교 1학년 때의 선생님이셨으니 내가 학교에 발을 들여놓으며 처음으로 만나게 된 나의 첫 선생님이셨다. 선생님의 첫 부임지도 우리 학교였다.

봄기운이 새록새록한 천지에 간간히 흰 눈발이 흩날리기도 하던 무렵 나는 가슴에 흰 손수건을 달고 학교에 다니기 시작했다. 흰 옥양목에 십자수가 놓아진 손수건을 핀으로 꽂고 그 위에 이름표를 달았다.

우리 선생님은 그때 달력에서나 보았던 김지미나 전계현 같은 영화배우보다도 훨씬 예쁘셨다. 선생님은 혼자 학교 옆의 어느 집에 방을 얻어 자취를 하셨다. 나는 가끔 선생님의 거처를 방문하는 행운을 누리곤 했는데, 어머니가 햇과일이나 채소가 나오면 천신(薦新)한 후 선생님께 드리기 위해 나를 데리고 선생님을 찾으셨기 때문이었다. 선생님과 어머니가 나의 학교 생활에 관한 말씀을 나누시는 동안은 쑥쓰러워 고개만 숙이고 있다가, 선생님이 어머니와 나를 배웅하기 위해 내 손을 잡고 개울가 다리까지 나오실 때는 마음속에 있는 무엇인가가 다 녹아내리는 듯 나는 행복해졌다. 내 손을 선생님이 꼭 쥐고 계신 일이 너무도 행복해서 매번 그 배웅길이 끝이 없는 길이기를 소원하곤 했다.

어머니는 소풍가는 날이 되면 정성을 들여 선생님의 도시락을 준비하셨다. 그뿐만 아니라 집안 잔치나 제사가 있을 때면 꼭 따로 음식을 보관하셨다가 뒷날 선생님께 전하게끔 하셨다. 자식들의 선생님에게 기울이셨던 어머니의 그런 정성은 제 아이에 대한 교사의 특별대우를 기대하는 성격의 마지 못한 선물공세와는 엄연히 달랐다. 그 시절 선생님들의 살림 형편은 넉넉지 않았다. 그 지역 토박이인 선생님도 계셨지만 타지방에서 부임해와 잠시 머무는 분이 많았으므로 어머니는 늘 그분들 일을 마음에 담고 계셨던 듯

하다. 더구나 나의 첫 선생님은 어린 나이의 처녀 선생님이었으니 어머니의 보살핌도 각별했으리라.

시골 아이들은 이상한 심술을 갖고 있었다. 예쁜 선생님을 놀려 먹지 못해 안달이었다. 우리 선생님과 다른 총각 선생님에 관한 소문이 퍼지기 시작했는데 상급생들로부터 비롯된 장난일 게 분명한 그 소문은 입에서 입으로 전해질 때마다 점점 흉하게 불어나게 되었다. 무슨 내용인지 분간도 못하는 우리 학년 아이들도 그 얘기만 나오면 낄낄대며 입을 모았다. 그 소문이 사실일지라도 엄연한 처녀 총각 사이에 무슨 허물이 될 것인가. 소문은 심각하게 번져서 선생님이 어머니한테 하소연하는 지경에까지 이르렀던 것으로 기억된다.

그 소문이 잠잠해지자 이번에는 선생님이 나만 귀여워하신다고 나를 괴롭히기 시작했다. 아이들은 또한 그런 쪽으로는 둘째 가라면 서운해 할 만큼 눈치가 빠르다. 아이들의 괴롭힘이 신체적인 해꼬지에 이르자 나는 학교에 가는 일조차 두려워하게 되었다.

가을 소풍날이 되었다. 어머니는 늘 하시던 대로 선생님들의 도시락을 준비하셨다. 그 날은 닭찜을 만들어 선생님께 전하라 하셨다. 나는 몹시 난감해졌다. 그 일로 더 심해질 아이들의 괴롭힘에만 마음이 쓰였다. 닭찜이 들어있는 꾸러미를 들고가는 나의 마음이 쇳덩이라도 끌고 가는 듯 무거워 즐거운 소풍길이 벌받으러 가는 길처럼 착잡하기만 했다. 나는 무척이나 망설이고 고민한 끝에 그 꾸러미를 버리기로 했다. 결국 나는 어머니와 선생님의 얼굴이 번갈아 떠오르는 걸 애써 무시하고 그 닭찜이 든 꾸러미를 논둑 아래로 던져버렸다.

집에 돌아왔을 때 잘 전했느냐는 어머니의 물음에 그렇다고 대답하고 더 이상 아무 얘기도 하지 않았다. 그 후에 그 일이 탄로가 났었는지 어쨌는지는 기억나지 않는다. 우리의 기억이란 일쑤 이상한 변덕을 부리지 않던가. 어떤 일의 결말을 절대 답해주지 않아 종종 우리를 궁금증으로 못 견디게 한다. 꼭 극적인 대목에 이르러 기억이 끊기고 마는 것이다.

이듬해던가, 선생님은 다른 지방으로 전근하셨다. 그 후 몇 번 편지 왕래가 있었으나 언제인지 모르게 소식이 끊어지고 말았다. 선생님은 지금 고운 모습으로 늙으셔서 손주들의 재롱을 보고 계실지도 모르겠다. 아이의 선생님을 대하게 되면서 더욱 나의 옛 선생님이 그리워진다. 한 세대를 거친 지금에도 내 어머니가 선생님을 대하던 자세로 내가 내 아이의 선생님을 대하고 있는 모습을 발견하게 된다. 아이의 선생님이라 해서 겉마음 속마음을 따로 두고 싶지 않다. 한 세대 전의 모습 그대로 자리만 이동시킨 듯한 감회가 새삼스럽기도 하다. 묵은 양식을 행하는 내 모습이 타인들에게는 투박하게 보이더라도 나는 아마 나의 이 습성을 버리지 못할 것 같다.

제3부

일 상

두 어머니

평소에 생각을 가다듬을 때면 항상 두 어머니를 떠올린다. 친정 어머니와 시어머니, 두 분의 어머니는 동시대를 살아오셨음에도 살아오신 방식이나 성품에서 상당한 차이를 보인다. 두 어머니는 내가 살아가는데 있어 상호 보완의 의미로도 자리하신다. 내가 독불장군식으로 설칠 때나 그날이 그날로 지지부진할 때나, 두 어머니는 온건과 강경의 요소를 적절히 주시어 스스로를 조절할 수 있게끔 하신다. 바로 내 안에 스며든 당신들의 성품으로.

내 안에는 늘 그 두 요소들이 병립하고 있다. 한 쪽이 승할 때는 다른 한 쪽에게 좀 덜고, 또 한 쪽이 처질 때는 저쪽에서 끌어오고 해서 기울기를 조절하는 것이다.

시어머니를 처음 대했을 때 어째 이분은 옛날분 치고도 자아라든가 내 주장 같은 의식이 전혀 없으신 것 같다는 생각을 가졌었다. 자기 주장을 겉으로 표현하시는 걸 볼 수가 없었고 워낙에 마음의 파장 없이 고요한 분이어서 무미하다고 생각하기도 했다. 그러나 얼마 지나지 않아 나는 시어머니의 그런 성품이 오랜 단련 끝에 이루어진 것을 깨닫게 되었다.

친정 부모님의 그늘에 계실 때도 장녀로 늘 형제들에게 너그러워야 했던 성품은 층층시하의 시집살이를 겪으시며 더욱 무던하게 연마되었으리라고 짐작된다. 그리하여 마침내 범속한 우리가 추구해 마지않는 무념무상의 경지에까지 이르신 게 아닐까 여겨지는데, 아무리 극진한 방법을 동원해도 그 경지에 이르지 못하는 사람이 태반인 것을 헤아릴 때 시어머니의 성품은 차라리 천성적인 쪽이 더 타당하다고 하겠다.

집안 행사가 있어 며느리들이 모두 모여 음식 장만을 할 때 보면 그 점이 두드러지게 나타난다. 시어머니는 뭐가 어떻게 잘못되었음을 절대 지적하시지 않는다. 스스로 해놓고도 좀 불안하여, "어머니, 이거 맛 좀 봐주세요" 하면 "아이구, 이거 어떻게 만들었나 참 맛이 좋구나"라며 잘된 점을 골라내어 칭찬하신다. 그러면 금방 안심이 되어 그 다음 음식을 만들면서도 공연히 흥이 나 정말로 맛있게 만들어진다. 시어머니 성품의 고결한 점은 바로 거기에 있다. 절대로 미흡한 부분을 건드리지 않고 스스로 깨우쳐 알도록 하는 힘이다. 당신 자신은 그 점을 의식하고 계시지 않지만 바로 그 저력이 자식 교육의 밑거름이 되었음은 두 말할 나위도 없겠다.

시어머니는 신기할 정도로 자식들의 일에 거리를 두신다. 자식이 일정한 나이가 차면 미리 마음속에 작정을 하고 계셨던 듯 일체 간섭을 안 하신다. 다 장성한 자식의 뒤꽁무니를 쓸고 다니며 낱낱이 참견하는 보통의 어머니와 얼마나 다른지, 처음에 나는 좀 어리둥절하기도 했다. 어쩌면 시어머니는 몹시도 매몰찬 분이 아닐까 하는 의문을 갖게 될 정도였다. 그러나 어머니의 그런 무심한 듯한 처신이 자식에 대한 더 깊은 배려임을 곧 알게 되었다. 자식이 컸음을 인정하고 그때부터 그 자식이 하는 모든 일들을 스스로 책임을 갖고 처리할 수 있도록 맡기고 믿겠다는 넓은 안목의 사랑이었다.

시어머니는 다른 사람의 허물을 탓하거나 단점을 들추시는 법이 없다. 먼저 상대의 장점을 칭찬하시는데 그렇다고 누구를 크게 추켜세우지도 않을 뿐더러 더구나 폄하하시는 일은 결코 없다. 언제나 타인을 대하는 자세에 있어 균형을 잃지 않으시고 그 정도가 일정하다. 그런 자기절제가 어떻게 가능한지 내가 가장 본받고 싶은 부분이 바로 그 점인데 보통 사람으로는 실행하기 어려운 일이기 때문이다. 말로 드러낸 적은 없지만 나는 속으로 성인의 경지가 바로 저런 모습이 아니겠는가. 바로 시어머니가 살아 있는 성인이 아닌가 여기고 있다.

어떤 지경에 있든 그 품으로 달려가면 모든 걱정이 다 수그러들고 평온해질 것만 같은 포용력을 시어머니는 지니셨다. 그런 굴곡 없는 성품이 답답하게 여겨져 불평이 나올 때도 있다. 그러나 모름지기 사람이라면 저리 되어야 한다는 그분에 대한 나의 존경심에는 변함이 없다.

내 친정어머니는 시어머니와 달리 기상이 무척이나 꼿꼿하시다. 더불어 젊은이 못지 않은 위트와 유머 감각도 소유하고 계시다. 우리 형제는 어머니를 '냉철한 비판력을 소유한 놀라우리만치 감성적인 분'이라고 평한다. 어머니는 심지어 자식의 티끌만한 흠까지도 당신 나름의 비판의 심판대에 즐겨 올리시는 분이다. 그 흠이라는 게 보통의 어머니라면 눈에 넣어도 아프지 않은 내 새끼 식의 사랑으로 충분히 보아 넘길 수 있을 만한 것들이다.

이를테면 걸음걸이라든지 말투 따위의 사소한 버릇들인데 어머니는 그 점들조차 당신의 기준에 미치지 못할 때는 여지없이 날카롭게 꼬집어 내신다. 어떤 때는 당신이 직접 그 모습을 재연하시기까지 한다. 도저히 수치스러워 견딜 수 없는 순간이다. 그러므로 어머니로부터 그런 수모를 또 받지 않기 위해서는 어머니의 마음에 들지 않는 버릇을 버리기 위해 필사적으로 노력해야 했다. 자랄 땐 어머니로부터 인정을 받는 것보다 더 행복한 일은 없었다. 그도 그럴 것이 어머니의 그 철저한 심판의 기준을 통과했다는 일이 어디 보통 일인가 말이다.

어릴 적의 하루가 생각난다. 잘 나가 놀지도 않는 나에게 어느 날 같은 반의 아이가 놀러왔었다. 그 아이가 나를 찾아온 일로 무슨 감명을 받았던지 나는 자청해서 그 아이가 돌아갈 때 분꽃모종을 한 바구니 뽑아 주었다. 나중에 알고 보니 그것은 분꽃이 아니라 시금치였다. 나는 그 일로 어머니한테 어머니가 바느질할 때 쓰시던 대자로 손바닥을 몹시 맞았다. 아마 그 날 전에 없이 나대는 나의 노는 모양새가 어머니의 심사를 영 편치 않게 했던 모양이다. 그 아이는 내가 태어나기 전 한때 우리집에서 머슴을 살던 이의 손녀였다. 어머니는 자신을 이루고 있는 울타리가 허물어졌다 해서 속엣것까지 다 드러내 버리고 시류에 편승하는 줏대 없는 처사들을 못내 경원하셨다. 그런 까닭으로 나는 어렸을 때 아무하고나 쉽게 친구가 되는 법을 배우지 못했다.

"새것이라면 그저 무턱대고 이 남바위, 저 남바위 다 덮어쓰겠느냐?"로 대변되는 어머니의 모든 가치관의 근간이 되는 그 말씀을 나는 지금도 귀에 쟁쟁하게 간직하고 있다. 내가 느끼기에 어머니는 어떤 이치나 현상을 대하는데 있어서도 단연 돋보이는 판단력을 지니고 계시다. 그런가하면 젊은 나도 견줄 수 없을 만큼 놀라운 직관력과 감수성을 갖고 계시다. 사물이나 사람의 생김새와 성격에 대한 묘사가 어찌나 간결하면서도 재미를 함축하고 있는지 매번 한편의 꽁뜨를 보는 느낌이 든다.

사소한 버릇들에서도 그토록 완벽을 기하셨던 어머니의 자식 교육은 좀더 중요한 도덕적 항목이나 삶에 대처하는 사고방식의 문제에 임해서는 거론하는 게 새삼스러울 정도로 엄격하셨다. 어머니는 사소한 일에서부터 철저하게 다듬고 다지는 법을 자식들에게 심어주고자 애쓰셨다. 그러다 보니 어머니는 자식들로부터 그다지 푸근한 어머니로 평가받지는 못하신다. 사물을 대하든 사람을 대하든 우선 단점부터 지적해야 직성이 풀리시는 성품이기 때문이다. 어머니는 그만큼 원칙에 어긋나는 일에 가차없는 벌을 내리셨다.

지금도 나는 시댁보다 친정에서 행동거지나 음식을 만드는 일에 더 신경을 쓰게 된다. 친정에서는 별스럽지 않은 것도 법도에 맞춰 해야 하는 데다 어머니의 심판을 통과해야 하는 고충이 따르기 때문이다. 결혼과 함께 나는 그런 까다로운 제재들로부터의 탈출에서 오는 자유로움을 누리게 되었다. 나는 마음 속으로 시댁의 가풍을 성긴 그물에 비유하곤 한다. 지켜야할 덕목들에 대해 신축성이 있어 성깃성깃 숨돌릴 여백이 있고 웬만큼 잘못하더라도 주눅들 필요가 없는 시댁의 가풍을 자연스럽게 내 것으로 받아들인 것이다.

이제 내가 살아가면서 해야할 일은 시어머니의 푸근함과 공평함, 친정 어머니의 분별력과 예지력을 골고루 닮는 일이다. 이 두 어머니의 고유한 특성들을 내 속에서 잘 조화시켜 가는 일이야말로 내 삶에 부여된 가장 소중한 책무라고 믿기 때문이다.

가족

　해 넘어가는 저녁 하늘의 색채처럼 다채로운 변화가 어디 또 있을까. 은은하고 장중한가 하면 선명하고 말갛기가 금방 목욕한 아기와도 같다. 천지는 새하얀데 기울어 가며 더욱 말갛도록 빨간 해가 지평선에 아기의 웃음처럼 걸려있다.

　해는 너무도 두드러진 스스로에게 마음이 쓰인 듯 제 주위로 유장한 빛을 거느려 구름 가장자리를 갖가지 아련한 빛깔로 아우른다. 회색으로 침잠하는 하늘을 비추어 분홍으로 아른거리게 하는가 하면 아직 푸른빛이 남아 있는 하늘 언저리를 연보라로 물들이기도 한다.

　온전히 열린 지평선으로 그대로 빨려들어갈 것만 같다. 문득 깨달아지는 게 있다. 하늘이 지상을 향해 아무런 거리낌없이 열려 있는 때는 바로 이 시간, 해가 질 무렵이다. 나는 저 하늘을 향해 그냥 앞으로 내달아도 좋을 것만 같다.

　어느새 해는 훌쩍 서편 하늘로 넘어가 어둑신한 사위, 웬일인지 창밖이 소란스럽다. 몰래 하는 일처럼 살그머니 커튼을 젖히고 밖을 내다보았다. 아래층에 사는 다섯 식구가 모두 나와 눈사람을 만들고 있다. 어른 아이 할 것 없이 얼굴까지 홈싹 감싸고 열심히

눈을 굴려대며 왁자지껄하다. 얼마 후 완전히 어두워져 조용해진
밖을 내다보았다. 그들이 남겨두고 들어간 눈사람이 노란 불빛 아
래 오두마니 서있다.

삼층 눈사람이다. 모자도 쓰고 나뭇가지로 팔도 만들어 놓았다.
큰 눈사람 곁에 작은 눈사람들이 두엇 더 있고 맞은 편엔 큰 바위
만한 둥그런 눈덩이들이 일렬로 늘어서 있다. 마치 흰 옷을 입은
사람들이 무언가를 기다리며 묵묵히 모여 있는 모습 같기도 하다.
그 광경을 가만히 바라본다. 마음이 제 자리를 찾아 내려앉는 기
척에 이어 말할 수 없이 따스해지며 그냥 소리 없는 웃음이 입가
에 번진다. 한 가족이 남기고 간 일단의 눈사람들, 그들을 남겨두
고 들어간 그 집에서는 따스한 불빛과 아이들의 웃음소리가 새어
나온다.

함박눈 내리는 초저녁, 읽고 싶던 책을 사들고 동네 골목길을
지나노라면 사위엔 오직 눈 내리는 소리뿐이었다. 그때, 불빛이 희
미하게 번진 흰 공간으로 새어 나오던 집안에 든 사람들의 나직한
말소리들….

일생을 살며 크고 어려운 다른 일들에 밀려 소홀히 취급되기 쉬
운 그런 잠깐씩의 짧은 순간, 그 순간들이 있어 우리 생애는 더욱
웅숭깊지 않던가. 종종 그런 생각들을 한다. 아마 내가 이렇다할
일을 이루지 못한 힘없는 생애들의 전형이어서 그럴지도 모른다.
큰 일을 겪을 때마다 이런 사소한 마음의 편린들도 한 켜씩 재웠
으면 하는 바램이 간절하다. 그러면 사소하고 짧은 순간이라 해서
단지 하찮게만 취급하지는 않을 게 아닌가. 기실 우리가 가장 감
동을 받는 순수한 상태란 그런 순간들을 스치는 느낌들이 아니겠

는지.

숲속에 핀 몇 떨기 파란꽃에서도 시원을 향한 그리움을 떠올리며 우주의 신비를 헤아릴 수 있으니 말이다. 그때 마음을 꽉 채우는 그 벅찬 느낌을 어찌 소중하다 하지 않을 수 있을까. 모든 여리고 힘없는 대상들에 마음 쓰이는 날이다. 옹기옹기 모여 싹을 틔운 무순들의 오롯함, 동그란 꽃잎들을 매단 완두 줄기의 위태로움, 그것들이야말로 정녕 안쓰러운 가족의 모습 같지 않은가.

콩나물을 씻을 때의 일을 이야기했던 사람이 생각난다. 아무리 잘 다듬어도 씻노라면 크고 튼튼한 줄기들에 치여 개수대로 흘러내려가 버리는 자잘한 콩나물이 많더라고 했다. 어떻게 좀 건져보려 해도 그렇게 탈락되는 것들을 그대로 버릴 수밖에 없더라면서 그는 쓸쓸하게 웃었다. 그 얘기를 들으며 미물에까지 마음 쓰는 그 일이 내게 퍽이나 가깝게 여겨졌었다.

어떤 대상을 안쓰럽게 여기는 마음 속에는 너무나 아끼는 나머지 그 대상과의 헤어짐이나 그 대상의 소멸에 대한 예감으로 인한 안타까움이 담겨있다. 종내는 해체되고 말 가족이라는 이름의 박빙 같은 한계성에 마음이 붙박인다. 그것이 일반적인 의미에서의 해체가 아니라 세포가 분열해 나가듯 확산의 의미 쪽이라 해도, 일정한 시기가 되어 각자 다른 울타리를 지어 흩어지는 것이고 보면 아무래도 확산 쪽이라고만 고집할 수는 없게 된다.

가족, 그 다사롭던 불빛에서 생기가 사라져 희미할 뿐일 다음 날의 해체의 위기를 숨겨둔 채 지금은 저리 평화롭다. 곧 녹아 사라질 저 눈사람들처럼. 얼마 동안 정겨운 훈기로 감싸였던 형체가 녹아 소멸되고 마는 눈사람과도 같이 가족이라는 그 가장 정겨운 집단도 다르지 않으리라.

뭔지 모를 것에 대해 마음이 몹시 간절해진다. 이 간절함의 정체는 한데 모임의 훈훈함조차 영원히 지속될 수 없다는 데 대한 안타까움일까. 언제고 떠올릴 때마다 가슴 뻐근해오며 차마 가까이 다가가기 막막한 가족이란 이름의 그 외로운 정체. 모든 가족들이 언제까지나 변함 없이 저렇게 다사롭게 모일 수 있는 세상에 살 수 있으면 좋겠다.

눈사람을 두고 간 그들은 지금 무슨 이야기들을 나누고 있을까. 자꾸 창밖으로 눈길이 간다. 가족, 저런 희미한 불빛과 낮은 속삭임이 새어 나오는 정경이야말로 다른 무슨 말보다도 가까운 가족에 대한 표현이 아닐는지.

말

　말이란 한 사람의 됨됨이를 한눈에 알아볼 수 있게함은 물론 그 사람의 품성을 재는 잣대가 된다. 그것은 개인에 머무르지 않고 집단으로 보게 되면 변해가는 사회상을 가장 확연하게 반영하는 거울이 되기도 한다. 개개인이 사용하는 말이 오로지 그 한 사람에게서 비롯되었을 리 없으므로 개인의 말은 그 개인의 가정을, 또 그 가정이 속해 있는 사회 전체를 드러내어 주기 때문이다.

　시대가 변해감에 따라서 말도 그에 따라 변하는 것은 당연한 이치일 것이다. 그런데 왜 묵은 세대에서 새로운 세대로 변해갈수록 우리가 쓰는 말은 점점 더 오염되고 천박해만 가는가. 나는 이점을 두 가지로 생각해 보고자 한다.

　첫째, 상업주의로 인한 말의 저속화이다.

　과거 사농공상으로 신분계급이 뚜렷하던 시대엔 그 계층마다 사용하던 말에도 구분이 명확했다. 세상이 변하고 모두가 평등해진 현대에 이르며 우리의 말은 서서히 평등해진 사회 분위기에 발맞춰 저급한 방향으로 평등해지기 시작한다. 신분계급이 존재하던 시대에 지배계층보다는 피지배계층이 수적으로 월등했었음은 두 말할 나위도 없는 사실이다.

평등이라는 개념은 수적으로 우세한 하층민들에게 있어서 그 동안의 억눌렸던 세월에 대한 보상의 의미로 받아들여졌을 수도 있다. 결과적으로 체면과 도덕을 숭상하던 고고한 선비정신은 시대에 뒤떨어진 고루함으로 치부되고 대세에 밀려 힘을 상실하게 된다. 바야흐로 상민들의 일상생활 관습이 생활 규범의 전형이 된 세상이 온 것이다.

모두가 똑같은 말을 쓰고 똑같은 생각을 하고 각 지방마다의 특색도 희미해지며 마침내 그들이 생각하는 평등의 다른 이름, 완전한 획일화를 이루게 되었다. 여기엔 유사이래 이보다 더 매력적이고 흡인력 있는 문명기기는 또 없다고 단언해도 좋을 텔레비젼의 영향력이 도사리고 있다. 동시에 한 자리에서 모두가 세상의 모든 모습을 볼 수 있다는 텔레비젼의 장점은 사람의 사리분별력을 일순간에 마비시킬 수도 있다는 치명적인 결점을 갖고 있기도 하다. 점차 사람들은 깊이 생각하는 일을 귀찮아하게 되었다. 따라서 말하는 일에 있어서도 임기응변식의 즉흥적이고 순발력 있는 말에만 흥미를 갖게 되었다.

한 구석으로 밀쳐놓은 정신세계는 날로 기운을 잃어가고 훼손되고 있지만, 상업주의에만 마음을 빼앗기고 있는 사람들은 아무도 그를 돌보지 않는다. 과연 이런 현상을 평등주의, 상업주의의 승리라 할 수 있을까.

돈과 관련된 모든 집단들은 대상을 가리지 않고 무차별 다수에게 '님'이라는 존칭을 기계적으로 붙인다. 그 존칭을 들을 때마다 공연히 부아가 치미는 내가 어쩌면 이상한지도 모르겠지만, 그 칭호를 듣고 있는 사람들도 사실은 그저 당연한 수순처럼 기계적으로 받아들이지 않던가. 또, 시장이든 거리든 어디서나 우린 언니,

오빠, 형아, 아저씨 아줌마라 호칭을 듣고 부르고 살고 있다. 마치 우리 사회는 모두가 한 가족인 듯 화기애애하게 보인다. 과거엔 분명 없었던 일이다. 남의 집 어른들을 일러 아무개 엄마나 아버지라 했고 자신과 동갑 정도의 아이의 이름을 기준으로 아무개 형이나 누나라고 불렀었다.

오늘날 타인에 대한 호칭은 이렇게 살갑건만 우리 사회는 더욱 살벌해져만 가고 있으니 이 무슨 당치 않은 모순인가. 이 점에서 참으로 묘한 아이러니를 느끼지 않을 수 없다. 그런데 호칭은 그렇게 붙여놓고 웬만하면 그냥 반말지꺼리다. 호칭하고 보니 모두가 내 아저씨, 언니, 오빠 같아서라는 계산일까. 반말지꺼리가 흔해지다보니 과거엔 막된 계층에서나 썼을 법한 상욕들도 누구의 입에서나 평등하게 나오게 되었다. 자라나는 어린 아이의 입에서도, 모든 나이중 가장 아름다운 순수의 상징이라 일컬어지던 교복차림의 여학생의 입에서도 상욕은 아무 거리낌없이 뱉어진다. 그것도 공개된 장소에서 자연스럽게. 우리말은 이제 상소리가 보통 사람들이 쓰는 말로 되어있다. 상대의 촌수와 처지를 헤아려 예우하던 관습은 사라지고 말았다. 아이들을 탓할 일은 아니다. 부모된 어른들의 정신세계가 이제라도 앞만 향하지 말고 잠시 머물러 뒤를 돌아보아야 할 일이다.

둘째는 우리말의 외래어화이다.

한시절 우리는 미국 것이라면 최고로 여겼던 시절을 겪어왔다. 그 영향은 사회 구석구석 파급되지 않은 곳이 없을 정도이다. 신종 문화 사대주의까지 생겨나지 않았던가. 나는 가수들의 발음과 관련하여 이 점을 짚어보고자 한다.

전쟁과 더불어 미국의 팝송이 밀려들어오던 그때 우리 가수들은 가요계 등용문으로 혹은 가요계에서의 성공을 보장받는 기회로 미8군 무대에 서는 일을 선망했다고 한다. 미8군 출신 가수들은 팝송을 즐겨 불렀고 팝송을 우리 사회에 널리 전파시키는 전령 역할을 했던 반면에 우리말의 발음을 왜곡하는 심각한 잘못을 낳았다. 우리 말 가사를 발음하면서도 영어식으로 발음하는데 멋을 부린 결과이다. 후배 가수들은 덩달아 그런 식의 발음을 따라했고 일반 대중들도 아무 생각 없이 무의식적으로 가수들이 하는 대로 우리말의 발음이 굴려지든 뭉개지든 노래를 불러댔다.

제법 대형가수라 대접받는 모 가수의 경우는 보다 더 심각하다. 일상 말을 할 때조차도 영어식으로 우리말의 자음을 뭉개어 발음하고 있음을 알 수 있다. 텔레비전의 막대한 파급력을 고려할 때 이 문제는 정말 심각하지 않을 수 없다. 문제의 핵심은 영향을 받는 대상이 감수성 민감한 청소년층이라는 데 있다. 가수들이 주로 멋을 부리느라 우리말을 오염시키는 발음은 'ㄷ, ㄹ, ㅅ, ㅈ, ㅌ'이다. 'ㅅ'의 경우는 '사랑'이라 할 때 '싸랑'으로 경음화시킨다는 지적이 제법 있었던 경우이다. 'ㄷ'과 'ㅌ' 자음을 'ㅈ'과 'ㅊ'으로 발음하는 것, 'ㄹ'의 경우 영어에서의 'r'발음처럼 강하게 또 길게 늘여 발음하는 것이 그 예들이다.

그런 가수들의 노래를 듣고 있자면 우선 낯이 간지럽고 그 다음으로는 그 생각없음에 안타까워져 얼른 소리를 죽이고 말게 된다. 외국 것이 좋은 게 있다면 마땅히 본받아야 하고 부럽다면 좀 따라해본들 어떻겠는가. 그러나 얕은 멋을 위해 자신의 모국어까지 훼손시키는 처사는 온당치 못한 일이다. 그것도 자신들을 스타로 우상시하는 청소년들에게 막대한 영향을 끼치는 처지에 있는 사람들로서는 더더구나 삼가야 할 일이다.

　우리는 평등이라는 이름하에 너무도 많은 소중한 관습, 풍속들을 잃었다. 세월이 흘러도 존중되어야 할 덕목들은 마땅히 존중하고 계승하여야 한다. 품위와 도덕을 숭상했던 과거의 꼿꼿한 선비정신을 이제부터라도 되살려 너무도 천박하게 상업주의화한 사회를 정화해야 하겠다. 우리 스스로의 존엄성을 지키기 위해서라도 이점은 반드시 되살려 실천해 나가야겠다.

향수 (鄕愁)

노량진 수산시장 가까운 동네에 살 때 자주 그곳에 들르곤 했었다. 늘씬한 은빛 갈치들과 푸른빛이 감돌아 성난 듯한 꽃게들이 상자 째로 쌓여있고, 금방이라도 튀어오를 듯 피둥피둥한 수많은 생선들 때문에 시장에 들어서면 우선 기분부터 새벽처럼 싱싱해졌다. 그래서 그곳에 다녀올 때마다 그 덮쳐올 듯한 약동적인 기운에 먹을 만큼 사리라고 예정했던 분량이 매번 터무니없이 깨지곤 했다.

남편도 그랬던가 보다. 한번은 동료들과 그곳 횟집에 갔던 그가 바지락을 한 자루 사왔다. 나는 그 바지락 더미를 보며 내 경우는 탁 접어두고 "어떻게 다 먹는다고 이 많은 양을 샀느냐"고 타박했다. 내 타박에 비로소 의식하지 못했던 충동구매를 깨달은 듯 남편은 잠시 무안해 하는 기색을 보이며 "여럿이 나눠 먹지" 라고 대답했다.

하긴 그나 나나 자랄 때는 뭐든 그렇게 모개로 사들이는 것만 보았지 않은가. 한 솥 가득한 바지락이 마악 끓기 시작해 입을 벌리느라 서그럭 서그럭 서로 몸 부딪는 소리를 내면, 군침이 돌다 못해 굴뚝을 빠져나가는 연기와 마당에 고인 햇볕조차도 향그러웠었다. 김 오르는 바지락을 수북히 쌓아놓고 둘러앉은 대가족의 풍요로운 질서, 그때의 바지락은 어찌나 살이 탱탱하고 달기까지 하던지.

바지락 말고 우리집에서는 겨울철이면 살조개를 가마니째 들여놓고 삶아 까먹었는데 나중에 알게된 살조개의 정확한 이름은 참꼬막이었다. 겨우내 살조개를 까먹다 보면 손톱이 다 닳아 있곤 했는데, 겨울 철 늘 밥상에 오르던 살조개는 가마니에서 쏟을 때 크고 작은 것들이 우르르 같이 섞여 나왔다. 그렇게 우르르 하고 머슴이 부엌에 살조개 가마니를 부리는 소리가 나면 우리들도 가마니 주위로 몰려들었다.

어릴적 나의 성정은 작고 여린 것들을 아끼는 편이어서 그 많은 살조개들 중에 새끼손톱보다도 작은 것들을 골라내곤 했었다. 한번은 자그마한 금속 비누곽을 손에 넣게 되어 애지중지하다가 골라낸 작은 살조개들을 담아 두었었다. 그게 시간이 흘러 어떤 가치가 있기를 바라서가 아니라 단지 너무 여리고 보기에 앙징맞아 삶아 입속에도 못들어간 채 버려질 게 마음쓰였기 때문이었다. 나는 살조개가 든 비누곽을 한껏 깊숙한 곳에 두고 혹시 누구의 손이라도 탈까 몹시 마음 졸이기까지 했었다.

그런데 얼마후 그 비누곽 뚜껑을 열었을 때 확 끼치던 악취라니. 그 작고 안쓰럽기 그지없던 것들이 그런 고약한 냄새를 지녔었다니. 나는 그 뒤로 살조개를 먹지 않게 되었다. 여전히 콧속에 남아 있는 역겨운 냄새와 갈색이 도는 그 물컹한 감촉이 어쩐지 생살 같은 느낌에 가까워질 수 없었다. 그 후로 나는 큰 대합조개에 밥을 넣어 구워먹는 것을 더 좋아하게 되기도 했었다.

아마 남편은 수산시장에서 바지락을 보는 순간 수북히 담아 정신 없이 까먹던 어릴적 일이 생각났던가 보다. 혼자 우러난 홍에 겨워 잔뜩 사들고 의기양양하게 들어왔던 남편은 그만 나한테 무안만 당하고 말았다. 그 무안함이란 옛것의 누추함을 불현듯 깨닫게 된데서 온 세월의 간격이었으리라. 모처럼의 향수를 처자식과 함께 누리고 싶었던 남편의 소박한 시도는 여유 없는 나의 핀잔에 그렇게 쭈그러들고 말았다.

결혼 초에 간혹 그런 경우가 있었다. 시골에서 올라온 고추장이나 된장 익는 냄새에 대해 생각 없이 던졌던 몇 마디 나의 불평들. 그 언사들이 어쩌면 남편에게 자신의 어머니에 대한 배척으로 여겨지지는 않았을까. 내가 가진 촌스러움은 소박함인양 치장하면서 타인의 소박함은 촌스럽다 못해 처리하지 못한 쓰레기 취급을 하는 알량해 빠진 사람의 속성이다. 그러나 남편은 그 일 정도 가지고 때때로 우러나는 자신의 향수를 딱 그만둘 만큼 모질지도 기억력이 좋지도 못하다. 내가 결국 웃어 넘길 수밖에 없는 까닭도 거기에 있다.

언젠가는 등산 모임에 나섰던 그가 이름도 모르는 무슨 열매를 한 자루 따들고 들어왔다. 시골 출신이면서도 나는 처음 보는 열매였다. 남편과 시동생들 말이 그게 아주 맛있었다는 것이었다. 생김새가 꿈틀대는 애벌레 형상이어서 자루를 여는 순간 나는 질겁부터 했다. 아이들도 물론 손을 대기는커녕 징그럽다고 쳐다보려하지도 않았다. 그 애벌레 한 자루를 어떻게 다 처리했는지 지금은 기억나지 않는다.

그밖에도 정금을 한 자루, 또 언젠가는 생쥐를 한 부대 끌고 들어오기도 했었다. 도대체가 우리 식구 입으로 감당할 한계를 벗어난 양이어서 매번 나는 우선 질겁부터 했고, "그걸 어떻게 다 먹으라고?”가 그 때마다 반복되는 나의 첫 말이었다.

　그 후로도 이따금 남편은 그와 같은 일을 되풀이한다. 그러면 나도 느긋하게 ‘하여튼…’ 이라 잠깐 의례적인 불평을 되풀이하곤 금방 그러려니 하고 만다. 향수도 때로는 전염되지 않던가. 한 순간 남편을 아련하게 했던 향수의 실체를 거실 가득 풀어놓고 여럿의 몫으로 나누는 것이다. 어느새 나도 향수를 나누는 방법에 익숙해졌기 때문일까.

일상(日常)

오전이면 서둘러 빨래를 마친다. 빨래 너는 터는 잔디밭 가장자리, 볕이 잘 드는 위치에 있다. 이즈음엔 그냥 내려 비추는 볕이라도 차마 헛되이 보내기 아깝다. 그래서 빨래를 하는 동안에도 틈틈이 밖을 내다보고 제 정해진 속도로 느긋이 일할 뿐인 세탁기를 향해 눈짓으로 재촉을 하며, 볕이 어디로 달아나기라도 할 듯 내 마음은 분주해진다.

빨래 너는 터에는 빨랫줄이 여남은개 있다. 줄마다 임자가 따로 있지 않아 아무 줄이나 그날 그날 마음 내키는 대로 널면 된다. 나는 그 점이 아주 마음에 든다. 뭐든 정해 놓고 내 것이라 고집 부리는 일은 답답하다. 멀리서 줄에 널려 있는 양말 한 귀퉁이만 보아도 내 것인줄 아는데 따로 줄에 임자를 정할 필요가 없다. 그래서 빨래를 널 때마다 오늘은 어느 줄에 널까 망설이는 즐거움을 누리곤 한다.

빨래를 널러 나가기 위해 빨래 바구니와 빨래 집게를 챙긴다. 진득한 발길로 아래층을 지나 빨래 너는 터에 이르러 빨랫줄을 고르기 위해 잠시 선다. 어떤 빨랫줄이 볕을 제일 잘 받을 수 있을까. 하절기여서 오전 중에는 남쪽의 줄들에 볕이 들지 않는다. 볕은 해가 높아감에 따라 고르게 다음 줄들로 퍼져온다. 어느 한 줄이라도 건너뛰고 오는 법이 없다.

빨래 너는 터 옆에는 떡갈나무가 서너 그루 묵묵히 서있다. 떡갈나무는 거실 창에 한 그루, 내 방 창에도 한 그루, 우람한 둥치로 당당하게 버티어 있다. 나날이 떡갈나무의 색이 새록새록 달라져 간다. 고운 주렴 같은 떡갈나무의 꽃들이 환하게 만발했을 때는 금방이라도 송화가루처럼 날려 흩어질 듯 보였다. 그래서 소나무 무리들 근처처럼 곧 떡갈나무 아래 노란 가루가 소복히 쌓이리라는 착각에 빠지기도 했다. 꽃들은 그런 착각에 오래 빠져있게 내버려 두지 않았다. 얼마 후 노란빛을 거두더니 일제히 갈색으로 변해 땅을 향해 제 몸을 낮추었다. 그러는 동안 신록의 잎들이 꽃 위로 돋아 올랐고 점점 그 잎들이 형체를 갖추어 감에 따라 꽃들은 기척도 없이 모두 져갔다.

신록의 잎들이 오전의 긴 나무 그림자 위에 싱그럽기 그지없다. 그 싱그러움이 길게 드리워진 나뭇가지들의 그늘 아래 마치 발광체처럼 한껏 눈부시다. 그 눈부심이야말로 제 시절을 거두어 간 모체, 갈색의 꽃들과 대조를 이룬 덕일 터이다.

어제는 비가 내려 빨래를 바깥에 널지 못했다. 폭풍이 몰고온 비는 저물녘이 되어서야 그쳤다. 비온 뒤의 잔디밭은 전혀 뜻밖의 풍경을 창출하기도 한다. 한 때 천지에 노란 무늬를 새기던 민들레들이 번갈아 지며 하얀 홀씨를 어지러이 날리더니 이번 비에 그 홀씨들을 모두 떨구어낼 작정을 했던가 보다. 빈 꽃대에 꽃자루들만 까만 점으로 남아 들판을 온통 채우고 있었다. 때록때록한 그 모습들이 이제 갓 입학한 아이들의 총명한 눈빛 같은가 하면, 갸웃이 고개를 기울인 한결같은 자태가 예를 갖추고 있는 듯도 해서 숙연한 느낌을 불러일으키게도 했다. 대지를 적신 비가 물러가면 싱그런 바람이 데려온 눈부신 볕이 다시 고루 내려 비춘다.

앞쪽의 줄들은 아직 볕이 미치지 못하고 있고 뒤쪽의 몇 줄은 이미 부지런한 이웃들의 차지가 되어 있다. 널려 있는 빨래들에서 벌써 습기가 걷힌 부분이 드러날 만큼 볕이 화창하다. 줄에 걸리지 않기 위해 고개를 숙여주며 바로 앞뒤에 이웃의 빨래가 널리지 않은 줄로 다가가 빨래를 넌다. 한낮의 볕을 듬뿍 누리자면 빨래 사이의 간격도 염두에 두지 않을 수 없기 때문이다. 요즘처럼 빨래 말리기에 좋은 날씨도 없겠다. 빨래를 하지 않은 채 하루를 보내는 날은 볕을 낭비하는 듯하여 여간 애석하지가 않다. 비가 내려 빨래를 하고도 그 볕에 널지 못하고 있다가 이윽고 구름이 걷혀 빨래를 널 수 있게 될 때의 이 상쾌함을 무엇에 견줄까.

손에 집히는 대로 빨래를 들고 탁 털어 걸친다. 집게로 꼭 집어주고 하늘을 한번 올려다본다. 정말 쾌청하다. 그 느낌을 실어 또 하나 집어들며 무심코 살핀다. 묵은 때가 그대로 남아 있는 곳이 눈에 띈다. 때가 잘 안졌네. 다음엔 먼저 손으로 부분 빨래를 해야 겠다 생각하며 잔디밭을 훑어본다. 다람쥐들이 숨바꼭질을 하고 있다. 빨래를 손에 든 채 다람쥐들 노는 모양을 한참이나 구경한다. 애잔한 생각이 마음 가득 차오른다. 꼭 어린 것들 노는 모양과 같다. 그 애잔한 마음을 지닌 채 들고있던 빨래를 빨래줄에 걸친다. 걸치다 보니 남편의 옷이다. 아침에 언쟁을 벌인 일이 떠올라 한번 더 탁탁 털며 남편의 옷을 향해 눈을 흘겨 준다. 그러다보면 빨래 너는 시간은 한없이 길어진다.

세상에 가장 아름다운 장면으로 나는 푸르른 잔디밭 위에 흰 빨래들이 펄럭이는 풍경을 들겠다. 그 풍경은 어떤 경계도 갖지 않은 평화의 상징이다. 빨래의 주인이 있어 그 빨래들이 그곳에 펄럭일 수 있었을 터이다. 그 펄럭이는 빨래들에서 공을 들여 빨래를 다루고 바람에 날아가지 않도록 집게로 꼭 집어주는 주인의 손길까지도 느끼게 된다. 어린아이의 옷이 널려 팔랑이는 빨랫줄은 금방이라도 아이의 웃음소리가 들려올 듯 마음 애틋해지지 않던가. 평화가 짓밟힌 곳에 어찌 빨래들이 펄럭일 수 있으랴. 빈 빨랫줄만 늘어져 있을 그 황량함, 그곳에서는 이미 삶의 기척조차 느낄 수 없다.

때맞춰 빨래를 널고 걷는 손길에서 또한 한 가족의 화목함을 엿보게 된다. 모든 것들이 제자리에 잡혀 있는 한 가족의 질서가 그 빨래들에서 전해진다. 마음이 뒤숭숭하게 흩어지고서야 제때에 빨래를 널고 걷을 수 있을까. 빨랫줄에 펄럭이는 빨래는 모든 가족과 모든 세상의 가장 꾸밈없는 모습이다. 그 모습이야말로 인공이란 군더더기로 치장할 수 없는 세상살이의 가장 솔직한 풍경이 아니겠는가.

다리미질

"일찍 들어와요."

"왜, 무슨 일 있어?"

"아니, 양복 구겨지지 않게"

요즈음 출근 시간마다 되풀이되는 우리 부부의 현관에서의 대화다.

언제부터인가 남자들의 양복이 순모일색이다. 혼방으로 된 양복은 구시대의 유물쯤으로 제쳐지고 말았다. 우리네 삶이 언제부터 이렇게 고급화되었을까.

우리의 입성에서 비싸고 고급스러운 취향의 일반화가 삶의 질이 향상된 대표적인 경우라고 자부할 수만은 없을 것 같다. 그러다 보니 주부의 가사노동만 한층 가중되었다. 다리미질을 매일 해야 한다는 말이다. 남편이 일찍 귀가한다면 별 걱정이 없겠지만, 이틀이 멀다하고 잦은 모임을 갖다 보니 아침에 말끔히 다려 입고 나간 양복바지는 귀가할 때쯤이면 술에 절어 후줄그레해진 바지 주인만큼이나 추레해져 있다.

순모 옷이라는 게 값도 비싼데다 간수하기도 여간 까다롭지 않아서 잠시만 방심해도 조글조글 구김이 간다. 또 한번 구겨지면 애초에 잡았던 주름선이 다 사라져서 다시 다리미질을 할 때 여간 애를 먹이는 게 아니다..

　다리미질로 가장 고역스러운 때는 역시 장마철이다. 비가 오니 바지를 버리는 횟수도 잦고 비가 오지 않더라도 습기가 많은 날씨 탓에 금방 다리미질한 옷도 구김이 가기 때문이다.

　옛날에 할머니나 어머니가 다리미질하시던 생각이 난다. 지금 같은 전기 다리미가 나오기 전인 그때 그 분들은 일일이 숯을 피워 다리미질을 했었다. 지금의 다리미 모양의 쇠로 된 다리미는 좀 나중에 개량되어 나온 것이었고, 그 전에는 손잡이가 달린 꼭 후라이팬 모양의 다리미가 쓰였다. 벌겋게 단 숯을 넣고 손잡이가 달린 다리미로 하얀 무명옷들을 썩썩 다리시던 할머니나 어머니의 뒷목에는 땀방울이 송글송글 맺혀 있었다. 다리미질이 힘들다고 불평을 하다가도 아무 불평도 없이 그렇게 흘러내리는 땀을 훔쳐 낼 사이도 없이 다림질을 하셨던 그 분들을 떠올리며 나는 나의 불평을 잠재우곤 한다.

　당신들의 남편이 그렇게 날이 서도록 공들여 다림질한 옷을 차려 입고 출타하여 비위 거슬리는 일을 일삼은들 무슨 불평을 속시원히 내지를 수 있었겠는가. 아내의 공든 손길이 옷섶마다 서려 있는 그 옷을 입은 채로 다른 여인네의 화사한 웃음에나 솔깃하다가 가끔씩 가뭄에 콩나듯 들어와 후줄그레하게 변한 옷만 덜렁 넘겨 줄지라도, 그저 남편의 옷을 거듭하여 손질하고 땀이 맺히도록 다려대는 길밖에는 달리 원망해 볼 도리가 없었던 것이다. 한숨을 내뱉듯 물 한 모금을 물었다가 푸우 내뿜는 것으로 쌓인 한을 토해냈을 것이며, 외면할래야 외면할 수 없는 남편에 대한 원망을 꾹꾹 눌러가며 그렇게 힘껏 다리고 또 다렸으리라.

　요즘은 바쁜 탓이기도 하겠지만 와이셔츠나 자질구레한 옷가지도 세탁소에 다리미질을 맡긴다고 한다. 세상이 바뀌어 옷을 상대로 남편에 대한 원망을 대신 푸는 일 따위는 하지 않아도 충분하다는, 은근히 추진되어온 여성들만의 승리에서 비롯된 쾌재인지도 모르겠다. 그런데도 나는 전업주부이면서 내 할 일을 남의 힘으로 해결하는 것 같은 떳떳하지 못함 때문에 아직까지 집안 일로 남의 손을 빌릴 줄을 모른다. 아침잠이 채 깨지 않아 맥이 없는 팔로 거의 매일 다리미질을 한다.

어쩌다 내 몸이 안 좋아 그냥 구겨진 양복을 입혀 출근시킨 날은 내 마음도 종일 구겨진 채 펴지질 않는다. 어쩐지 남편도 직장에서 어딘가 구겨진 옷처럼 당당하질 못할 것만 같아서다. '남편 양복 하나 단정하게 손질하지 못하는 칠칠치 못한 아내를 두었소'라고 광고하는 것 같고, 또 무엇보다 전업주부로서의 임무를 제대로 수행해내지 못했다는 이른바 '직무유기'에 대한 자책감으로 인해 영 떳떳하지 않다.

반듯한 남편의 바지 주름은 여러 가지 의미와 표정을 담고 있다. 아내의 알뜰한 손길과 그로 인해 언제나 자신감 넘치는 남편의 성취감이 그리고 화목하기만 할 것 같은 단란한 가족의 모습이. 그래서 나는 오늘도 없는 힘을 이끌어내 정성껏 다림질을 한다.

구비구비 힘겨운 고갯길을 넘어온 시절이 그리 오래지 않건만, 우리 생활은 눈에 띄게 양보다 질을 앞세우며 뭐든 이왕이면 고급스럽고 비싼 것을 선호하는 새로운 미덕에게 자리를 내주게 되었다. 게다가 새로운 것이 등장하면 옛것은 씻은 듯이 자취를 감춘다. 새것에 밀린 묵은 것의 초라함이란 잠시도 참아줄 수 없다는 듯하다. 새것의 반짝임에만 솔깃하여 묵은 것의 고색창연함에는 일별할 겨를도 없다는 의미다. 그것이 오래되고 익숙한 것들에서만 찾을 수 있는 훈훈한 손때 묻은 정취라는 고전적인 믿음은 더 이상 효력이 없다.

새것과 묵은 것이 제 각각의 빛깔로 공존할 수는 없을까. 왜소하거나 초라하게 취급되지 않고 묵은 것은 묵어 온 연륜만큼 대접받을 수는 없을까. 나날이 새것이 묵은 것으로 제쳐지는 속도가 빨라지고 있다. 따라서 새것이 반짝여 볼 시간도 그만큼 단축된다. 새것이 조금 덜 새것인 채로 머물러 볼 여유가 없다. 일단 새것이 등장하면 바로 전의 새것도 가차없이 묵은 것으로 전락하여 뭐 치우던 막대기 신세가 되고 만다. 모든 새것들이 묵은 것들과 화해하는 훈훈한 풍경을 보고 싶다. 그들이 깻단처럼 서로 의지하며 호응하는 풍경에 대한 나의 간절한 소망이란 단지 백일몽에 지나지 않을까.

바가지

　조는 듯 푸근한 초가지붕, 그 위에 가을 햇살에 온몸을 내맡기고 덩그렇게 박이 누워 있는 모습은 가을의 정취를 한결 넉넉하게 고취시켜주는 풍경이었다. 어릴적 아이들과 아웅다웅 싸우다가도 언뜻 눈길이 머무르게 되면 절로 함박처럼 입이 벌어지며 스르르 마음이 누그러질만큼 그 풍경은 평화로왔다.

　박이 열리기 전 한 철을 소담스럽게 피는 하얀 박꽃은 범접하기 어려운 기품을 담고 있었다. 그 빛깔 때문일까. 박꽃은 어딘지 모르게 웬만한 세상잡사에는 관심을 보이는 법 없이 홀로 초연한 그런 도도한 자태를 지니고 있었다. 달밤에 보는 하얀 박꽃은 저를 알아달라 법석을 떠는 천태만상의 다른 꽃들과 완연히 구별되는 고즈넉한 아름다움을 달빛아래 가만히 드러내고 있었다.

　가을이 이슥해지면 할머니는 바늘로 박들을 꾹꾹 찔러 보셨다. 바늘이 쑥 들어가는 박은 아직 덜 여물어 단단해질 때까지 여러날을 더 가을 햇살을 받으며 때를 기다리는 법을 배웠다. 할머니의 바늘이 더이상 박을 쑥 뚫지 못하게 되는 날 그 날이 박을 타는 날이었다.

　마당에 멍석을 깔고 남자 어른들이 쓱싹쓱싹 톱질을 하기 시작하면, 어린 아이들은 마치 흥부전의 한 장면처럼 금방 금은보화라도 쏟아질듯 기대에 차서 멍석 위로 모여들었다. 박이 갈라지고 그 속에서 하얀 박속 외에 아무것도 나오지 않고 계속해서 타는 박마다 결국 마지막 박마저 아무것도 나오지 않는다 해도 아이들은 실망하지 않았다. 그저 박타는 날 마당의 그 흥겨움이 좋았기 때문이다.

박을 타고 하얀 박속을 말끔히 긁어내어 가마솥 끓는 물에 푹 삶아내면 자태도 곱던 시절을 거쳐 한껏 풍요로움의 상징으로 일컬어지던 청춘기의 박은 관상용으로서의 삶을 마감하고, 비로소 실생활에 요긴한 생활도구로서의 새 삶을 시작하게 된다. 바가지로 다시 태어나는 것이다. 하얗게 때깔 곱던 박에서 누런 바가지로 변신하여 자신보다는 자신을 유용하게 이용할 상대를 위해 오로지 희생할 채비를 단단히 한다.

긁어낸 박속은 돼지의 먹이가 되었다. 박타는 날은 돼지도 스스로의 전성시절을 아낌없이 매듭지은 박 덕분에 포식하는 날이었다. 바가지는 실로 그 쓰임새가 다양했다. 곡식이나 씨앗을 담아두는 커다란 바가지에서부터 나물도 무치고 밥을 담아 먹기도 하는 중간 바가지, 부엌 한 귀퉁이 두멍 속을 들락거리던 물바가지며 샘물에 노상 띄워 놓아 지나는 이의 손길을 언제고 마다지 않던 표주박까지 우리네 소소한 살림살이에 야물차게 제몫을 다했다.

어느 해가. 내 기억 속에 가장 선명한 바가지의 모습은 어머니가 해산하고 세이레 되던 날 아침이었다. 그 때의 풍습이 그랬는지 아니면 내 고향만의 특이한 풍속이었는지 왜 그랬는지 모르겠지만, 그 날 아침 어머니는 두 개의 오목한 바가지에 밥과 미역국을 담아 목판에 받쳐놓고 드시고 있었다. 평소의 식기가 아닌 바가지에 음식을 담아 드시는 모양이 내게는 퍽이나 생소하고 뭔가 함부로 접근해서는 안될 것 같은 금기의 기미를 느끼게 했다.

나는 잠이 깬 채 어머니가 미역국과 밥을 드시는 모양을 가만히 바라보고 있었다. 구수한 냄새를 실은 더운 김이 창호지 문에 조금씩 습기를 머금게 하고 있는 모양에 눈길을 주고 군침을 삼키면서. 그때 어머니가 나를 쳐다보시고 이리 오라 하시곤 미역국을 떠먹여 주셨는데, 나는 지금까지 그 미역국 밥맛을 잊지 못한다. 여직껏 미역국을 수없이 먹고 살아도 그 날 아침과 같은 맛은 다시 만날 수 없었다.

그 미역국이 보통 식기에 담겼더라도 그런 맛을 낼 수 있었을까. 나는 지금도 미역국 하면 두 개의 바가지가 떠오른다. 유난히 밥알의 생김새가 또렷하게 송글송글하고 하얗던 쌀밥과 갈색 미역국이 담겨 색이 조화롭던 노란 바가지.

바가지는 깨져도 버려지지 않고 꿰매고 꿰매서 쓰여졌다. 솔뿌리를 캐다가 다듬어 송곳으로 구멍을 뚫고 한 땀씩 꿰매고 매듭을 지었다. 조롱박 크기의 작은 바가지는 무명실로 꿰맸는데 크기가 큰 바가지는 가마솥을 닦을 때 쓰는 솔자루를 감던 재료와 같은 솔뿌리를 썼다.

살다 보면 우물안 개구리처럼 자신이 속해 있는 것 외에는 아랑곳하지 않는 옹색함을 면치 못하는 경우가 있다. 바가지를 떠올리며 우리의 삶을 곰곰히 되새겨 보게 된다. 되새겨 보면서 내가 지나치게 삶을 얕보거나 낭비하고 있지 않은가 하는 내부에서 울려오는 자성의 소리에 귀 기울이게 된다.

바가지처럼 낱알도 밥도 국도 다 담을 수 있는 넉넉함을 지니고 싶다. 자신을 알아달라 투정하지도 시위하지도 않으면서 부여받은 쓰임새대로 충실한 자세를 닮았으면 좋겠다. 자세하지 않고 언젠가는 자신의 가치가 주위를 아름다이 가꿀 날을 기다리며 조바심치지 않는 그 슬기를 배워야겠다.

사람도 그렇지 않던가. 고아한 순백의 시절을 주저함 없이 탈피하여 생활용기로서의 삶으로 투신하는 박의 한살이처럼 사람도 외양으로 빛을 발하던 젊은 시절이 지나면 생활인으로서의 맡은 바 몫을 충실히 수용하는 의연한 시절을 맞아야 마땅하다. 그렇지 못하여 한 사람의 삶에 대한 자세가 어긋난다면 그 한 사람의 삶이 온전한 모습으로 완성되지 못할 뿐 아니라 주위 사람 모두에게도 상처와 폐해를 끼치게 된다. 때를 알고 그 때에 맞게 처신하며 요란법석 떨지 않고 묵묵히 자신에게 주어진 삶의 몫을 다해 나가는 바가지의 삶을, 나는 물론 우리 모두가 닮을 수 있기를 희망한다.

계절 유감(季節有感)

　여름이 가고 있다. 아직도 날씨는 불볕 더위가 기승을 부리고 있다. 나가 보지 않고 집안에 앉아서도 얼마나 태울 듯 뜨거울지 훤하다. 마치 불타는 것 같다. 일기장 날씨 칸에 해를 세 개는 그려 넣어야 만족스럽겠다.

　이런 날씨에 외출하여 자글자글 내리 쬐는 태양의 열기를 몸에 받게 되면, 처음엔 눈이 빠질 듯 시리고 뜨거운 물에 덴 듯 소스라치지만 잠시 후엔 노곤하게 몸이 녹아들며 차리리 포근하기까지 하다. 집안에서는 그런 대로 유지되던 골격이 흡사 푹 고아놓은 뼈의 힘줄처럼 흐물흐물해지고 마는 것이다. 세상에 크고 작은 갖가지 행복들이 있지만 나는 흠뻑 절어 녹아내리는 듯한 이 폭염의 한가운데에서도 말할 수 없는 행복을 찾는다. 얼마 동안이나 이 늘어지는 더위를 견디고 있어야 할까. 매번 폭염에 항복하여 투덜대어 보다가도 곧이어 쥐도 새도 모르게 스며들어 올 가을 바람을 떠올리면 나는 금방 풀이 죽으며 자못 숙연해지게 된다. 이제 더 이상은 상승할 수 없이 한 해가 기울어 가는 지점에 와 있기 때문이다.

　일년의 한 가운데를 상승과 하강의 기점으로 나누었을 때 그 절반인 유월이 정점이겠으나, 계절이 주는 특성으로 인해 우리는 여름이 끝나가면서 비로소 기울어가는 한 해를 깨닫게 된다. 그러니 지금이 막바지인 셈이 아닌가. 더위도, 애초에 계획했던 한 해의 포부도, 이제는 뻗쳐오르던 기상으로 일관하기보다는 누그러뜨리고 침착하게 갈무리하는 자세를 가다듬을 준비를 해야 한다.

쇠락의 기미를 역력히 보이면서도 우리 앞에 풍요로움으로 다가올 가을을 예감하며 나는 늘 이맘때면 지레 겁을 먹는다. 그러면서도 곧 꼬장꼬장하게 자세를 바로 잡으려 한다. 여름의 대범성을, 앞 뒤 가리지 않고 마구 저돌적으로 뿜어대는 여름의 면모를 사랑하노라고 가을 앞에 제시하며 반항해 본다.

나는 봄과 여름을 좋아한다. 가을은 가을대로 우주만상의 오묘함을 느끼게 하고 내면으로 시선을 거두어 사색하는 현자의 모습을 보여준다. 그러나 나는 무엇보다 가을이 주는 그 쇠락의 쓸쓸함을 이겨낼 수 없어 마주하기가 두렵다.

봄과 여름은 아직은 시작해도 늦지 않다는 여유를 주기에 안심하고 나를 온전히 맡길 수 있다. 얼마든지 시행착오를 거듭해도 다시 시작할 여유가 있지 않은가. 아직은 시시비비를 따지지 않고 마구 덤벼 볼 여백이 있는, 그래서 웬만큼은 조심성을 상실해도 용서가 되는 넉넉함을 누릴 수 있기 때문이다. 만물이 소생하여 순을 뻗기 시작하는 봄은 소년기를 연상케 한다. 세상은 연두빛으로 엷은 안개를 드리우고 그 뒤에 무궁무진한 가능성을 내포하고 있었다. 그 가능성의 싱싱함이 생동감 넘치는 바람을 일으키며 나의 도전과 용기를 기다리고 있었다. 그러기에 무엇이든 가능한 시기였고, 또 이 세상 그 무엇과도 견줄 수 없는 푸르른 젊음이 있었다. 젊음은 하얗게 뻗은 신작로와도 같다. 앞으로 나아가기만 하

면 되는 것이다. 되풀이할 수 없는 시간에 대해 조바심치지 않아
도 되는 느긋함이 있다. 아직은 뒤이을 가을과 겨울이 있으므로
게으름을 피워볼 수도, 실수를 하고 또 다시 시작해도 스스로에게
지워질 부채감을 덜 가져도 괜찮지 않은가.

자세를 가다듬고, 정색하고, 이제는 지나버린 봄과 여름을 착실
히 짚고 넘어가야 할 가을이란 계절은, 언제나 내게 맞닥뜨리기
싫은 난해한 문제로 여겨졌다. 거두어들이는 계절이라고, 드러내고
발산하고 맘껏 흐트러트렸던 것들을 추스려 담는 때라고, 지극히
상식적이고 바람직한 의미들로 상징되는 가을은 참으로 내게는 상
대하기 버거운 대상이다. 버거울 뿐만 아니라 피해 가고 싶고 인
정하고 싶지 않은 두려운 존재이다. 게다가 그런 의미 부여 뒤에
도사리고 있는 복병과도 같은 그 가슴 에이는 쓸쓸함, 들판이며
거리, 하늘과 바람결에도, 사람들의 표정에도, 그렇게 도처에 쓸쓸
함은 예의바름을 가장하고 은밀하게 도사리고 있는 것이다. 머지
않아 닥치게 될 본격적인 황량함을 경계하며 극도의 절제와 균형
을 유지하는 그런 정일(靜逸)함, 그것이 내 나름의 가을에 대한 해
석이다.

그것은 우리의 삶과 사랑의 경우와도 흡사하다. 시간이 한 차원
밖에 가지고 있지 않다는 사실은 말할 수 없이 삶을 초조하게 한
다. 지나간 시간은, 잃어버린 젊음은 결코 다시 되돌릴 수도 찾을
수도 없다. 아직 젊었던 시절 시간이 두 차원, 세 차원이 될 수 없
다는 사실을 두고 몹시도 괴로워했던 적이 있었다. 한 가지로 밖
에 살아볼 수 없다는 너무도 억울하고 항의할 곳도 없는 우주 질
서에 대한 배신감은 내게 통절한 아픔을 주었었다. 순응할 밖에
무슨 도리가 있겠는가. 그때 나는 나의 젊음이 끝나가고 있다는

사실이 그렇게도 안타까웠다.

한 사람을 사랑하게 되었을 때 그 시작의 감정을 기억해 본다. 한 사람의 마음 깊은 곳의 시선이 나를 향하기 시작했음을 감지했을 때의 그 떨림을 잊을 수 있겠는가. 그 떨림은 연두빛 새순이 뻗는 봄이다. 새순은 여리지만 햇빛과 바람의 보살핌에 의지하며 새로운 세상을 만난 기쁨으로 점차 살을 찌우고 키를 키워간다. 상대의 그 시선이 나를 향한 것인지 혹 나만의 잘못된 도취가 아니었던지 간혹 갸우뚱해 보기도 하지만 이미 시작된 그 떨림은 결코 의심하는 마음과 바꿀 수 없다. 그리고 새순이 점점 자라 뿌리를 깊게 뻗어 어엿한 한 그루의 나무로 우뚝 서듯, 사랑하는 두 사람은 이미 서로가 둘로 나뉠 수 없으며 서로에게 운명처럼 존재한다고 믿게 된다.

그러나 늘상 일을 당하고서야 깨닫게 되듯이 우린 언제나 무슨 일에서나 경계를 늦추지 말아야 한다는 불변의 진리를 뒤늦게 알게 된다. 아무리 행복한 순간에도 바로 그 배면에는 불행이 호시탐탐 기회를 엿보고 있음을 상기해야 한다. 둘이 함께라면 불길 속에라도 뛰어들 것 같던, 제 살이라도 베어줄 듯 싶던 사랑하던 상대는 이미 내가 알지 못하는 사이 다른 사람에게 자신의 심연을 드러내고 있었던 것이다. 그때의 배신감과 도저히 그 무엇으로도 채울 수 없는 상실감 앞에서 내가 할 수 있는 일이란 다만 망연자실 뿐이다. 아무리 상대방에게 하소연하고 원망해 본들 속절없는 일이다. 벌써 사태는 기울어가고 있었다.

상대방이 나만을 사랑하고 있다고 믿어 의심치 않았던, 상대가 아닌 어쩌면 그 정체 모를 믿음 자체에 도취해 있던 스스로를 한탄할 뿐이다. 오로지 평탄하게만 유지될 줄 믿었던 그 사랑 뒤에,

이별이 그림자처럼 도사리고 있었음을 그제서야 깨닫게 된다. 손안에 꽉 차게 쥐어진 듯 충만하던 상대의 사랑이 서서히 나로부터 빠져나가는 것을 바라보아야 하는 그 가을과 같은 서늘함을 어떻게 감당해 낼 것인가. 나의 쓸쓸함은 이제 더이상 상대에게 공명을 불러일으키지 않는다. 나는 홀로 남겨지고 내 몫이라곤 다시 추스리고 일어서서 허탈함을 극복하는 일 뿐이다. 기울어가는 사랑에 더 이상 연연해서는 안 된다. 나는 더욱 더 쓸쓸해지고 기력이 쇠잔해 가다가 사랑 뒤에 복병으로 존재하던 이별을 마침내는 인정해야만 한다.

할 수만 있다면 언제까지고 젊음의 저돌성을 내게 붙들어 두고 싶다. 그래서 아직도 얼마든지 시작하고, 실패하고, 상심도 할 수 있음을 그 가혹하도록 완강한 우주 질서에 보여주고 저항하고도 싶다. 그러나 어쩔 것인가. 어느새 벌써 여름은 저물어 가고 있다. 늘 미리 가늠하고 예방하며 경계하는 척, 마음의 둑을 쌓아보지만 그 둑은 무엇엔지 여지없이 구멍이 나고 부실해지기 마련이었다. 내 마음에 단정한 이랑을 만들고 싶다. 그럴 수만 있다면 적재적소에 꼭 알맞는 분량만큼의 이랑만을 덜어내어 갈았으면 좋겠다. 턱없이 추구하지 않고 한 이랑씩 차분히 갈며 꼭 그만큼으로 만족하고 싶다. 그러면 쓸데없이 날뛰지도, 주저앉아 잡을 수 없는 것들을 붙안고 갈등하지 않아도 좋지 않을까.

나는 이렇듯 쇠락의 쓸쓸함을 견디기 힘들어 가을의 문턱에서 기웃거리며 낯가림을 계속할 뿐이다.

순리와 역리(順理와 逆理)

　아이의 얘기에 따분해질 때가 많다. 자식이 벌써 그만큼 자랐다는 얘기일까. 어릴 때는 그저 하는 짓이 모두 예쁘고 대견하기만 하고 하루하루가 새롭던 것이 언제부턴가 이렇게 지루해지게 되었다. 아이의 얘기에 기꺼이 귀를 기울이는 게 아니라 듣기 싫은 걸 건성으로 듣는 척 성의를 보이느라 애쓰기에 이르렀다. 이제는 눈에 넣어도 아프지 않을 것 같은 내 새끼가 아니라 나이 차이가 많이 나는 동생이나 친구쯤의 의미, 그 의미의 발치쯤 와 있나 보다.
　더군다나 내가 매사에 심드렁해 있을 때 그걸 아는지 모르는지 지극히 통속적이고 일상적이며 아기자기한 얘기를 지저귀는 상대는, 정말 뺨이라도 한 대 갈기고 싶으리만치 역정이 솟게 한다. 설사 그 상대가 남도 아닌 내 자식이라 할지라도 예외가 아니다. 예나 지금이나 사춘기의 징조는 연예인에 대한 맹목적인 호감임에 변함이 없는지, 딸아이가 제깐엔 잔뜩 들뜬 채, 아무개 가수 허리가 27인치라는데 남자 허리가 27인치면 어느 정도야? 가는 거야? 굵은 거야? 하며 평소보다 반 옥타브는 높은 목소리로 물어댄다. 그 상황을 넘기는 나의 처사는 야멸차기 그지없다. 내 딸이 요것밖에 안돼? 이미 내 심사는 아이가 말을 꺼내기 시작했을 때부터 삐딱해져 있다. 그리고 아이의 말이 끝나기 무섭게 겨냥할 곳을 노리고만 있던 부아가 비로소 분출구를 찾은 듯 속사포처럼 이런 말이 튕겨져 나간다. 너 정말 그렇게 유치한 말밖에 할 수 없니? 라고. 열두 살 아이에게 유치하다니, 이만저만한 어불성설이 아니다.

문득 이것 참 큰일이라는 생각을 하며 지레 앞서 겁을 먹기도 한다. 저 아이가 사춘기에 성큼 들어서 버리면 그땐 어쩔 것인가. 어른의 세계를 엿보는 것으로 성이 차지 않아 섣부른 어른 흉내를 내기 시작할 그 나이에 이르렀을 때, 자연히 어른 비슷한 얘기를 많이 꺼낼 게 뻔하다. 그때 그런 얘기쯤이야 얼마든지 수용할 수 있는 넉넉한 자세를 취해야 하겠지만, 나는 엄마의 본분을 자주 잊고 짜증을 부리며 싫은 내색을 숨기지 못하게 될 것이다.

사람이란 자신이 익히 알고 있는 것에 대해 상대방이 새로움에 겨워 떠들어대면 몹시도 지겨워지는 속성을 지니고 있질 않은가. 그럴 때 수양이 잘된 성품의 소유자라면 너그럽게 이미 가진 자의 여유로 상대의 관심사를 품어줄 아량을 베풀기 마련이지만, 그렇지 못한 내 경우에는 필경 발끈해서 짜증을 부리며 아이에게도 비좁은 성품을 그대로 드러낼 게 뻔하다.

곧 다가올 상황을 미리 짐작하며 아이의 성장에 배신당한 듯 호들갑 떨지 말고 침착해지자고 마음을 가다듬고 단속하는 연습을 한다. 무엇보다 참을성을 갖고 마음을 다스려야 하겠다. 자식 이기는 부모 없다고 세상 모든 사람이 자식의 일을 참고 견뎌주는 인내심으로 다른 모든 일에 임한다면 문제될 일이 없으리라는 생각도 해본다.

우선 아이의 얘기에 열심히 귀기울여 주는 일부터 찬찬히 준비해야 하겠다. 물론 시시하고 유치한 얘기들 투성이일지라도 그 속에 혹 반짝이는 슬기가 들어 있을지도 모르지 않은가. 귀찮다는 이유로 그것을 놓쳐버리는 실수는 저지르지 않아야 하겠다. 꾹 참고 넉넉한 수용의 자세를 유지하며 귀담아 들어두다 보면 천천히 여과시킬 수 있는 여유도 생기지 않겠는가.

내게서 떨어지지 않는 고질적인 습성 하나를 나는 예의 주시해야 하겠다. 여동생이 초경을 시작했을 때 나는 정말 가관이었다. 까닭없이 그애가 싫어지고 몹쓸 것으로부터 더럽혀진 것처럼 징그럽게 여겨져서 나는 족히 한달 가까이 그애에게 말도 걸지 않고 옆에서 잠을 자는 일도 꺼렸었다. 물론 방이 더 있었다면 기꺼이 독방을 고집했으리라. 그런 습성은 그 일보다 훨씬 전으로 거슬러 올라가 나 자신에게도 스스로 질타를 가했다. 처음으로 낯설디 낯선 속옷, 브래지어를 입게 되었을 때 나는 도무지 아버지와 오빠의 얼굴조차 똑바로 쳐다볼 수가 없었다. 그때의 기분이란 어딘지 개운치 않은 찝찝함, 추적추적 비오는 날의 스멀스멀 다가드는 음습하고도 찌무르한 느낌으로 나를 에워싸고 있는 모든 것들에 까닭 없는 적대감을 갖게 만들었다. 내가 어른이 되어가고 있다는 그 징표에 대한 혐오는, 살에 닿는 물컹한 촉감에 기겁해서 진저리를 치며 떨어내야만 할 벌레처럼 그리도 끔찍스러운 것이었다.

초등학교 시절, 학교 옆 담임 선생님의 자취집 빨랫줄에서 어쩌다 발견하곤 했던 그 낯뜨겁고 이유를 알 수 없는 수치스러움에 몸둘 바를 모르게 했던 수상쩍은 속옷을 내가 입어야 한다는 일이, 내겐 거의 운명적인 서러움으로까지 여겨졌었다. 어쩌자고 선생님은 저 흉칙한 것을 오가는 사람에게 다 보여지는 마당에 널어 놓았을까. 나는 그 일로 내내 선생님을 증오했었다.

언제까지나 아이로 머물러 있었으면 했던 그 막연하고도 신경질에 가까운 까다로운 바램들이, 내게는 집요하게도 일찍부터 오래도록 찐득하게 붙어 다녔다.

그런 맥락일까. 나는 아이들을 키우면서 한 가지 이상한 점을 깨닫게 되었다. 딸과 아들에 대한 차별인데, 그것은 하도 미세하고 의식 이전의 본능적인 증상이어서 어떻게 달리 규명해볼 도리가 없었다. 딸아이와 2년 터울로 아들아이를 낳았을 때부터 그 증상은 한 순간에 불거져 나타났다. 아들아이에게 젖을 물리는 순간 곁에 있던 딸아이로부터 왠지 몸을 사리게 된다 싶었는데, 동생의 모습이 부러워 잠깐 엄마의 젖을 만지려던 딸아이의 손을 매몰차게 찰싹 때리게 되는 것이었다. 지극히 반사적인 무의식 상태의 손찌검이었다. 아차 싶었지만 그 일로 딸아이의 마음엔 멍자국이 생겼을 게고 그 후로도 수년 동안 딸아이의 가슴속 멍은 가실 날이 없었을 것이다. 잘 알면서도 어쩔 수 없이 내게는 우러나오는 마음과 도스르는 마음 사이에서 전전긍긍하는 나날이 계속되었다.

무엇에 기인하는 것일까. 세상에 갓나온 새끼를 보호하려는 어미의 본능일까. 아들아이에게 젖을 물리던 순간부터 엄마의 몸은 딸아이에게는 절대 불가침의 영역이 되고 말았다. 아들은 수시로 얼마든지 허용된 자신의 영역으로, 딸은 꿈에나 그려볼 낙원인 듯 혹 가다 주어지는 손길에 감지덕지 할 뿐이다. 아들아이와는 자청해서 기꺼이 한번이라도 더 안아주고 쓰다듬고 하지만 딸아이에게는 그렇지 못하다. 어쩌다 그애도 내 자식인데 너무 지나쳤다고 깨닫게 될 때 억지로 마음을 지어 먹고서야 겨우 딸아이의 몸에 인색하게나마 내 몸을 잠깐 허락해 주는 정도이다. 딸아이에게는 미안한 얘기지만 나는 지금도 딸과 아들 사이의 피부 접촉에서 확연한 차이를 느낀다. 아들에게는 기껍게 절로, 딸에게는 억지로 지어서.

어디로부터 오는 차이일까. 엄마일지라도 근본적으로는 성의 다름에서 오는 차이일까. 옛날 여동생에 대한 행태에서 보여졌던 나의 동성에 대한 본능적인 혐오 증세는 자식의 경우에도 다름 아니었다. 어떻게 보면 같은 성을 부여받은, 같은 운명을 지고 살아내야할 동지에 대한 연민이 나도 깨닫지 못하는 사이 그런 과민반응으로 발현된 게 아니었을까 생각하게도 된다. 아무런 주저함 없이 자궁 속의 연장처럼 아늑한 대상이어야 할 엄마를 갖지 못한 것, 딸아이에게는 크나큰 역리다. 그러나 한편 내 감정의 울타리 안에서는 지극히 순리에 속하지 않는가. 오늘도 나는 이 순리와 역리 사이에서 끊임없는 줄다리기를 하고 있다.

밤산책

　이웃해 살면서도 한동안 서로 간에 만남이 뜸했었다. 아무래도 나이 차가 적은 축들끼리 가까워지기 수월한 법이어서 마음이 끌린다 싶어도 나이가 많이 층지면 거리를 두게 마련이다.

　여럿 중 나이 차가 근소한 세 사람이 뜻이 통했다. 초저녁, 인적이 뜸한 장소에서 발길이 모아진 데는 계절의 작용도 무시할 수 없었다. 나뭇잎 지는 그림자조차도 수척한 만추의 저녁이 아닌가.

　셋 중 가장 나이 적은 이는 마흔을 앞둔 아홉 고개를 넘느라 퍽도 엄살을 부리는 중이었다. 때마침 가을이니 더 그럴 밖에. 이심전심인 듯한 세 사람의 모임의 속내는 다분히 의도적이었는데, 별난 가을밤도 한번쯤은 있어야 되지 않겠느냐는 나의 즉흥적인 장난기 때문이었다. 어쩐지 만사가 한량없이 측은해진 내가 나머지 다른 이에게 엄살을 떨고 있는 이를 그냥 보아 넘기기 거식하다며 불러내게끔 했다. 기다렸다는 듯이 서둘러 슬리퍼를 꿰고 나온 그이는 맨발이다. 아홉 고개를 넘기기가 그토록 벅차더냐고 그 맨발을 보며 허리들을 꺾어가며 웃었다.

　셋의 생김새가 모두 각각이다. 맨발의 서른 아홉 고개를 넘고 있는 이는 넉넉한 체구에 후리후리한 키까지 타고나 듬직하고, 또 다른 이는 땅딸막하고 살집이 후하다. 나머지는 서리맞은 무청 꼴의 나 자신이다. 참 다양한 생김새다. 손만 보아도 각각이다. 이렇게 신묘할 수가 없다. 두툼하고 길쭉한 손가락은 듬직한 체구를 한 이의 것이고, 오동포동 짤막하게 곰실거리는 손가락은 살집이 후한 이의 것이다. 그중 앙상하고 뻣뻣하여 무언가를 찌를 것 같은 손가락은 내 팔 끝에서 천연스럽다.

낮에는 알맞게 서늘하나 밤에는 아무래도 쌀쌀하다. 두툼한 겉옷을 걸치고 보온병에 커피를 담는다. 커피든 차든 무엇이라도 좋을 것이었다. 이런 밤산책은 유례 없던 일이었으므로. 그러길래 듬직한 이는 맨발로 슬리퍼를 꿰고 나오지 않았겠는가. 일정하지 않은 키 또한 보름이 가까운 달 아래 그림자에서도 확연하다. 제일 키 작은 이를 가운데 두고 양쪽에서 팔을 껴본다.

팔짱을 낀다는 일이 아주 새삼스럽다. 언제 팔을 껴보았더라. 남편과는 까마득하다. 오랜만에 친정에 가서 형제들을 만나는 날, 갑자기 필요한 물건이 생겨 슈퍼에 갈 때면 막내 동생이 팔짝 뛰며 바싹 달라붙어 내 팔을 끼곤 했다. 그리고 딸 아이, 그도 오래 되었다. 아이는 지금 피붙이와의 피부접촉을 한껏 혐오하는 나이를 지나고 있다. 서운하지만 내가 잘 아는 일이므로 탓하지 않는다.

서먹한 대로 셋이서 팔짱을 끼고 아파트 단지를 거닐어 본다. 단지 끝 쪽에 이르렀다. 소나무가 누울 듯한 자세로 어둑신함 속에 묵묵하다. 그 소나무 아래 벤치에 자리를 잡았다. 누군가 이 소나무 그늘을 퍽도 아꼈던가 보다. 솔가리가 떨어진 소나무 밑자리가 매끈하고 벤치가 나무 아래로 바싹 당겨져 있다. 누군가 이렇게 이 그늘을 아끼는 동안 우리는 무얼하고 있었을까. 소나무는 옆으로 낮게 퍼져 있어 마치 부채를 펼친 생김새로 큰 가지 하나가 구부러져 아취를 더한다.

예정에 없던 시간 서로 얼굴을 맞대고 커피잔을 든 셋은 갑자기 몹시 어색해진다. 그 어색함을 벗겨보려는 듯 제일 나이 적은 이가 자신의 여고 때 이야기를 꺼낸다. 이런 밤, 이런 분위기의 화제로선 제격이다.

"여고 때 수학 선생님을 좋아했었는데…"

땅딸막한 이는 늘 활달하다. 그이의 걱정 근심들은 비쳐나오는 식이 아니라 그대로 일상사화된다. 그이에게는 문제를 문제화시키지 않는 재주가 있다. 나는 그이의 그런 점이 부럽다. 설익은 푸념이 아니라 즉시 발효되는 방식이다. 즐거움이나 아픔의 정도가 그이에게서는 모두 같은 비중으로 처리된다. 나는 그이의 그런 점을 탐내다 못해 그를 능가해 보려 감히 살고 죽는 일을 뒤적인다. 살고 죽는 일을 화제의 전면에 걸고 나서는 일은 모험이다. 그런 화제는 누구에게나 재미없고 분위기를 메마르게 할 뿐이다. 나는 금방 후회하면서도 여운이 남을 수 있고 되도록 빨리 끝맺음하기 위해 목소리를 높여 흥분까지 한다.

셋 모두 화제를 다루기 난처하여 되레 숙연해진다. 우리가 말을 잃은 이유는 각자 다르다. 나이 적은 이는 그런 나에 대한 아연함 때문이겠고, 땅딸막한 이는 자신과 너무도 밀접한 문제여서 섣불리 다루고 싶지 않기 때문이리라. 그렇잖아도 그이는 친정 아버지의 병환으로 늘 그 문제에 시달리고 있는 중이다.

그때 자동차 한 대가 스르르 미끄러져 들어온다. 마치 말이 뜸해진 어색함을 무마시키기라도 하려는 듯하다. 셋의 시선이 일제히 그쪽을 향한다. 겨우 감지될 듯한 밤바람이 넌즈시 사위를 스치고 간다. 일순, 무언가가 우리의 가슴을 쓰윽 훑고 지나는 느낌이 든다. 그 느낌은 시간의 흐름이었을까. 우리의 삶을 이끌어 가는 운명의 어떤 기척이었을까. 불현듯 가슴이 서늘해옴을 느끼며 서로의 눈길이 마주친다. 그 눈길에 사는 일의 쓸쓸함이 비쳐있다.

 그 모임이 있던 이튿날 땅딸막한 이는 친정 아버지의 상을 당했다. 그 날 저녁 서로의 가슴을 훑고 지나던 느낌, 서로를 이루는 가장 중요한 부분을 싸악 비우며 전에 없던 숙연함으로 의아하게 하던 그 느낌, 그것은 아마 운명의 기척이었나 보다. 운명은 늘 제 나름의 어떤 기척으로 신호를 보내고 있는지도 모른다. 우리가 깨닫지 못할 뿐이다. 겨우 감지될 듯 말 듯한 미동과도 같은 바람을 보낸다든가 하는 식으로. 그런데 그 신호들이 크고 수선스러운 다른 움직임들에 밀려 우리가 미처 감지하지 못하는 게 아닐지. 우리의 귀는 그토록이나 어둡게 닫혀 있다.

꿈이야기

'간밤에 꿈을 꾸었는데…'

내가 요즘 가장 많이 쓰는 말이다. 아침에 일어나 맨처음 얼굴을 대하는 식구로부터 시작해 종일 식구들이 눈에 띌 때마다 나는 '간밤 꿈'에 대해 얘기하려 든다. 처음엔 꽤 관심을 기울여 들어주던 식구들이 이젠 '꿈에'라는 말이 내 입을 떠나기 무섭게 도리질에 손사래까지 치며 "이젠 제발 그만해"라고 등을 보인다.

꿈이 너무 많기는 하다. 갖가지 간밤의 꿈들로 인해 아침마다 한바탕 격투라도 치른 듯 고단하니. 전에 노인들이 꿈이야기로 하루를 보내는 걸 보며 무슨 꿈을 저리 많이 꿀까 의아해 했었는데 나는 아직 늙지 않았음에도 어느새 종일 꿈타령이다.

내가 꾸는 꿈은 대부분 내용이 뒤죽박죽인데다 복잡하게 여러 이야기가 섞여 있기 일쑤다. 앞뒤가 분명치 않은 가운데 몇 장면만 선명하게 떠오르는 경우도 있어, 마치 미술에서 갖가지 색을 겹쳐 칠한 후 긁어낸 형태에 의해 입체미를 살리는 스크래치 기법처럼, 그 몇 장면을 통해 전체의 줄거리를 추리하게 하는 경우도 있다.

어느 날은 물에 빠져 허우적거리다가 온몸이 맥이 빠져 잠을 깰

때도 있고, 어느 날엔 혼자 어두운 길을 끝도 없이 더듬어 다니다가 깨기도 한다. 대부분 꿈속의 배경은 내가 자란 시골집 주변이고 어둑어둑하다. 꿈속에서 나는 그 어둑한 곳에서 빠져 나오려고 몹시 애를 쓰기도 하고, 벌거벗은 채 가릴 곳을 가리지 못한 수치심으로 누구의 눈에 띌까 쩔쩔매는 경우가 허다하다.

종종 끔찍한 장면을 겪게도 된다. 엽기적인 살인 장면을 목격하는 역이나 내가 제 3자가 되어 그런 나를 관찰하는 역도 주어진다. 어릴 때부터 유독 추리물들에 탐닉했던 탓인지도 모른다. 꿈속의 나도 갸우뚱하며 그래서 그런가보다고 생각한다. 늘 그렇게 위험천만인 장면을 보게 되는 역을 맡았지 실제로 내가 치명적인 해를 당하는 경험은 못했는데 지난번엔 사건의 피해자가 나 자신인 신기한 경험을 했다. 어찌나 생생한지 그 꿈을 깬 후 며칠 간 목언저리가 얼얼했고 꿈속의 범인의 그 싸늘한 체취가 맡아지는 듯하기까지 했다. 그 꿈에서 나는 죽음을 경험했다.

마을에서 살았던 적이 있는 한 험상궂은 사람이 갑자기 찾아와 우리 형제에게 무슨 원한이 있었는지 죽이겠다고 위협했다. 아주 침착하게 무슨 원한으로 죽여야 하는지 원한의 내용을 말해주었음에도 꿈이 언제나 그렇듯이 그 핵심되는 부분은 기억나지 않는다. 그는 흉기를 드러내며 신중한 표정으로 나와 동생의 목을 움켜잡고 자신이 이제부터 어떻게 죽일지를 설명한다. 잠깐이면 끝날 터이니 너무 두려워하지 말라는 친절한 당부도 곁들인다(바로 이 부분이 결정적으로 꿈임을 입증한다). 그리곤 정말로 들고있던 흉기를 내 목에 찔러 넣기 시작한다.

꿈속의 나는 이렇게 위협만 하다 말겠지, 설마 나를 죽이기까지야 하겠느냐고 생각하고 있었다. 아마 그 순간이 꿈인줄 얼핏 깨닫고 있는 듯했다. 그런데 정말로 나는 죽임을 당하는 끔찍한 상황에 임박해 있고 공포심에 짓눌려 꼼짝 못하면서도 한편 예상에 어긋난 그 현실에 실망한다. 그 위기에서 나를 구해줄 어떤 극적인 계기도 그 꿈에선 보이지 않았다. 그런 인정스런 배려가 전혀 없는 꿈을 꾸며 나는 극심한 배신감을 경험한다. 날카로운 순간의 통증이 왔다. 이어 퍽 아늑하고 무딘 통증이 왔고 무언가로부터 아득하게 멀어지더니 마침내 나는 죽었다.

그 동안에도 주욱 나의 꿈이야기에 지쳐있던 가족들이 이 꿈을 듣고는 또 그 당치도 않은 개꿈이냐고 아우성이었다. 이제부터 어떤 꿈을 꾸더라도 말하지 말고 조용히 삭이라 충고하며 정 꿈이야기를 하려거든 제대로 된 꿈을 꾸었을 때나 하라고 다짐을 둔다. 그런데 도대체 제대로 된 꿈이라니, 그런 꿈이 어디 있나.

그 꿈을 꾸었던 하루는 종일 몸이 시르죽었었다. 그러면서도 죽음을 겪은 일이 하도 신기해 나 혼자 거듭 꿈속으로 돌아가 있곤 했다. 잠시의 날카로운 통증에 이어 둔통과 함께 찾아오던 그 아늑한 고요 탓이었을까.

나는 어떤 미신에도 솔깃하지 않거니와 꿈을 믿지도 않는다. 흉몽이니 길몽이니 하여 간밤에 꾼 꿈으로 하루를 점치거나 꿈 때문에 할 일을 못하거나 해보지도 않았다. 태몽은 영락없다는 말도 믿지 않는 편이다. 내 경우 딸아이 때 열매를 따는 꿈을 꾸었고 아들아이 때는 뚜렷한 꿈도 기억나지 않는다. 고등학생이던 때 꾸었던 꿈 하나가 잊혀지지 않기는 하다. 그때까지 꿈은 흑백으로만 꾸느니 칼라로 꾸는 꿈은 평생에 한번 있을까 말까 하다는 논란이 친구들 사이에 유행하고 있었다. 그런데 나의 그 꿈은 총천연색의 현현이었다.

한강 모래밭이었다. 갑자기 서광이 비치며 찬란한 빛이 강가에 가득하더니 용이 나타났다. 물론 그림이나 흘러온 이야기를 통해 짐작하고 있던 형상의 용이었다. 상상의 동물이니 색깔도 금빛의 극치를 이루고 있었다. 나는 그때 당시엔 그 꿈을 아무에게도 말하지 않았다. 다만 흑백이 아닌 총천연색으로 된 꿈을 꾸었던 일이 신기해서 속설이란 그다지 믿을 게 못된다는 깨달음을 얻기는 했다. 나중에 어쩌다 그 꿈이야기를 하게 된 일이 있었는데 이야기를 들은 사람들이 더 없는 길상이라며 그 꿈에 대한 맹신을 부추겼었다. 그러니 나는 꿈을 더 믿지 않게 되었는지도 알 수 없다. 그들이 해몽한 그 어떤 예견도 내 경우와 들어맞는 게 없기 때문이다. 찬란한 용이 내 눈앞에 척 나타나 위용을 과시하다가 당당하게 머리를 쳐들고 승천하던 장면은, 간혹 어떤 이가 꿈은 흑백이라는 어처구니 없는 말을 할 때를 위한 입증용으로 현신했던 게 아닐까.

지상에서의 그 어떤 관계에서도 만족스런 소통을 이루지 못해서거나 꿈속에서만 대화가 가능한 탓일까. 나는 왜 늘 갖은 꿈속에서 허우적대며 그 끝없는 꿈이야기를 다른 이들에게 풀어놓으려드는지 모르겠다.

놋대야 다섯 벌

내 증조모께서는 시집 오실 때 놋대야를 다섯 벌 해오셨다 한
다. 그런데 그 다섯 벌이나 되는 대야가 시댁 식구들을 위한 몫이
아니라 당신 한 몸에만 소용될 것이었다는데, 증조모께서 혼수 중
에 대야를 다섯 벌이나 해오신 일은 그 분의 꼿꼿하신 성품과 함
께 두고두고 내 집안의 이야깃거리로 전해진다.

보통의 사람에게 대야란 한 벌로 족하거니와 한 가족에게도 한
벌이면 그리 아쉽지 않으리라 여겨진다. 더구나 한 세기도 넘는
그 시절임에랴. 넉넉히 잡아도 윗몸을 씻기 위한 용도로 한 벌, 아
랫몸의 용도로 한 벌해서 두 벌이면 족했지 않았겠는가. 그밖에
나머지 세 벌은 어디에 소용될 요량이었던지 나는 지금까지도 짐
작이 가지 않는다. 나머지 대야의 쓰임새에 대한 이야기는 들은
기억이 없는데 설령 들었다 해도 대야 다섯 벌의 무게에 질려 금
방 잊었을지도 모르겠다.

처음 그 이야기를 들었을 때 나는 우선 과다혼수가 아닌가 하는
생각을 했었다. 한편으로는 시집간 후에 두고 쓰라는 딸에 대한
친정 어른들의 지극한 마음이었겠다 싶은 생각이 들기도 한다. 그
에 이어 한번 씻으실 때마다 어떤 광경이 벌어졌을까 상상하게 되

어 실없이 웃음이 나오기도 했다. 매번 씻으실 때마다 대야 다섯
벌을 대령해야 했었을 몸종들은 얼마나 고단했겠으며, 어디에 어
떻게 대야 다섯 벌을 진열하듯 늘어놓고 쓰셨을지, 매일 다른 식
구들과 종들의 진진한 구경거리가 되지 않았을까 하는 생각 때문
이었다. 다른 사람들 입장에서야 좀 궁금한 일이었겠는가 말이다.
  그 다섯 벌의 대야가 전하는 의미는 증조모의 성품과 무관하지
않게 여겨진다. 집안 어른들이 전하는 얘기로 증조모께서는 한번
내세운 당신의 주장을 굽히신 적이 없을 만큼 기상이 대단하셨다
고 한다. 의롭지 않다고 판단되는 문제로 인한 증조부와의 언쟁에
서 한번도 물러선 적이 없으실 정도였다니 어디 남녀가 유별했던
그 시대에 수월한 일이었겠는가.
  그래서였을까. 증조부께서는 소실 외에도 끊임없이 다른 여자를
들이셨다 한다. 내 증조부 또한 범상치 않으셨던 분으로 그런 당
신의 매서운 성품을 그대로 드러내 주는 흥미 있는 일화를 남기셨
다. 증조부께서 마침내 과거에 급제하여 벼슬길에 오르기를 기다
리고 계실 때 불운하게도 일본의 침략 통치가 시작되었다. 통한의
나날을 보내시던 증조부께서는 그 무렵 관직에 계시던 당신의 친
구분과 불화하게 되자 "내 네놈의 통치 받지 아니 하겠다" 선언하
시곤 곧장 당신 주관으로 행정구역을 정하여 사랑에서 행정을 관
장하셨다 한다. 그와 같은 증조부의 강직함이 증조모의 내조에서
비롯되었으리라는 내 추측은 무리일까.
  증조부에게 온전히 의지하지 않은 내 증조모의 삶이 여성의 행
복 운운하는 견지에서는 확실히 만족스럽지 않다 할 수 있겠다.
어쨌든 나는 지금도 간혹 주변 여성들을 대하며 그들의 남성에 대
한 뿌리깊은 종속성으로 인해 난처해질 때가 있다. 여성의 지위니

의식이니 하는 문제는 이미 오래 전부터 관심을 모아온 일이어서 여성 모두의 사고나 생활방식에 넉넉하게 용해되어 있는 줄 알고 있었기 때문이다. 대체 어느 시대로부터 여성이 남성으로부터 사랑을 받는 일을 삶의 으뜸선으로 치부해 왔는지 모르겠으나 오로지 그 일만으로 삶이 충일할 수 있다는 믿음이 지금에조차도 통용되는지 용납하기 매우 무참하다. 그런 믿음은 필경 삶 전체를 통찰하는 안목의 결핍에서거나 존엄한 인간성에 대한 공정함이나 균형성의 망각에서 나왔음이 분명하다. 각자의 성에 합당한 역할을 행함은 권장해 마땅하나 당당함을 상실한 채 오직 상대의 성에 의지하여 자족하는 여성들의 삶의 방식은 탐탁치 않다.

증조모의 친정 부모님은 어떤 생각으로 당신들의 딸이 시집가서 쓸 대야를 다섯 벌이나 준비하셨을까. 나이를 먹어가며 차츰 거기에 어떤 속 깊은 의미가 있지 않았을까 짚어 보게 된다. 어떤 완곡한 요구의 상징, 아마 이만한 집안의 이만한 딸이니 시댁에서도 소홀히 하지 말고 그리 알아 대우하라는 무언의 암시가 아니었을까.

그러나 그 놋대야 다섯 벌의 체모를 지키시느라 증조모께서는 안으로 곪을 대로 곪았으리라 짐작된다. 결국 증조모의 부모님의 처사는 귀한 딸에게 평생 헤어날 수 없는 짐을 지게 하신 셈이다. 반듯한 집안 출신다운 처신으로 반가의 종부로서의 위엄을 지켜야 하리라는 계율과 시댁에 대해서는 그에 합당한 예우를 요구하는 이중의 암시가 함축되었을지도 모르는 그 다섯 벌 대야의 무게는 증조모에게 있어 평생 벗을 수 없는 족쇄로 남았으리라.

자랄 때 어른들로부터 증조모를 닮은 데가 있다는 말을 듣곤 했다. 그 때는 그 분이 내 집안의 위엄의 상징으로 회자되었으므로 어째서 닮았다는지는 몰라도 그저 나쁜 소리는 아닌가보다 여겨

은근히 흡족해지곤 했었다. 그러나 나이가 들어가며 스스로를 옥죄는 삶이 얼마나 고단한지 깨닫게 될 때마다 왜 하필 그런 할머니의 피가 내게로 흘러오게 되었을까 회의하는 때가 종종 있다. 스스로 세워 더욱 엄격한 도덕률의 울타리로부터 벗어나 좀 아무렇게나 살아보고도 싶은 그런 때, 나는 한번도 뵙지 못한 증조모를 향해 곱지 않게 눈을 뜨기도 한다. 그러나 그건 그때 뿐으로 내 속에 도도히 흐르는 증조모를 향한 외경심에는 아무런 흠집도 내지 못한다.

많은 세월이 주름져 흘러간 뒤 내 후손들은 나를 어떤 할머니로 생각할까. 어떤 시공을 넘고 돌아 어느 대에 나를 닮은 자손이 현생의 삶을 이어받을까 하는데 생각이 미치면 정신이 번쩍 들지 않을 수 없다. 그 어떤 종교에도 속해 있지 않은 내가 골똘히 해석하는 내세란, 그 무슨 특별한 세상이 아닌 바로 면면히 이어질 피의 흐름, 나의 후손들이다. 한 여성으로 자족하는데 그치지 않고 한 시대의 위엄을 지키는 일에 게을리하지 않았던 증조모의 그 당당함을 나는 어찌 따를 수 있을까. 살아가며 어떻게 그 정신을 조화시킬 수 있을까를 궁리하고 모색하는 일로 내 삶은 늘 무겁다.

제4부

코럴빌의 새벽

산모롱이 파란꽃

매일 아침 남편을 학교에 태워다 주고 나면 나는 잠시 타성의
찌꺼기를 털어내고 홀가분한 맨몸이 된다. 그 즐거움이 내게 찾아
온 것은 매번 같은 길을 되돌아오는 일에 물릴 때쯤이었다.

가깝게 지내는 사람의 차를 타고 처음 가보는 길을 달리게 되었
다. 내가 매일 다니던, 차들만이 질주하는 길과 다르게 그윽한 정
취가 느껴지는 그 길은, 왼쪽엔 야트막한 산이 있고 느릿느릿 흐
르는 아이오와 강을 오른쪽으로 어깨동무하며 나란히 돌아가는 한
적한 길이었다.

다음날부터 집으로 돌아오는 길엔 그 길을 타기 시작했다. 강
너머의 섬에는 강 이편과 다른 나무들이 울울창창하여 시대를 거
스른 듯 원시의 한 자락을 보여주고 있었다. 그 풍경을 볼 때마다
내게 원시에 대한 까닭 모를 두려움과 음산한 아름다움이 함께 엄
습하는 느낌을 갖게 된다. 그 원시의 이 편에 경사진 언덕배기와
아름드리 나무들이 드리우는 그늘이, 산모롱이 오솔길과도 같은
그 길에 운치를 더하고 있다.

내가 그 길을 지나는 시간은 늘 같은 아침 시간이다. 같은 시간
그 길을 지날 때마다 나는 마치 과거의 한 때를 고스란히 불러오

듯 현실로서는 불가능한 경험을 하는 기분이 들곤 한다. 같은 풍경을 마주치며 어제나 지난주에 지나치며 스쳤던 생각이 떠올려지고, 다시금 동일한 그 감회나 애상에 물리지 않고 기꺼이 잠겨볼 수 있게 되는 것이다. 매일 되풀이하는 그 일에서 나는 남모르게 혼자만이 누리는 나른한 포만감으로 비밀을 간직하듯 곰곰 음미하는 여유를 갖게 되었다.

그렇게 며칠을 보냈을까. 어느 날 언뜻 무슨 빛인가가 지나는 걸 느끼게 되었다. 달리는 차안에서 받은, 하도 짧은 순간에 그야말로 흘깃 지나친 느낌과도 같은 것이어서 그 날은 그 빛의 정체를 알지 못했다. 다음 날 그 언저리를 지날 때쯤 해서 주의 깊게 살피려다 그만 중앙선을 넘고 말았다. 다행히 반대편에서 다가오는 차가 없었고 천천히 두리번거리다가 나는 마침내 어제의 그 섬광과도 같았던 빛의 실체를 발견했다.

산모롱이 부근에 파란색 꽃들이 조롱조롱 모여 피어 있는 꽃밭이었다. 누가 일부러 가꾼 것 같지는 않고 저희들끼리 어쩌다 함께 어우러져 피어 있는 모양이었다. 아침 햇살이 그늘진 산모롱이로 차츰 다가드는 그 때쯤 거기에서 만나게 된 그 파란꽃 무리는 아주 가분가분해 뵈는 게 전혀 중량감이 느껴지지 않았다. 민들레 홀씨처럼 하늘하늘 날듯 가볍디 가벼운 생김새는 내게 저장되어 있는 연민의 감정을 고스란히 불러내올 만큼 안쓰러운 자태였다.

내 경험으로 별 까닭도 없이 이상스레 마음이 쏠리는 데는 다 그만한 내막이 드리워져 있곤 했다. 그건 우연히 뭔가에, 어딘가에 이끌려 들어갔다가 뜻밖의 횡재를 만나는 것과 같은 경우로 내게 있어서는 알 수 없는 이끌림에 끌려가고 보면 반드시 내 속의 어떤 동질성과 해후를 하게 되는 것이었다. 닮았다는 것, 그 닮음의 확인에서 얻게되는 황홀경의 일체감. 종종 실체가 만져지지 않는 무언가를 안타까이 찾는 근원도 알고 보면 결국 나와 닮은 어떤 것에 대한 끊을 수 없는 추구가 아니던가.

그 어떤 희귀종이 있어 생판 모르는 것을 취하기 위해 세월을 보냈노라고 확신에 차 말할 수 있을까. 뜻밖의, 예기치 않은, 이라 말해지는 그 현상들의 내막도 알고 보면 그 속에 그 현상과 닮은 자신의 실마리가 있게 마련이다. 그 잡히지 않는 실마리가 우리 귀에는 들리지 않는 신호음 같은 것을 끊임없이 냈던 수확이라 하면 맞을까.

어릴적 늦은 봄 무렵, 동네 아이들과 어울려 산 속으로 들어가면 잡목들 우거진 산바닥에 납작하게 피어 초록의 주위색과 대비되는 하늘색으로 언뜻언뜻 눈에 띄곤 하던 작은 꽃들이 있었다. '아무도 오지 않는 깊은 산속에 조로롱 방울꽃이 혼자 폈어요'라는 동요를 듣게 되었을 때, 아하. 내가 만났던 그 꽃이 바로 방울 꽃이었나 보다 라고 깨우치게 된 이름도 모르던 꽃. 그 꽃의 어딘지 가슴을 싸한 슬픔에 차 오르게 하던 그 때의 느낌을 지금 이국의 한 산모롱이에서 나는 다시금 만나게 되었다.

'아름다움'이라 혼잣말이 절로 입가에 나오게 되는 그 오롯한 생김새, 저런 아름다움을 좇아 한 평생을 헤매는 이도 없지 않으리라. 어딘가 숨겨진 듯한, 안으로 움츠린, 환한 대로가 아닌 좀 그늘지고 돌아앉은 위치, 그런 위치나 사고에서 어쩌면 예술은 이루어지는 게 아닐까 하는 데에 생각이 미쳤다. 우리가 걸작으로 칭송해 마지않는 작품들이란 어쩌면 다 그런 배경에서 태어나지 않았던가. 이루지 못할 사랑을 추구하는 덧없음, 불륜의 감미로움과 더불어 극치에 달한 고통과 같은 맥락의 탐미주의. 그렇게 활짝 열려진 세상과는 비스듬히 비껴선 위치에서 탐미적 추구는 완성되는 게 아니던지. 그 모든 끝내 이루지 못할 경지의 어쩔 수 없는 아름다움을 나는 찰나에 그 산모롱이 파란꽃에서 보게 되었다. 꿈속도 아니고 지금 분명하게 느껴지는 현실도 아닌 아슴푸레한 사위. 그 꽃의 빛깔은 꼭 그런 기분을 갖게 하였다.

큰길보다 훨씬 시간이 많이 걸리는 그 길을 나는 '그윽한 길'이라 이름 붙이고 혼자 돌아오는 길엔 그 길을 고집한다. 다른 차가 없을 때면 25마일의 제한속도를 위반(?)하면서까지 천천히 파란꽃들을 완상하며 내 안의 그 어쩌지 못할 중독된 탐미 기질을 마음껏 내어 펼치는 시간이다. 햇살이 비쳐들어 그늘진 곳이 더욱 그늘지기 시작하는 아침 길, 호젓하게 담아 온전히 향유하기 위해서이다.

세상 어디에도 내 지극한 아름다움의 추구가 가능한 곳은 존재하지 않는다. 첫날 파란꽃이 드러낸 아름다움이 슬쩍 내게 비쳐듦을 감지하는 순간, 중앙선을 넘는 위험을 저질렀듯이 그런 일엔 으레 그만한 대가가 기다리고 있는 법이다. 그런 위험을 실제로 감당할 재간을 지니지 못했으므로 나는 그저 이따금 그와 같은 짧은 순간, 섬광처럼 비쳐드는 아릿한 아름다움에 목을 매듯 매달리곤 한다.

들녘 소경

　엄벙덤벙 짐을 꾸려 이곳으로 건너온 지 벌써 여러 달이 지났다. 지나고 보니 어느새 몇 달이나 지났다는 말로 표현될 뿐 그렇게 여러 날을 살았다는 실감이 전혀 들지 않는다.

　지난해 연말에서 올해 초까지 잠시 후의 일도 믿을 수 없이 불안한 국내의 정황으로 인해 우리 가족은 그야말로 일각이 여삼추의 심정으로 출국심사결재가 떨어지기만을 고대하고 있었다. 그렇게 시종 조마조마하게 이도 저도 못한 채 대기중인 상태에서 맞은 외국행이었으므로 자연 우리의 이삿짐 싸기란 들녘 소경 머루먹듯 두서가 없고 뒤죽박죽일 수밖에 없었다.

　참으로 어이가 없는 것이 젊은 날 단신으로 떠나는 유학길도 아니고 잠시 잠깐의 여행길도 아닌 길을 떠나는 채비로야 그렇게 부실할 수가 없기 때문이었다. 미처 가방도 넉넉히 준비하지 못해 휴대하고 탑승했던 짐은 집을 나서기 전 그냥 버려두고 가기 아쉬워 눈에 띄는 대로 비닐봉투와 종이백에 집어넣었던 것이었는데, 그 짐들이 시카고 공항에 내렸을 때는 다른 짐들에 호되게 부대낀 후라서 여기저기 찢겨지고 너덜너덜했다. 게다가 초행길이라고 혹 갖가지 수속들로 시간이 부족할 것을 염려하여 여유 있게 예약한

다음 비행기의 탑승 시간까지는 일곱시간이나 남아있었다. 그 일곱시간이라는 여유분의 시간이 우리 가족, 특히 나에게는 전혀 여유로움이 아닌 일종의 유배지의 암담함으로 전신을 휩쌀 뿐이었다. 무엇을 할 수 있을 것인가. 이 낯선 곳, 온갖 인종들이 들끓으며 넘실대는 이 거대한 공항 안에서. 오로지 할 수 있는 일이란 자칫 잃어버릴까 서로의 손을 놓지 않고 꼭 붙들고 있는 것뿐이었다. 이미 끈이 떨어져 추레해진 종이백의 갈라진 틈으로는 다리미의 한 귀퉁이가 드러나 보이고, 책 모서리에 찢겨진 비닐백에는 하필 젓갈이 들어있어 아슬아슬하게도 짭짤한 젓갈 냄새가 풍겨나오고 있었다. 나중에 배로 부친 짐이 도착할 때까지 한달 반 정도 지낼 동안의 입맛을 염두에 두고 굴젓이며 새우젓, 명란젓 등을 조금씩 챙겨 넣었었다. 나는 그 와중에도 '냄새나는 음식물류는 통관이 안된다던데 만약 이 젓갈들을 뺏긴다면 무얼 먹고 살지?' 하는 걱정을 했다. 그런 걱정이 시작되자 얼핏 풍기는 것 같던 젓갈 냄새는 잠시 후엔 금방이라도 김이 모락모락 나는 흰 쌀밥이 눈앞에 나타날 듯 맹렬하게 진동하는 것처럼 여겨지기 시작했다. 아마 그 냄새는 걱정이 지나친 나머지 혼자 앉아 세상 걱정 다하듯한 오지랖 넓은 기우였는지, 입국절차의 완화 덕분인지 다행히 아무 문제없이 통과되었다.

크고 작은 짐더미를 메고 밀며 시카고 공항에서 우두망찰하는 우리 네 식구의 모습이란 마치 매스컴을 통해 익히 보아왔던 나라 잃은 난민들 모양새와 다를 바 없었다. 퀭하니 초췌한 얼굴로 공항 한 구석 쉼터에서 어쩔 바를 모른 채 옹크리고 있는 우리의 모습이, 마치 다른 어떤 가족의 사진을 들여다보는 듯 눈앞에 확연히 드러나는 게 참 의아한 느낌이었다. 내 것이 아닌 양 실감이 없었고 몸의 어딘가 중요한 부분이 마비된 듯했다. 현재 내가 겪고 있는 일의 주인이 나라는 의식이 있다면 그렇게 선명하게 자신의 모습이 객관적으로 보여질 수는 없지 않은가.

　제발 시간이 빨리 흘러가 주기만을 바라는 간절함 속에 또 한가지 그에 못지 않는 간절한 바램은, 어떻게 된장국 국물이라도 좀 얻어 먹을 수 없을까 하는 것이었다. 가당치도 않은 바램이었다. 가당치도 않은 바램을 간절해 할만큼 나는 한국을 떠난 지 스무 시간 남짓한 사이에 이미 완전히 입맛을 잃고 있었다. 뭔지 자꾸 갈증은 나는데 그게 뭔지 꼭 집혀지지는 않고 가만히 앉아서 기다려도 되는데도, 누가 뭐라지 않는데도, 왠지 조급해지고 불안했다. 그렇지 않아도 왜소한 우리 부부가 시간이 흐름에 따라 점점 더 줄어드는 듯 여겨졌다. 더 그러고 있다가는 아예 이 공항 한 구석에서 줄어들다 못해 소멸해 버리고 말 것처럼 불안했다. 무엇 때문일까, 몽롱히 생각하던 끝에 문득 깨달아진 그 까닭이란 분명 이곳에선 더 이상 우리말이 통하지 않는다는 단절감 때문이었으리라.

　다음 비행기를 타는 곳까지 운행하는 공항내 기차편을 알아보겠다고 일어서 저만치 가는 남편의 모습을 보았을 때 나는 잠시 눈시울이 뜨거워졌다. 그 동안의 마음 고생으로 형편없이 수척해진 그의 모습이 그제서야 내 눈에 띄었기 때문이었다. 다수에 섞였을 때 묻혀 있던 개체의 특질은 한층 두드러지는 법이다. 저 사람의 턱이 저렇게 뾰족했던가. 어딘가 얼이 빠져나간, 가운데가 뻥 뚫려 구멍이 나있는 듯한 남편의 표정이 내 시야를 꽉 채웠다. 새삼스러웠다. 일가를 이끌고 낯선 나라에서 살아내야 할 가장의 책임이 감당하기 벅찬 무게로 그의 어깨에 얹혀 있었다.

출국 전의 일들일랑 접어두자고, 이미 겪기 시작한 일로 줄곧 티격태격하지 말자고 이를 앙다물어 보았다. 삶이란 언제까지나 그렇게 나뒹굴며 제 몸 할퀴는 응석을 받아줄 만큼 여유 있지도 관대하지도 않다. 내가 가진 장점이 한 가지 있다면 그건 바로 참을성이 아니던가. 나는 내 참을성에 한계가 왔다고 생각했었다. 그러나 완강하게 우뚝 버티고 선 거대한 공항에서 다수에 섞인 남편의 왜소한 어깨를 보는 순간 새로운 참을성이 내 속 어딘가로부터 자라나오는 것을 느낄 수 있었다. 우리가 처한 상황은 나라 경제의 악화와 맞물린 형제들의 처지로 인해 모진 시련을 겪는 와중의 외국행이었으므로 한층 더 불안정할 수밖에 없었다. 그런 탓일 게다. 이유도 없이 공연히 불안한 근거는 따지고 보면 너무도 간단한 일이다. 부잣집을 찾아온 가난한 집식구들의 심정, 그것 아니겠는가. 이래봐도 저래봐도, 아무 것도 하지 않아도, 도무지 불안하고 부자연스럽기만한 그 심정은 감출 필요도 없이 너무도 자명한 강자 앞에 선 약자의 위축감이었다.

모국어로 의사소통을 할 수 없다는 단절감과 강자 앞의 위축감으로 시달릴 대로 시달리고, 주눅들대로 주눅들어, 마침내 우린 목적지인 아이오와의 CEDAR RAPIDS 공항에 도착했다. 한밤중임에도 불구하고 공항엔 동료 직원들을 포함한 일곱 가족이 우리를 환영하기 위해 나와 기다리고 있었다. 모두 활짝 웃으며 다가오는 그들에게 답하는 나의 웃음은 마치 웃는 법을 잃어버린 듯 입가가 실룩거려지며 어색하기만 했다. 일행에 둘러싸여 공항 밖으로 나왔을 때는 이미 쌓인 눈 위에 줄곧 눈발이 흩날리고 있었다. 언제부터 내려 쌓였는지, 태초부터 끊임없이 내리고 녹으며 쌓여온 눈인지 분간할 수 없도록 내가 도착한 천지는 내게 아득하게만 보였다.

Amana Colonies

　어딘가로 소풍을 떠나는 날의 날씨만큼 큰 역할을 하는 게 또 있을까. 내가 아마나에 가던 날도 그랬다. 전날밤 늦도록 썬더스톰이 천지를 진동시켰기 때문에 이른 아침 눈을 떴을 때 비쳐드는 햇살은 기대 이외의 것에서 오는 기쁨으로 감당하기 벅찰 정도였다.

　이날의 소풍은 남편이 속해 있는 클래스에서 야외수업의 명목으로 마련한 행사였는데, 봄을 맞아 그 동안의 공부로 인한 긴장도 풀 겸 한편 가까운 곳에 위치한 관광지도 이용하라는 의미도 담겨 있는 셈이었다. 대학 측에서는 깨끗이 세차한 석 대의 미끈한 밴을 준비해 주었다. 다른 학생들은 그 차를 이용했고 나와 남편은 미리 양해를 구해 우리 차로 그 뒤를 따랐다.

　아마나라는 지명은 처음 들었을 때부터 낯설면서도 이상하게 마음을 솔깃하게 하는 느낌을 일깨웠다. 스스로의 기억 밖에 있어 기억을 환기시킬 수는 없으나 엄연히 존재했던 일, 그래서 어렴풋이 어딘가 유사한 기미가 느껴지고 과거 속의 어느 귀퉁이에선가 공존했던 적이 있는 것 같다고 여겨지는 그런 느낌을 나는 받고 있었다.

　그곳이 어떤 곳인지, 어떤 사람들이 살고 있는지에 대해 사전지

식이 전무한 상태이면서도 마치 어릴 적 저 길끝, 저 산너머로 가면 무언가 내가 하냥 꿈꾸던 어떤 세상이 환하게 눈앞에 펼쳐져 줄듯 했던 그런 기대감으로, 나는 미리부터 '아마나 가는 길'이라 명명해 두면서까지 그곳을 향해 내 마음을 모으고 있었다.

양옆으로 민들레가 만발한 길을 햇빛을 받아 금방 물에 씻어낸 듯 한층 생동감 넘치는 석대의 밴이 차례로 앞서가고 우리 부부는 여유 있게 그 뒤를 달리는데, 청명한 봄하늘 아래 민들레 꽃밭은 가도가도 끝이 없을 듯 이어져 천지간에 온통 노란빛과 햇살 뿐이었다.

이십마일 정도를 달려 아마나의 중심부에 도착하였다. 상가가 도로 양옆에 이어져 있는데 전혀 관광지의 상가 같지 않은 고즈넉한 분위기 때문에 나는 잠깐 어리둥절했다. 문화의 차이에서 오는 충격이랄까, 내가 이때껏 살면서 겪어왔던 관광지와 판이했기 때문이다. 관광지의 고즈넉함이라니! 어디 상상이나 했던가. 우리가 알고 있는 관광지라면 모름지기 시끌벅적 떼지어 사람들이 몰려다니거나, 왠지 야한 묵계라도 이뤄진 듯 방기(放棄)의 기미를 노골적으로 풍기는 게 아니었던가.

우리는 다른 유학생 무리들과 떨어져 먼저 박물관에 들어가기로 했다. 자그마한 건물 안에 할머니 두 분이 매표관리와 우편엽서 등 관광소품 파는 일을 맡아서 하고 있었다. 그들은 우리에게 매 시간마다 아마나 역사에 대한 슬라이드를 상영한다는 말과 함께 박물관 구조와 이용할 수 있는 시설 등을 지나치리 만큼 자상하게 안내해 주었다.

아마나는 1800년대 중반 신의 계시를 받은 독일인과 그 일행들이 이주해 와서 이룬 마을이다. 전시관 안에는 얼핏 보기에 하찮아 보이는 물건들이 고만고만하게 진열되어 있었다. 조금도 대단할 것 없는 자질구레한 소지품까지도 조상들의 손때가 묻은 그대로 수더분하게 전시관을 채우고 있었다. 그들이 사용했던 모든 집기들의 크기와 규모가 너무도 작은 데에 나는 의아함을 느끼지 않을 수 없었다. 이제껏 우리가 경험했던 박물관이란 얼마나 으리으리했던지, 나는 그래서 잠깐 의아해 했던 것 같다.

입장객 수가 한 두 사람에 불과할지라도 슬라이드는 예정대로 상영되었다. 더구나 슬라이드가 상영되는 방은 그들의 조상이 처음 정착해 예배를 보던 바로 그 교회였고 책상과 의자도 옛날 것을 그대로 사용하고 있었다. 슬라이드를 통해 보는 아마나의 역사는 신이 부여한 대로 잔꾀 부릴 줄 모르고 성실하게 살아가는 소박한 사람들의 현장이었다. 공동노동, 공동분배의 공동자치제로 시작되었던 그들의 사회는 현재에도 그 정신의 궤도 안에 있는 듯 합일체의 균형감을 느끼게 했다. 그들 사회는 초기부터 유치원이 생겼는데 여성들의 노동으로 인한 필요에서 비롯된 것이었다. 이 유아기부터의 공동생활 경험은 그들 사회를 보다 더 자율적으로 단결시키는 저력이 되었음에 틀림없다.

농기구를 보관해 두던 헛간이며 빨래하는 날로 정해졌던 매주 월요일 함께 모여 빨래를 했던 빨래터도 옛모습 그대로 보존되어 있어 인상적이었다. 실을 짜던 기구는 우리의 베틀과 흡사했고 손재주 많은 여성들이 짬짬이 한 땀 한 땀 떠갔을 법한 뜨개질 소품이며 동물모양의 완구들은, 그 섬세한 기법으로 인해 나로 하여금 어떤 경외심까지 불러일으키게 했다.

그 일을 하는 동안 일상잡사로부터 홀연히 미끄러져 나와 온전한 자기만의 세계 속에 몰두해 있었을 여성들의 모습이 하나의 풍경으로 떠올라 나는 한참 동안 그들이 살던 시간 속으로 빠져들어 가는 감회를 가졌다.

그런 감회는 그것들이 이국적이어서가 아니라 너무도 우리네와 닮아있음에서 오는 것이었다. 어쩌면 동서양의 그 공간의 차이에도 불구하고 한 시대를 살던 옛사람들의 모습은 그리도 닮아 있는지, 나는 잠시 동안 전율하지 않을 수 없었다. 그렇다면 지역간의 차이쯤은 우리 모두가 한 인간의 모습이라는 엄연한 근거 안에서는 얼마나 부질없는 계산속에 불과한가.

하나의 선명한 깨달음이 환하게 불을 밝힌 듯 나의 심연으로부터 서서히 밝아오기 시작했다. 출발 전 이상스레 설레던 마음이 결코 공연한 것이 아니었음을, 바로 이와 같은 조화와 닮음의 확인을 앞둔 예감이었음을 깨닫게 되었기 때문이었다. 그 작은 규모의 박물관 안에서 두 시간 가깝도록 나는 조금도 새삼스러울 것 없는 그 사실의 확인에서 오는 희열에 싸여 벅차했다.

밖으로 나왔을 때 박물관 앞 정원 가득 고여 있는 햇살 속에 몸을 담게 되자 어쩐지 현실 같지가 않아 순간 휘청거렸는데, 아마도 그 햇살 고인 정원은 과거와 현재의 경계지였는지도 모르겠다. 몽롱함에서 채 깨지 못한 채 발길을 내딛은 현실의 아마나 거리는 여전히 조용하고 차분했다. 상점의 간판들조차 조금도 경박하게 나부대지 않았다. 상가의 주인이나 관광객들이나 한결같이 한가한 몸짓으로 역사의 한 장을 접듯 유현한 흐름을 보여 주고 있었다.

이들의 모습은 어째 이리 짜임새 있으면서도 한가롭기만 한가. 이런 유현함은 어디서 오는가. 나는 도저히 흉내낼 수 없을 것 같은 안타까움으로 그 순간 그들을 향한 극심한 질투심에 휩싸였다. 모든 것이 오래 그 자리에 있어온 듯, 있을 곳에 있는 듯한 자연스러움으로 의연하기만 했다.

　그들이 사는 모습은, 새것이라면 밀월관계였던 종전의 질서나 미덕도 쉽사리 내팽개쳐 버리고 허겁지겁 따라나서야 직성이 풀리는 우리의 생활방식 저편에 있었다. 그 천박스런, 이른바 새것 컴플렉스가 우리에게 달라붙기 시작한 것은 언제부터일까. 새것 컴플렉스란 다름 아닌 서구문물에 대한 무조건적인 수용이 아니던가. 그러나 정작 그 서구문물의 진원지는 이토록 태연하기만 하니 어찌된 까닭인가.

　발길을 돌려 왔던 길을 되걷다가 아담한 빵집 앞을 지나는데, 정원 잔디를 깎고 있던 늙수그레한 빵집 주인은 "참 좋은 날씨군요"라며 생면부지의 우리 부부에게 이웃이라도 만난 양 친근하게 손을 흔들었다. 그에게 익숙치 않아 어색하기만한 손짓을 하며 나는 잠시 이런 생각을 했다.

　'이런 마을에도 강간이나 살인 같은 흉악한 범죄가 일어날까?'

　긴긴 한낮의 정적과 햇살의 충일이 주는 정연함. 그러나 그 배면에 일렁이며 꿈틀대고 있을지도 모를 인간의 마성이 떠올라 이곳 또한 사람 사는 세상이라는 개연성과 결부시키게 되자, 나는 고개를 세게 저으며 아마나와 작별했다.

오리들의 외출

　겨울 동안 공원 안의 작은 연못에는 수많은 오리떼가 무리지어 살고 있었다. 추운 날도 공연히 마음이 심란해지면 목도리로 얼굴까지 감싸고 공원 연못으로 가곤 했다. 집을 나서면 도서관이 보이고 그 옆에 시청이 있다. 시청 앞길을 건너면 바로 공원으로 이어진다. 집 가까운 곳에 공원이 있다는 게, 처음 낯선 곳에서의 생활에 마음 붙이지 못한 나에게는 얼마나 다행인지 모른다.

　먹다 남은 식빵이나 과자 부스러기를 들고 가 연못 가장자리에서 먹을 것을 찾아 부지런히 땅바닥을 쪼고 있는 몇몇 오리들에게 뿌려주면 오리들은 뒤뚱걸음을 한껏 재게 놀려 내가 주는 먹이를 받아 먹었다. 오후에 가면 이미 먹이를 많이 먹은 뒤라서인지 별로 반가워하는 기색이 없고 시큰둥하니 저희들도 바쁜 일이 있다는 식이지만, 오전에 가면 그들로부터 융숭한 대접을 받는다. 나의 뒤를 졸졸 따르며 던져주는 먹이를 납죽납죽 잘도 먹어주는 것이다.

　이 연못에는 세 종류의 오리들이 서로 어울려 살고 있다. 한 종류는 극히 소수의 청둥오리이고, 한 종류는 몸집이 크고 목이 쭈욱 빠진 생김새로 마치 두루미처럼 보이는데 세 종류 중 가장 반응이 느리고 무뚝뚝하다. 나머지 한 종류가 이 연못 오리들 수의 반 이상을 차지하는데, 수컷은 푸른색의 털빛에 늘씬한 몸매이고 암컷은 갈색으로 동실한 몸매를 갖고 있다.

사람의 기척이 없는 공원은 오리들과 나 뿐이었다. 연못 옆의 바람을 가릴 수 있는 쉼터에서 그들이 노는 모양을 한참 바라보노라면 어떤 유연한 흐름이 눈에 잡힌다. 그들 나름의 위계질서나 적자생존에 근거한 우열이 있을 수 있겠지만, 그들은 그런 문제에 그다지 개의치 않아 보인다. 짝이 된 서로와 새끼들을 끔찍하게 아끼는 일뿐, 스스로가 어쩌다가 생겨났는지, 어떻게 살아가야 제대로 사는 것인지 등의 문제에 대해 전혀 추근대지 않는다. 이런 아담한 둥지에서 살고있음에, 축복 같은 햇볕을 내려 쾌적한 깃털로 몸을 감쌀 수 있게 한 하늘에게 감사할 따름이다.

물 속에서 한참을 둥둥 헤엄치다가 연못 가장자리로 올라온 오리들은 진저리를 치며 물을 털어내고는 양지쪽에 짝을 지어 웅크리고 낮잠을 잔다. 어떻게 하나 보려고 과자 부스러기를 던져주면 이미 배가 불렀는지 다시 물 속으로 들어가 저희들을 바라보는 나를 심심치 않게 해주겠다는 듯 자맥질을 한다. 한 마리가 시작하면 짝이었던 오리도, 또 그 옆의 오리도 똑같이 머리부터 물속에 빠뜨린 다음 꽁지를 하늘로 쳐들고 다리를 파르르 떠는 재롱을 부린다. 오리들은 나 혼자 보기 아까울 만큼 마음속이 다 화르르 풀어지는 볼거리를 제공하곤 했다.

얼마 전부터 날씨가 풀리자 오리들이 외출을 하기 시작했다. 며칠 전에 날씨가 어떤가 하고 창밖을 내다보는데 정원 잔디밭에 오리 몇 마리가 거닐고 있는 게 보였다. 그들을 발견한 순간 걱정이 태산으로 불어났다. 저 녀석들이 여기까지 오자면 차도를 건넜어야 하는데 무사히 온 걸까. 몇 마리로 출발했던 걸까. 처음 출발할 때의 숫자 그대로이기를 바라는 마음이 간절했다. 그랬는데 학교에서 돌아온 아이들 하는 얘기가, 오리들이 학교 운동장까지 왔는데 아이들이 가는 대로 졸졸 따라다니더라는 것이었다. 가라고 쫓아도 자꾸 따라오더라며 뒤뚱거리며 달리는 게 너무 우스웠다고 흉내를 냈다.

이곳에는 교통 표지판 중에 동물 그림이 그려진 게 자주 보인다. 갑자기 사슴이나 노루, 토끼들이 차도를 횡단하는 돌발상황에 대한 주의이다. 나는 맨 처음 공원 옆으로 난 길을 지나다가 어미오리와 새끼오리 몇 마리가 그려진 노랑색의 표지판을 보았는데 퍽이나 생소하고 놀라웠다. 놀라움과 동시에 순간 마음이 찡해 왔다. 아이를 야단친 뒤의 그런 아릿함이었다. 그 표지판은 지시나 강요조의 그 어떤 문구도 담지 않고서 곧바로 모성에 호소하고 있었다. TV 뉴스는 때마침 흥미 있는 기사를 전했다. 경찰이 그물로 오리들을 끌어들이는 화면이었다. 봄이 되면서 오리의 외출이 많아지자 교통사고로부터 그들을 보호하기 위한 조치라고 했다.

날씨가 점점 따스해지면서 오리들의 외출이 더 늘어날 것을 생각하며 걱정이 이만저만 아닌 중에 내가 직접 차도에서 오리들과 맞닥뜨리게 되었다. 아이들을 학교에서 데려오는 중이었는데 내 차가 가고 있는 바로 앞길로 오리 세 마리가 마악 들어서고 있는 것이었다. 큰오리 두 마리와 새끼 한 마리였다. 공원 연못에서 나에게 있는 재롱을 다 떨던 바로 그 오리들이었다. 오리 일가족은 눈치 모르는 아이처럼 차가 오고 가는 것에 아랑곳하지 않고 마냥 한가롭게 나들이를 즐기는 모양이었다. 암수 큰오리가 앞서 가고 새끼 한 마리가 나란히 뒤를 따르는 중이었다. 나는 그들이 무사히 차도를 다 건널 때까지 차를 멈추고 아이들과 함께 지켜보았다. 일찍 발견했기에 다행이지 만일 다른데 정신을 팔거나 하여 그들을 발견하지 못했다면… 생각만 해도 끔찍한 일이었다.

차를 몰고 가다 보면 빈번히 차에 치인 동물들의 시체를 만나게 된다. 다람쥐가 제일 많은데 덩치가 큼지막한 사슴이 차도에 쓰러져 있는 걸 보게 될 때는 그 참혹함에 눈길을 돌리지 않을 수 없다. 그런데도 어쩐 일인지 그것들을 치우지 않고 그대로 두어, 오가는 이로 하여금 지날 때마다 훼손되어 가는 그 모습들을 보아야 하는 고역을 떠안게 한다. 사슴이나 다른 동물의 주검들은 하루가 다르게 그 형체를 지워가다가 먼지로 날리고 마침내는 흔적마저 남지 않게 되리라.

연못에 가보니 오리들의 수가 겨울보다 현저히 줄어 있었다. 연못을 떠난 오리들은 다 어디로 갔을까. 서툰 나들이 길에 나섰던 오리 일가족은 어디를 향해 나선 길이었을까. 두렷두렷 익숙하지 않은 몸짓으로 낯설고 위험한 차도에 들어선 오리들의 모습은 어쩌면 지금의 내 처지와 같지 않은가. 그들이 무사히 그 위험을 모면하기를 기다려주고 지켜보던 내 마음 속에는 나 자신을 향한 염원도 들어있던 게 아니었을까. 지금 뒤뚱걸음으로 걸어가고 있는 이 길 저편에 어떤 난관들이 잠복되어 있을지, 아무런 준비도 없는 그들의 외출에 별다른 함정이나 위험이 없기를 바라는 마음 간절하다.

코럴빌의 새벽

　서울에서는 대개 힘들게 아침잠을 깨곤 했다. 이곳에 온 후로는 첫날부터 새벽에 잠이 깨었다. 새로 만난 세상의 밝아오는 하루를 감격스럽게 맞아보려는 청신한 욕구라 할 수도 있겠다.

　첫날 새벽이 생각난다. 보일 듯 말 듯 눈이 내리고 있었다. 지붕 위의 희끗한 기미, 갈색 지붕을 흰 빛으로 슬쩍 덮어 파스텔조의 색으로 치장하는 눈이었다. 창밖을 오래 바라보다가 뭔가 움직이는 작은 물체가 있는 듯하다 라고 느껴지도록 가는 눈발들. 아파트 앞동 뒤에 나무가 무성한 산이 눈에 들어왔다. 그러나 그날 낮에 그게 산이 아니라는 걸 알게 되었다. 나무들을 산으로 내게 착각하게끔 했던 것은 무엇일까.

　나무가 무성한 곳은 다 산이리라는 관습적인 사고의 연장이었을까. 단지 찻길을 사이에 두고 늘어서 있는 가로수를 산으로 잘못 본 것은 어쩌면 그곳에 산이 있기를 바라는 내 마음의 반영이었는지도 모른다. 산으로 보인 그 풍경은 내가 살게된 아파트와 길 건너편 주택들의 정원에 서있는 나무들이 만들어낸 것이었다. 그런데도 나는 저곳에 산이 있다고 생각하곤 흐뭇해 했다.

　내가 새벽에 일어나 하는 일이란 이런 식으로 그저 바라보고 생각하는 일이다. 새벽은 갑자기 실감되어지는 느낌으로 찾아온다. 언제나 첫 느낌으로 새롭게 성큼 경험되는 생소함이다. 해가 떠오르기 전까지는 가무스레하던 세상이 잠시 후 눈을 들어보면 어느새 파랗다 못해 어찌보면 희디흰 옥양목 빛깔로 눈을 시리게 한다. 여명이다. 잠깐 사이에 세상은 암흑에서 환한 빛을 보이기 시작한다. 정말 순식간이다. 이 오묘한 섭리에 새삼 벅찬 희열을 누리는 일이야말로 새벽 아닌 그 무엇이 있어 감당할 수 있으랴.

새벽에 일어나면 딱히 부지런을 떨며 해야 할 일이 있는 것도 아니므로 그냥 망연하게 앉아 창밖을 바라본다. 마냥 바라보고 또 바라본다. 바라보는 곳엔 늘 같은 풍경이 있을 뿐이지만 나는 매번 뭔가, 어딘가 조금씩 다르다고 느낀다. 아파트 건물이 있고 잔디밭이 있고 그리고 내게 산으로 자신의 존재를 드러낸 건너편 아름드리 나무들이 있다. 그리고 그 위에 감푸른 하늘이 있는 것이다. 그 여명 무렵의 하늘 빛, 나는 그 때문에 매일 새벽을 지키고 있는지도 모른다.

새벽을 지금보다 더 사랑했던 시절이 있다. 대학 신입생시절, 수업이 몇 교시에 있든 나는 새벽이면 집을 나섰다. 떠오르는 해를 온몸으로 맞으며 학교로 들어서는 일을 나는 줄곧 실천했다. 내가 그토록 새벽길에 나서고자 했던 욕구의 원천은, 바야흐로 붉은 해가 떠오르는 장엄한 현장에 내가 온전히 있다는 그 저릿한 실감에 있었던 게 아닐까. 아직 아무도 발을 들여놓지 않은 그곳으로 내가 들어서고 있다는 감격은 그 시절 다른 무엇과도 견줄 수 없는 나만의 고유한 향유(享有)였다.

내가 속해 있던 학교 방송국의 스튜디오로 들어서면 그 안에 죽은듯 정지해 있던 모든 사물들이 일제히 깨어났다. 전기포트의 물

끓는 소리, 딸그락거리는 찻잔과 스푼이 내던 뭔가 계명성과도 같은 비장함과 애상이 함께 예감되던 그 소리들. 도무지 부조화스런 그 두 가지의 개념이 이루던 엉뚱한 합일점. 그것은 오직 새벽이어서 가능하지 않았던가. 판단과 분석이 끼어들기 이전의, 섬광에 비추어 마땅할 느낌의 순수성과 엄격함에 나는 그토록이나 매혹당해 있었다.

어릴적에도 그랬다. 감푸른 새벽빛이 창호지 문으로 비쳐들 때면 나는 잠이 깨어 있었다. 그러나 금방 이부자리 속에서 빠져나오지는 않고 서서히 새벽빛에 형체를 드러내는 방안의 모습들을 가만히 바라보며 누워있었다. 매일 내가 자고 깨는 방이면서도 새벽에 눈을 떴을 때 보여지는 방안 풍경은 매번 달라진 듯 보였다. 천장이나 벽지의 무늬가 맞물리는 부분이 어딘지 변한 것 같았고, 철마다 비쳐드는 빛의 각도의 차이에 따라 방안 물건들의 모습도 새롭게 느껴지곤 했다.

이곳의 새벽은 더없이 고요하다. 낮에도 조용하기는 마찬가지다. 'Coralville'이라는 이 도시의 이름에서 그 연유를 찾아보면 좀 신비한 기분이 들기도 한다. 산호마을, 먼 옛날 이 땅은 산호로 이루어져 있었다고 한다. 온갖 인종의 사람들이 수없이 들고 나는데도 그 기원의 힘은 존재하나 보다. 아무도 없는 한낮, 아무 소리도 들려오지 않는 집안에 가만히 있다 보면 내가 정말로 물 속 깊은 곳에 잠겨 있는 게 아닌가 착각되기도 한다. 안온하고 따스한 물 속 어느 한 자락에 내가 남겨져 있다는 착각은, 새벽의 그 전인미답의 첫걸음이 주는 저릿한 감동과 같은 맥락에 있다.

아직 아무도 시작하지 않았다는 데서 오는 안도감, 그러므로 두려움 없이 오직 자연과 나만이 소통할 수 있다고 믿어지던 그 합일의 경지. 보얀 안개와 안개 사이로 돌연 솟아오르는 태양과, 그 서슬에 순간 모두 정지된 듯한 정적 속에 가만히 감지되던 바람의 감촉들… 그럴 때면 나는 더 이상 사람들과의 소통이 없어도 살겠다는 생각을 하곤 했다. 그런 순간은 오직 세상 모든 미물까지 아끼되 어쩐지 사람과의 관계에는 연연하고 싶지 않다는 바램이 스며 있었다. 내 무슨 오만한 저의를 가져서가 아니라 왠지 사람 사이에서는 소통 불가능함이 자연과 더불어서는 활짝 심연까지 열리니 그 감격을 더 누리고 싶어서일 뿐이다.

날이 희부윰하게 밝아오기 시작하면 새소리가 들려오고 금세 천지는 새소리로 가득찬다. 그러면 나는 문득 잠에서 깬 듯 천연스레 일상 속으로 돌아온다.

앞집 쏘냐

우리 앞집에는 대만인 유학생 가족이 산다. 그들은 일년 간의 유학생활을 마치고 내일 귀국한다. 몇 달 동안 현관문을 마주하고 살았으면서도 변변히 인사 한번 나누어 본 적이 없다.

이곳에 와서 처음 그들을 보았을 때 너부죽한 얼굴의 인상 좋은 남자와 올망졸망한 계집아이 둘이 종종거리며 저희들 동생을 가져 배가 불룩한 엄마를 따라다니고 있었다. 그 두 아이 중에 큰아이의 이름은 '쏘냐'다. 쏘냐는 처음 얼마 동안 새로 이사온 우리 집의 동정에만 귀를 기울이고 있는지 우리집 현관문 소리만 나면 저희집 문을 열고 쪼르르 달려나오곤 했다. 그러는 아이가 귀엽지 않았던 것도 아니고, 인사라도 나누고 지내야지 하는 생각이 없었던 것도 아니지만, 나는 물론 그 쪽도 변변치 못하기는 마찬가지인 모양으로 어쩌다 맞닥뜨리면 당황하는 모습을 숨기지 못하고 '하이'하고 인사를 던져놓고는 재빨리 말꼬리 속으로 숨어버리는 게 고작이었다.

일주일 전쯤이었던가. 아파트 게시판에 무빙 세일을 한다는 광고가 나붙었다. 앞집이었다. 귀국할 때가 되었으리라 짐작은 했지만 이렇게 임박한 줄은 모르고 있었다. 마침 우리도 몇 가지 필요한 물건이 있었고 가격도 적당해서 꼭 들러봐야겠다고 생각하고 있었다. 그들이 게시한 대로 무빙 세일 당일은 아침부터 현관문을 활짝 열어 놓고 있었다. 나는 부리나케 얼굴을 씻고 첫 손님이 되기 위해 앞집 문으로 들어섰다.

내가 들어가자 쏘냐가 여문 콩깍지 벌어지듯 타르륵 튀어 나왔고, 갓난아기를 안고 있는 아이 엄마와 인상 좋은 남자가 반갑게 맞으며 인사를 했다. 집안은 벌써 정리가 다 되어 허전해 보였고 가구며 전자제품 등 팔 물건들이 거실에 놓여 있었다. 남자의 얼굴은 어딘지 중년 여자의 인상을 풍기는데 굽슬굽슬한 머리와 전체 윤곽이 둥그런 얼굴의 생김새 때문인 것 같다. 그래서 간혹 밖에서 우연히 만났을 때 먼 발치에서 보게 되는 그들 부부의 모습은 나이가 많이 층지는 자매 사이처럼 보였다.

내가 거실에 놓여진 물건들을 휘이 둘러보자 남자가 소파를 가리키며 설명하기 시작했다. 일년 전 이곳에 처음 왔을 때 새 제품으로 샀는데 직접 운반하느라고 힘들었던 얘기를 하며 내가 사겠다면 게시한 가격보다 이십불을 깎아 주겠다고 했다. 바로 앞집이니 운반비용도 안 들고 좋지 않겠느냐고 하면서 다른 모든 물건들은 팔리지 않아도 그만이라는 듯이 소파를 처분하기 위해 몹시 애쓰고 있었다.

사실 이곳에서는 물건을 사는 게 문제가 아니라 그 물건을 집까지 운반하는 게 더 큰 문제다. 그렇게 공을 들였음에도 결국 소파는 사지 않고 몇 가지 소품과 침대를 사기로 한 내게, 그는 그동안 가깝게 지내지 못해 서운하다고 말했다.

아이를 어르고 있는 아이 엄마에게 언제 해산했느냐고 묻자 삼주일이 되었다며 얼굴이 환해졌다. 아들이냐 딸이냐 물었더니 그 말을 물어주기를 몹시도 기다렸다는 듯 벙글거리며, "알고 있겠지만 딸만 둘이었는데 이번엔 아들을 낳았다"고 그 얘기라면 얼마든지 계속하고 싶다는 듯이 남자가 장황하게 말했다. 영어를 거의 못하는 여자는 그냥 웃음으로만 의사 표현을 하며 현관문을 나서는 내게 인형이며 퍼즐게임 등 몇 가지 장난감을 건네주었다. 쏘냐는 저희 엄마의 뒤꽁무니에 몸을 반쯤 숨기고서 배시시 웃기만 했다.

이렇게라도 의사소통을 하며 가깝게 지냈더라면 좋았을 것을 하는 아쉬움이, 그가 그토록 다급하게 처분하려 애쓰는 소파를 팔아주지 못한데 대한 미안함과 겹쳐져 한참 동안 갈등하게 되었다. 그들이나 우리나 속으로는 원하면서도 왕래하며 살지 못한 까닭이란 게 미워서거나 젠체하려고가 아닌 오로지 그 의사소통 때문이 아니었던가. 어차피 말이 안 통할 텐데 그냥 모른 체하고 살지 뭘, 하는 생각이 하루 이틀 거듭되는 사이 저절로 굳어 몸에 배게 되었던 게 사실이다.

광고된 무빙 세일 시간이 끝나고 저녁 무렵 앞집 남자가 우리집 문을 두드렸다. 아직 팔리지 않은 가구들을 반값으로 내려 게시하려고 하는데 혹시 우리가 살 의향이 있는지 게시하기 전에 미리 알아보려고 왔다고 했다. 그가 돌아간 후 나는 TV장식장을 두고 살까 말까 몹시 망설였다. 마음에 들긴 했으나 지금 쓰고 있는 물건도 못쓸 지경은 아니었으므로 결국 포기하고 말았다.

그 날이 지나고 며칠 동안 나는 출국하기 전에 다 팔았어야 할 텐데 어떻게 되었을까 궁금하면서도 앞집 문을 두드리고 알아볼 만큼의 비위는 여전히 생겨나질 않아 그냥 궁금해하기로만 했다. 그러면서 나는 그들이 가고 난 후에도 두고두고 후회할 일을 꿍치고 있었다. 비싸지도 않은데 내가 원하는 가격보다 좀 높다고 해서 끝내 거절한 내 결정의 배후, 꿍치고 있던 일을 솔직히 고백해야겠다. 무빙 세일의 성격상 예정한 날짜에 살림살이를 다 처분하지 못하면 아는 사람에게 그냥 주거나, 운반문제 등으로 그도 여의치 않으면 쓰레기장에 버리고 가는 방법밖에 없다. 어떻게든 집뒷처리는 말끔히 마쳐야 하니, 내 심중은 그 기회를 노렸던가 보다.

지금은 한가한 한낮, 열린 창을 통해 어디선가 중얼중얼 책 읽는 소리가 들려 거실 창밖을 내다보니 앞집 세 부녀가 나무 그늘 아래 벤치에서 책장을 넘기고 있다. 두 계집아이는 맨발로 뒹굴기도 하고 까딱거리기도 하면서 남자가 읽어 주는 대로 듣거나 따라 읽거나 하고 있다. 내가 내다보고 손짓을 하자 눈이 마주친 쏘냐가 마주 손을 흔들었다. 이 아파트는 여러 동의 건물이 중앙의 널따란 잔디밭을 둘러싸는 구조로, 아이들이 마음놓고 맨발로도 뛰어놀 수 있게 되어 있다. 군데군데 잎이 무성한 나무가 있고 그 아래 벤치들이 놓여져 있다.

하늘은 맑고 햇살은 미풍이 부는 가운데 눈부시기만 하다. 바람에 실려오는 그들의 책 읽는 소리의 울림이 그렇게 평화로울 수가 없다. 저 아이들은 나중에 커서 오늘 이 한 때를 기억할까. "우리가 몇 살 땐가 미국의 어느 아파트 나무 그늘 아래서 아빠하고 책을 읽고 있었지. 떠나기 전날 한낮이었어. 그런데 그때 앞집의 한국 아줌마가 내다보고 손을 흔들어 주었었지."라며.

귀국 전날의 소중한 한 때를 그들은 저렇게, 정지시켜 이윽히 들여다보는 장면처럼 가슴에 새기고 있나 보다. 내 가슴 속에도 저들의 지금 저 장면은 오래도록 남아지리라.

初夏의 졸업식

　유월 초, 첫번째 금요일에 딸아이의 졸업식이 있었다. 초목은 이미 푸르러질대로 푸르러 우거지고 구름은 움직임을 종잡을 수 없게 변화무쌍해지기 시작하는 계절이다. 주위가 모두 한창 왕성하게 활기를 내뿜는 이때 졸업식이라니 아무래도 제 기분이 나지 않았다.

　초여름의 졸업식은 내가 여태 겪어 보았던 졸업식들과 다른, 뭔가가 빠진 느낌이 선연했다. 그것은 추위였다. 나 자신의 졸업식을 포함하여 친지 형제의 졸업식이 모두 다 겨울에 있었으니 말이다. 언제나 졸업식 날은 옷깃을 헤집는 추위와 더불어 찾아왔다. 멀리서부터 봄을 실은 바람이 불어오기 시작할 때이긴 했지만 그 바람은 아직 물러가지 않고 안간힘을 쓰는 겨울 추위와 맞물려 한층 에이듯 매서웠다.

　이곳 학교에서의 졸업식은 여름 방학이 시작되는 날 동시에 치르어졌다. 오후 한 시에 시작되는 졸업식에는 오전 수업을 마친 졸업생들과 오학년이 참석하고 나머지 학년은 평소와 다름없이 세 시까지의 수업을 계속했다.

　졸업식 장소는 냉방이 잘된 체육관에서 진행되었다. 학부모들과 오학년이 미리 좌석에 앉고 재학생들로 구성된 현악 합주단이 귀에 익은 행진곡을 연주하자 졸업생들이 한 사람씩 천천히 입장하기 시작했다. 엄청난 눈사태와 화사한 꽃들이 번갈아 피고 지는 풍경과, 그들을 삽시간에 앗아가는 썬더스톰의 위력에 휘둥그레하며, 그래도 시들 줄 모르고 늘 푸른 운동장의 잔디를 가로지르며, 딸아이가 이곳 학교를 다닌 기간은 넉달 남짓이었다.

아이들의 학교는 집에서 십분 정도의 거리로 가깝다. 우리가 사는 아파트를 나서면 전형적인 미국의 주택가가 이어진다. 집집마다 잔디밭이 있고 모든 길은 반듯해서 길 잃을 염려가 없다. 아이들은 여유 있게 자전거를 탈수도, 오가는 길 잔디밭 사이에서 잔디 만큼이나 무성하게 피어난 수많은 꽃들을 꺾느라 마음을 팔수도 있다. 그렇게 지내온 아이는 벌써 졸업을 맞게 되었다는 게 영 어리둥절한 모양이다. 나도 그랬다. 졸업식 날이라고 따로 날을 받아 하는 것도 아니고 보통 날과 다름없이 등교해서 그냥 스르르 식을 치른다는 게 도무지 밋밋하게만 느껴졌다.

그런데 그 장중한 행진곡에 맞춰 입장하던 어린 졸업생들의 발걸음 한 걸음 한 걸음을 눈으로 쫓다 보니 왠지 숙연해지며 불현듯 그 아이들을 모두 다 얼싸안고 싶은 벅찬 심정이 되었다. 한쪽 다리가 불편한 교장 선생의 간단한 인사말이 끝나고 졸업생 대표가 나와 느긋하게 학부모들을 웃기기도 하면서 인삿말을 했다. 들어도 그만, 안들어도 별 지장 없는 인사말을 학생이나 학부모들이야 춥거나 말거나 중언부언 부지하세월로 늘어놓기 일쑤인 우리의 졸업식과 얼마나 대조적인지. 어디까지나 이 날의 주인공은 졸업생들이라는 배려가 역력했다.

졸업생들 모두가 일어서서 이 날을 마지막으로 퇴임하는 음악

선생의 지휘로 세 곡의 노래를 합창했는데, 그 중의 한 곡은 내가 고등학교 때부터 무척이나 아꼈던 Lean on me 라는 노래였다. 나는 그때까지 그 노래를 팝송으로만 알고 있었으므로 졸업식 행사 중에 그 곡을 듣는 감회란 아름답다 못해 뭐라 표현할 수 없는 슬픔으로 차오르는 듯한 느낌이었다. 우리가 지니고 있는 감정 중에 가장 밑에 고여 있으며 순수한 게 바로 슬픔이나 우수가 아니던가.

내가 기억하기로 나의 초등학교 졸업식은 눈물바다였다. 초등학교를 끝으로 상급학교의 문턱에 발을 들여놓을 기회를 영영 가질 수 없는 아이들이 태반이어서 이런 저런 설움들이 복받친 아이들은 한데 엉켜 울음을 쏟곤 했다. 나도 졸업생 대표로 답사를 낭독하다가 공연히 복받쳐 흐느꼈었다. 몇 번이고 연습할 때는 아무렇지도 않던 것이 막상 단상에 서자 감정을 주체할 수 없게 되었는데 마지막이란 낱말이 주는 그 어쩐지 막다른 느낌 때문이었던 것 같다.

아이들은 전혀 서운한 기색이 없이 의기양양했다. 다만 공식적인 행사라는 점을 의식하여 청바지, 티셔츠류가 배제된 옷차림새들이 지극히 단정했다. 이 날의 가장 의미 있는 순서는 세 명의 교사가 나와 진행했다. '서기 2013년에'라는 가정 하에 쉰명이 채 못되는 졸업생 한 명 한 명을 호명하며 일어서게 하고 그 아이가 성년이 되었을 15년 후의 모습에 대해 예언하기 시작했다. 짤막하면서도 재치와 통찰력이 담긴 내용들이었다. 평소에 아이들 각자의 특성을 주의 깊게 관찰하지 않고서는 할수 없는 놀라운 배려였다. 물론 학생 수가 현저히 적기에 가능한 일이기도 하다.

어떤 아이에게는 "서기 2013년에, 어! 나 그거 알고 있었어"라는 이곳 코럴빌의 슬로건을 만든 사람이 되어 있을 거라고 말해 당사

자를 포함한 모두를 웃게 만들었다. 아마 평소에 잘난 체하는 버릇이 많은 아이인가 보았다. 순서가 되어 호명을 받고 자리에서 일어선 딸아이에게는 "서예로 유명해져서 Iowa 대학 전시관에서 전시회를 가질 것"이라고 예언해서 모두의 박수를 받기도 했다.

졸업식이 끝난 후에는 학교측에서 준비한 케익파티가 있었다. 교장 선생과 교사들 학부모 졸업생들이 모두 함께 어울려 다과를 들면서 사진촬영도 하는 흐뭇한 시간을 가질 수 있었다. 아이들은 이 초등학교의 마지막 날을 보내며 가장 즐거웠던 일에서 가장 마음 아팠던 일까지 모두 하나의 테두리로 엮어 기억해낼 것이다. 그리고 마지막 시간을 가까운 친구들과 보내며 마음 속으로 선생님의 예언을 되새겨 보거나, 바로 옆 친구의 15년 후의 모습이 그와 같기를 빌어보기도 했으리라.

엄숙함을 강요하지 않고 화기애애한 분위기로 시종하는 이들의 졸업식에서 나는 그 무엇보다 우선하여 주인공을 배려하는 사려 깊은 안목을 감지할 수 있었다. 그리고 재미와 여운이 남는 메시지가 골고루 담긴 한 편의 짜임새 있는 작품을 감상한 느낌이었다.

다른 사람들보다 좀 일찍 식장을 빠져나온 우리 가족은 학교 잔디운동장에서 Kirkwood Elementary 라는 학교 이름이 새겨진 팻말을 배경으로 기념촬영을 했다. 푸른 배경 끝에 아담한 학교 건물이 나즈막하게 들어와 있었다.

딸과의 여행

나는 매일 여행을 한다. 혼자서는 아니고 딸과 둘이서 하는 여행이다. 가끔 아들이 동행할 때도 있지만 그건 매우 뜸한 경우이다. 이 여행에 어울리는 상대가 아니기 때문이다. 여행 시간은 길지 않다. 대략 십분 정도이다. 그게 무슨 여행이냐고 할지도 모르겠다. 그러나 여행에 걸리는 시간이 길든 짧든 내가 집을 나설 때마다 '아, 또 여행길에 나서자.' 하는 마음가짐으로 출발하니 마음먹기에 달린 게 아닐까. 내가 딸과 함께 하는 여행은 매일 오후 학교에 있는 남편을 데리러 가는 길을 말한다.

여행이란 마음의 여유로움이 수반되어야 한다. 마음이 바쁘고서야 아무리 먼 곳, 긴 시간을 여행한다 해도 그건 진정한 의미의 여행이랄 수 없다. 어떤 의미로든 목적이 없는 여행이란 있을 수 없겠지만 그렇더라도 여행이라면 모름지기 정처 없는 듯한 한가로운 멋이 있어야 하지 않을까. 여행은 어쩐지 시간의 속박에서 풀려난 무중력감을 갖게 한다. 나를 옥죄던 시간의 압박으로부터 자유로움을 획득하며 더 나아가 심지어는 스스로 시간을 조율할 것 같은 포부까지도 품을 수 있게 한다.

내가 경험하는 여행이 아무리 짧은 시간에 불과할지라도 그렇게 해석하고 실감하므로 나는 이미 충분히 여행에서의 즐거움을 누리고 있는 셈이 된다. 여행길에서의 시야는 평소보다 원대해지게 마련이다. 사물이나 현상에 일정한 거리를 두고 약간은 관조하는 자세를 가질 수 있게 되므로 한결 마음이 너그러워진다.

처음 딸과의 여행을 작정하고 시작한 것은 아니었다. 여행하는 마음으로 출발하는 일을 거듭하면서 어느 결엔가 딸과 나는 한층 돈독한 친구 사이가 되어 있었고 주어진 시간을 아쉬워할만큼 그 시간을 아끼게 되었다. 차안에 둘만 있으면 다른 때와 비할 수 없을 정도로 순발력 있게 화제가 잘 떠오르고 피차 그 화제를 능숙하게 다룰 수 있게 된다. 우리는 서로의 목격담이나 마음속 생각의 움직임들을 서슴없이 과장하기도 하고 징그러울 만큼 세세히 묘사하기도 한다.

서로의 세대 사이에 엄연한 간격이 있음에도 그 점이 우리의 공감대에는 그다지 장애가 되지 않는다. 일부러 꼬집자면 어쩌면 내 쪽에 좀 문제가 있는지도 모른다. 정신연령이 많이 처진다든가 하는 식으로. 어쨌든 그 외에도 우리는 차를 타고 가면서 그 잠깐 동안에 만나게 되는 온갖 사물에 대해 질세라 서로의 느낌을 피력한다. 딸은 종종 제 나이에 넘치는 통찰력을 담은 말로 사뭇 나를 공격하기도 한다.

가령 "엄마와 아빠가 싸울 일이 있을 때는 미리 신호를 보내달라. 그러면 싸움이 벌어지는 동안 나가서 시간을 보내보도록 하겠다. 그러니 싸우더라도 날씨가 좋은 날을 잡아서 싸워라." 하는 등인데 저만을 고집하며 직접적으로 요구하는 편이 아닌 다 헤아리고 누그러뜨린 투의 내용이다. 아이가 자랐음을 실감하는 순간이기도 하다.

새 두 마리가 베란다 난간에 날아와 앉았다. 아마 암수 짝인가 보았다. 한 마리가 줄곧 방정을 떨면서 상대를 의식하고 부리로 제 몸의 곳곳을 쪼자 북실북실하게 털들이 부풀기 시작했다. 그렇게 되자 처음 날아와 앉을 때는 두 마리의 모습이 똑같던 게 흡사 전혀 다른 종류의 새들처럼 보이게 되었다. 털을 부풀린 쪽은 수컷일 게 뻔했다. 동물의 세계에서는 수컷이 외양을 현란하게 치장하고 구애를 한다니 말이다. 아니나 다를까. 털부풀리기를 마친 수컷은 제 부리로 암컷의 부리를 집적대다가 얼른 상대의 몸 위로 오르려 했다. 그런데 그 상대되는 암컷의 태도가 참 불분명했다. 뿌리치는 것도 아니고, 쾌히 응하는 기색도 아니고, 결국 수컷은 다시 털부풀리기를 계속했고 한참 공을 들인 후 다시 좀전에 했던 일을 시도했다. 그런데 이번에도 마찬가지로 오르는데 성공하지 못했다. 그러더니 무슨 까닭인지 갑자기 암컷이 후르르 베란다를 떠나 날아가기 시작했다. 뒤를 이어 털을 모두 가라앉힌 수컷도 올 때와 같은 동일종의 새 모습이 되어 사라졌다.

짧은 여행 중에 나는 딸에게 그런 이야기도 넌즈시 들려준다. 그러면 딸은 내가 하루의 어느 시간 베란다의 새들을 바라보며 시간가는 줄 모르고 무슨 생각에 잠겼을까도 짐작하려 한다. 나물을 다듬거나 빨래를 개키는 일만이 아닌 일로도 엄마가 마냥 시간을 보낼 수 있다는 일에 동감을 표하기도 한다.

매일 겪게 되는 일로 인해 지루하고 권태로울 수도 있다. 그날이 그날로 뭔가 신나고 새로운 일이 없다고 불평이 나올 수도 있다. 하지만 우리의 삶이란 매양 재미거리가 저절로 톡톡 튀어나와 주는 건 아니다. 너무나 잘 알고 있듯이 스스로 찾을 수 밖에는 다른 뾰족한 방법은 없다. 또 한편 그러니라 하는 개연성을 가진 안목을 담아 세상을 포용하는 자세로 사는 방법도 있다.

나는 매순간 스스로의 의식에 재미를 불어넣으려 하는 게 버릇이 되어왔다. 밖으로 북적대는 사람들과의 관계에 기대를 걸고 하는 일이 별 의미가 없겠다고 진작에 포기했던지, 나는 '심심해.'라던가 "뭐 좀 재미있는 일 없나"라는 말에 반감을 갖고 있는 편이다. 생각하기에 따라서 매순간이 얼마나 다채로울 수 있는지 미처 발견하지도 못하고 짜증을 부리는 일은 어째 탐탁치 않다. 변화 없는 듯한 나날을 신나게 만들려면 스스로 널려 있는 시간 속에 무늬를 놓고 무늬를 바꾸어보고 하는 꼼지락거림이 필요하리라 여겨진다.

나는 말동무라면 이웃이나 내 또래들을 제치고 딸을 꼽는다. 십여년 동안 함께 모녀지간으로 살아왔으니 손발이 잘 맞는 것도 당연하겠다 싶지만, 실은 많은 경우 그렇지만도 않다. 한 집에 살며 더 오래 동고동락한 관계도 말이 통하지 않으면 그만한 벽창호도 없지 않던가. 어쩌면 내 딸도 내가 어머니한테 그랬던 것처럼, 나중에 좀더 커서 '엄마 정도의 말상대쯤'하고 달아날 궁리만 하게 될지 어떨지 지금은 모르겠다.

이 여행길에 나선 이후로 다짐을 하는 게 한 가지 있다. 앞으로 딸이 어떻게 나를 실망시키더라도 미워하지 않겠다는 다짐이다. 그건 지금까지 자라오는 동안 줄곧 나에게 뿌듯함을 안겨주었던 딸을 향해 엄마로서 갖추는 예의라고 해도 좋겠다. 그런데 이건 딸한테도 비밀이다.

이사

먼 나라에 와서 다시 이삿짐을 싼다. 고환율이 기를 못펴게 하던 즈음 이곳에 당도하고 보니 집세가 좀 싼 곳으로 이사했으면 좋겠다는 바램이 없지 않았었다. 그러나 이사 한번 하기가 어디 수월한 일이던가. 그에 못지 않게 언어로 인한 장벽으로 말미암아 심신이 다 고단할 때였으므로 이사에 따르는 모든 일을 감당할 엄두를 낼 수 없기도 했었다.

어쨌든 저질러 놓고 볼일이었다. 일단 작정하고 나니 제반 절차가 그럭저럭 모양을 갖추어 이루어져 갔다. 내가 당자이면서도 마치 남의 일을 관망하듯 일이 진행되어 가는 모양을 거리를 두고 바라보고 있었다. 스스로가 대견하다는 기분 탓이었나 보다.

이사란 은근히 마음을 설레이게 하는 구석을 지닌 노동이다. 이사 후유증으로 며칠씩 몸살을 앓는 경우가 있고 보면 분명 노동 중에도 상노동임에 틀림이 없다. 그런데 이사를 앞두고는 마음이 들뜨게 마련이다. 물론 모든 이사가 다 그렇지는 않으리라. 가세의 몰락으로 정든 집을 등지고 야반도주를 해야 하는 입장, 집달리에 의해 신새벽 졸지에 거리로 내쫓기는 식솔들의 심정이 어찌 그럴 수 있으랴. 그런 비정상적인 의미의 집을 떠남이 아니라 스스로의 의지와 설계에 따른 이사라면 분명 장차의 나날을 그려볼 수 있는 여유가 동반하겠기 때문이다. 아무리 나이가 들었다고 스스로의 설계에 따른 삶의 추이가 마뜩찮을 까닭이 있을까. 아마 그렇게 믿는 내 마음에는 어느 한 구석 동심이 작용을 하는지도 모른다. 명절이나 제삿날, 온 집안이 사람들로 북적거려 고조되던 잔치 분위기를 무턱대고 흡족해 하는 철없음이다.

어릴 적엔 이사가 무언지도 몰랐다. 대대로 물려온 집에서 나도 대대로 살아갈 핏줄의 하나인 줄만 알았었다. 간혹 마을에 이사를 오거나 가거나 하는 집이 있긴 했어도 그들은 타지방 사람들이거나 학교 선생님들의 경우에 국한된 일이어서 자연 이사란 그런 특수한 계층의 사람들 사이에 이루어지는 일인 줄 믿었다. 그도 그럴 것이 대개 마을을 등지거나 찾아들거나 하는 이들은 그 고장에 뿌리를 두지 않은 뜨내기들이었기 때문이다. 그래서 나에게 이사란 어쩐지 뿌리내리지 못한 것들의 물풀처럼 떠도는 흐름이거나 정처 없는 것들에 깃든 아련한 슬픔으로 여겨지기도 했었다.

그러므로 당연히 우리 집은 이사 같은 걸 하지 않을 터였다. 그래서 나는 봄가을로 집안 대청소를 벌이던 일을 이사의 의미로 삼았던 것 같다. 어머니는 한 철이 지난 집안을 발칵 뒤집어 묵은 먼지를 털어내곤 하셨다. 아울러 이편 저편으로 가구의 위치를 옮기는 일도 즐기셨던 편이었다.

봄볕이 개운한 날 마당에 모두 꺼내어져 거풍중인 살림살이들 사이로 꼬리를 보이며 해끔거리던 쥐들을 쫓던 기억이나, 싸아한 가을날 묵은 지붕을 걷어내고 노란 햇짚으로 새이엉을 올리던 일, 그 무렵의 볕 좋은 날 집안의 놋그릇들이 다 쏟아져 나와 검은 때를 벗던 장면들이 나에게 이사의 의미를 대신해 주곤 했다.

짐 잘 짜는 이웃에 의해 크고 작은 짐들이 차곡차곡 이삿짐 차에 실렸다. 땀이 번들거리는 일행들에게 수박으로 우선 갈증을 달래게 하는 동안 나는 잠시 내가 한 해 반동안 살아온, 곧 옛집이 될 집 앞에 섰다.

이 집보다 한층 못한 집을 향해 떠나는 일에서 가질 법한 서운함이라든가 그에 따라 훨씬 싸진 집세를 물때마다 얼마나 깨소금 맛일까. 그 고소한 맛을 어떻게 효과적으로 이용할까 등의 생각을 좀 해보려 했다. 이사한 후에 어떻게 이웃을 사귈지, 지금까지 살았던 아파트에서 만난 '좀머씨(내가 붙인 아파트 청소부의 별명)'처럼 좋은 청소부를 만났으면 좋겠다는 등의 건설적인 설계나 바램도 떠올리려 했다. 그러나 천성적으로 박진감이 부족한 나는 공연히 엉뚱한 상념으로 울적해지고 있었다.

이제 내가 다시 이 집에 머물 일은 없으리라. 늘 나의 우편물을 담아주던 저 우편함도 더 이상은 내 이름으로 된 편지를 담지 않게 되겠지. 밖으로 나갈 일이 있을 때마다 늘 어쩐지 낯선 데로 떠나는 기분이라며 공연히 고개를 갸웃하게 하던 현관문 앞 마지막 층계, 그 층계를 밟던 기억조차도 나에게서 지워지고 말 것이다.

마침내 일행 중의 젊은이가 운전석에 올랐다. 그가 내 한 해 반동안의 살림살이를 혼자 감당하며 다루려 하고 있다. 나는 자못 비장한 기분이 되어 이삿짐 차에서 눈을 떼지 못했다. 부르릉 소리가 나고 바퀴가 굴러가기 시작했다. 그 순간 돌연 눈시울이 뜨거워져 나는 짐짓 시무룩한 표정을 지었다. 이삿짐 차가 육중한 몸체를 틀며 아파트 입구를 벗어나고 있다. 어서 떡갈나무 가득 들어오는 창이 있는 집으로 뒤따르라 부추기듯 이삿짐 차는 나보다 앞서 새 집을 향해 떠났다.

　새로 살게 될 집 앞 잔디밭에는 아름드리 떡갈나무들이 있다.
어디서든 나는 또 살아갈 것이다. 어느 날인가 다시 이렇게 이삿
짐 차를 앞세우며 눈시울을 덥히는 날 또한 있으리라. 이런 것도
새집에서의 나날에 대한 설계랄 수 있을까. 아마도 새집에 든 나
는 정든 옛집의 우편함 대신 그 떡갈나무들에 자주 눈길을 주다가
또 다시 떨치기 힘든 정을 들이게 될지 모른다. 새집을 향한 나의
설계란 고작 그것이다. 나는 그런 설계를 하며 이제부터는 옛집이
라 불리우게 될 집을 뒤로 한다.

제시카의 할아버지

아이에겐 제시카라는 미국인 친구가 있다. 처음 이곳 학교에 다
니게 되었을 때부터 유달리 아이에게 친절을 베풀고 곰살맞게 이
모 저모로 보살핌을 주기도 했던 아이다. 학교에서 돌아와 낯선
학교 생활을 전하는 아이의 이야기 사이사이에는 제시카라는 이름
이 자주 끼어있었다.

얼마후 아이가 제시카의 생일에 초대를 받았다. 처음으로 미국
인 친구의 집에 가보는 일이라 설레기도 하고 긴장도 되어, 약속
시간이 될 때까지 가만히 앉아있지를 못하던 아이가 돌아와서는
한 단계의 일을 성취해낸 듯 기분이 한껏 고조되어 있었다. 나도
처음 겪는 일이라 퍽 궁금해서 어떤 집이더냐고 물었더니, 굉장히
큰 집에 제시카의 할머니, 할아버지와 엄마만 있고 아빠는 보이지
않더라고 했다.

제시카의 할아버지가 게임도 가르쳐 주고 집안 이곳 저곳을 데
리고 다니며 구경도 시켜주었는데, 그 할아버지가 제시카의 외할
아버지라고 했다. 제아빠는 캘리포니아에 살고 있는데 여름방학에
만나러 갈 거라는 말도 하더라고 했다. 제시카의 엄마는 심한 비
만이었는데 케잌을 자를 때까지만 같이 있더니 나중엔 별로 모습

도 보이지 않더라는 말도 빠뜨리지 않았다. 뭔가 좀 이상하다는 기분이 들었다.

그 후 아이의 다른 친구 엄마와 애기할 기회가 있었다. 아이들이 같은 반이므로 자연히 제시카의 애기가 화제로 올랐다. 그 사람이 전하는 제시카의 가정 환경은 그리 순탄한 게 아니었다. 제시카네 집이 그들 사회에서는 좀 소외된 듯하다며, 딸이 남편과 이혼하고 아이들만 데리고 사는 게 안되어서 함께 사는 모양인데 이곳 사람들이 그들을 별로 가까이 하지 않는 눈치라고 했다. 제시카의 생일날, 이란이나 러시아에서 온 외국 아이들 말고 미국인 친구는 단 한 명 밖에 없었다는 아이의 말이 그 애기에 뒷받침이 되어 왠지 마음이 언짢아졌다.

나는 "그렇다고 해도 이곳 사람들에게 그런게 무슨 흉이 되겠느냐"고 반문했다. 그 사람은 "글쎄, 아무렇지도 않을 것 같은데 이곳 사람들도 그런걸 좀 따지는 모양"이라고 대답했다. 그 말끝에 "제시카가 미국애들한테서 따돌림 당하니까 자꾸 다른 나라 애들한테 접근하는 것 같다. 그래서 우리 애한테 제시카랑 가깝게 지내지 말라고 했다."고 덧붙여 강조하기도 했다.

이혼율이 높은 사회에서 노부모가 이혼한 딸자식과 외손주들을 데려다 함께 사는 게 뭐 그리 부끄러워할 일일까. 그렇게 제시카네 편에서 생각을 해보면서도 또 한편 이상한 점도 없지 않았다. 제시카 엄마의 처신이었다. 왜 외부에 모습을 드러내기를 꺼리는지 내 궁금증은 거기에 있었다. 학교에서 벌어지는 아이들의 일은 엄마들이 처리하는 게 보통의 경우다. 이곳에서도 그 점은 별로 다르지 않았다. 부모에게 특별한 무슨 문제가 없는 한 아이의 문제는 부모가 맡아서 하는 게 자연스럽다. 그런데 제시카네 집에서는 그 모든 일을 할아버지가 도맡아서 하고 있었다. 제시카의 할아버지란 어떤 사람일까. 모든 정황으로 미루어 그는 몹시 피곤에 찌든 모습의 노인일 것 같았다. 딸자식에게 관련된 모든 일을 떠맡아 해내야 하는 노인의 삶이 얼마나 고단할지 보지 않아도 짐작할만했다.

내가 제시카의 할아버지를 처음 만나게 된 건 아이들의 학교행사 때문이었다. 아이와 함께 교실에 들어가자 한 금발의 아이가 뛰어왔다. 그애는 내 아이한테 바싹 붙어 쉴새없이 얘기를 하더니 다음엔 나한테로 다가와 "나는 제시카인데 만나서 반갑다"며 계속 말을 붙여왔다. 안그래도 제 말을 따라잡을 수 없는 판인데 줄곧 조잘대니 몹시 성가셨다. 제시카는 곧 제 할아버지라며 한 노인의 팔을 끌고 와서 나에게 소개를 시켰다. 노인은 60대 후반쯤으로 수염을 보기좋게 길러 후덕한 인상을 하고 있었다. 그날 저녁 아이의 보호자로 할아버지가 참석한 집은 제시카네 뿐이었다.

어느 만큼 시간이 지나 아이의 생일이 되어서 아이 친구들을 몇몇 초대하게 되었다. 제시카는 제 동생들을 데리고 가도 괜찮겠느냐고 물어왔다. 괜찮다고 했더니 같은 학교에 다니는 제 동생들과 함께 각자의 손에 선물 상자를 들고 활짝 웃으며 찾아왔다. 한국 친구의 집을 처음 방문하는 제시카 세 자매를 데리고 온 사람도 바로 그애들의 엄마가 아닌 할아버지였다. 그는 현관문 앞까지 와서 "좋은 시간 되길 바란다"는 말과 함께 파티가 몇 시에 끝나느냐고 묻고 성큼성큼 계단을 내려갔다.

그 노인 같지 않은 성큼성큼한 걸음걸이에서 내 할아버지가 떠올려졌다. 내 기억에 할아버지는 결코 자상한 분이 아닌 인상으로 남아 있다. 내가 기억하는 할아버지의 모습은 그 성큼성큼 걷는 걸음으로 대문을 '삐걱' 열고 나서서 경사진 길을 내려가 작은 할머니 집으로 향하시던 뒷모습 뿐이다.

그리고 돌아가시던 날 아침이 생각난다. 그 날 아침은 모든 게 잿빛이었다. 하늘도 그랬고 안개에 둘러싸인 주위도 그랬으며 영문을 몰라 두리번거리던 내 마음의 빛깔도 그랬다.

내가 여덟살 때의 늦가을, 아직 해가 뜨기 전이었다. 그 날, 늦가을의 아침 안개는 다른 날보다도 더 짙어 해는 늦게서야 떠올랐다. 내가 눈을 떴을 때 평소와 다르게 안채에선 어른들의 기척이 없었다. 왜 어른들이 보이지 않을까 의아해 하면서 늘 하던 대로 마악 화로를 들고 나와 재를 털어내기 위해 부엌 쪽으로 향하던 때였다. 갑자기 사랑채 쪽에서 "아버님!"하는 외마디 소리에 뒤이어 아버지와 작은 아버지의 울음소리가 들려왔다. 나는 할아버지가 돌아가셨음을 직감했다.

돌아가실 무렵 할아버지는 작은 할머니집에 계시지 않고 사랑방을 지키셨다. 할아버지는 아버지와 다르게 어글어글한 인상을 가지신 분이었다. 숱이 많은 흰 수염에 눈이 부리부리하셨다. 할아버지께서 내게 자상함을 보이신 적이 없으셨던 탓이었는지 나는 할아버지를 호랑이와 동일시해서 생각하곤 했다. 할아버지가 돌아가신 일은 내게 별다른 충격을 주지 않았다. 할아버지나 할머니들은 당연히 돌아가시는 것으로 믿고 있었기 때문이다. 누가 세상을 떠났을 때 애통해 하는 건 망자와의 사이에 각별함이 있었던 까닭이리라. 나는 할아버지와 그런 각별한 기억을 갖지 못했다.

다만, 바로 아래 동생이 입으로 풋밤 껍질을 퉤퉤 벗겨 병환 중이신 할아버지의 입에 넣어드리자, 할아버지께서 "허허 고년, 참. 효심 한번 대단하다."하고 칭찬을 들었다는 얘기에, 나는 왜 그러지 못했을까 잠간 부러워했던 기억은 있다. 할아버지는 늘 집에서 뵐 수 있는 분이 아니었다. 무슨 심부름인가로 작은 할머니가 사는 집에 할아버지를 모시러 가야할 때 몹시 싫었던 일도 내 어린 날의 기억에 간간히 깔려있다.

제시카 자매들에게도 머지않아 할아버지를 잃게 되는 날이 오리라. 제시카도 어쩌면 어렸을 때의 나처럼 늘상 하던 어떤 일을 하는 중에 무슨 영문인지 어안이 벙벙해지는 그런 잿빛 순간을 맞게 될지도 모른다. 부모보다도 더 든든한 의지처였던 할아버지를 잃고 그애들은 일상의 도처에 산재해 있는 할아버지의 기억으로 인해 두고두고 애통해 하며 그리게 될 것이다. 그리도 정정하던 걸음의 할아버지에게도 어느 날부터인가는 갑자기 기력이 쇠잔해지고 마침내 더 이상 걸을 수 없게 되는 날이 찾아오고 만다. 죽음의 순간은 늘 갑작스럽다. 오랫동안 병상을 지킨 후의 죽음이라도 그 순간이 갑작스럽기는 마찬가지다. 우리의 삶중에 제아무리 비중을 차지하는 일이라 해도 죽음에 비견할 의미를 갖는 일은 더 없기 때문이리라. 제시카 자매들은 어제도 할아버지의 차를 타고 내 아이들과 함께 수영장에 갔다.

저 성큼성큼한 걸음걸이가 제시카 할아버지에게 언제까지 계속될 수 있을까. 제시카 할아버지를 배웅하며 나는 그 생각을 떨칠 수가 없었다.

토네이도와 우산

미국에 온 후 아이들에게는 취미가 한 가지 늘었다. 케이블 TV
의 날씨 채널을 보는 일이다. 이곳도 자연의 재해 앞에서는 그다
지 자유로운 형편이 못된다. 오히려 자연의 위력에 대해 묵묵히
참고 기다리는 자세에 익숙해 보인다. 아마 이 사람들의 인내심과
지구력은 거기에서 비롯된 게 아닐까 생각된다.

토네이도에 대해서는 한국에 있을 때 영화를 통해서 대강 짐작
하고 있었다. 방송에서는 우리나라에서 보던 것과 비교가 안될 정
도로 날씨에 비중을 두어 상세하게 해설하고 분석한다. 케이블
TV에 날씨 채널이 따로 있을 정도로 기후에 대해 무척 민감하고
언제나 미리 대비하고자 애쓰는 모습을 엿볼 수 있다. 처음엔 너
무 지나치다 싶어 미국인들의 자기보호를 위한 호들갑스러움의 한
맥락이라고 좀 비아냥거리는 시각으로 코웃음을 치기도 했다.

아이들도 학교에서 우리가 민방위 훈련을 하듯 토네이도에 대비
한 대피 훈련을 한다. 그럼에도 막상 닥치면 속수무책이다. 거대한
대지에서 발생하는 불가항력이므로 감당할 수가 없는 것이다.

며칠 전이었다. 그 날도 여름방학 ESL 수업을 마치고 귀가한
아이들은 날씨 방송을 보고 있었다. 바깥 날씨는 그런 대로 좋은

편이었다. 나는 컴퓨터를 마주하고 어줍잖은 글쓰기에 신경을 모두고 있었다. 얼마쯤 지나 거실에서 TV를 보고 있던 아이들의 불안해하는 기색이 내게까지 전해졌다. 토네이도가 우리가 살고 있는 지역으로 이동하고 있다며 수런대고 있었다.

곧이어 아이들은 대피해야 한다고 떨리는 목소리를 내기 시작했다. 나는 그때까지도, "괜찮아. 그러다가 금방 다른 곳으로 옮겨 갈 걸 뭐." 라고 한가한 소리를 하고 있었다. 눈은 줄곧 모니터의 글자들을 쫓으면서 진전이 없는 글의 실마리를 풀어내려 끙끙거리고 있었다. 그러자 아이들이 다급한 목소리로, "엄마는 너무해. 글만 쓰면 다야? 지금 바로 여기로 오고 있단 말야!" 하며 울먹이기 시작했다. 그때서야 사태의 긴박함을 깨닫고 들려오는 방송에 귀를 기울이니 아나운서의 목소리도 상기된 듯했다. 어느 틈에 밖은 어둑어둑해져 있고 심상치 않은 비바람이 거세게 몰아치고 있었다.

서둘러 컴퓨터를 끄고 가깝게 지내는 집에 전화를 했다. 태연히 전화를 받은 상대는 방송을 보지도 않고 있었다며 내 말을 듣고는 놀라기 시작했다. 그쪽 아파트에는 지하에 대피소가 있다며 가능하면 그 쪽으로 대피하러 오면 좋겠다고 얘기하는데, 그때 방송에서 "존슨 카운티 토네이도 경보!"(존슨 카운티는 내가 살고 있는 동네를 포함한 행정 구역임) 라 하더니, 그만 방송이 중단되고 마는 것이었다. '이거 실제 상황이구나' 더럭 겁이 났고 비로소 나는 허둥대기 시작했다.

남편은 학교에 있으니 나 혼자 아이들을 안전하게 지켜야 했다. 울고 있는 아이들을 달래며 어디로 피신해야 할지 궁리하는 와중에도 만일 토네이도가 집까지 다 휩쓸어 갈 경우 우선 챙겨야 할 게 무엇인지를 생각했다. 아무 것도 떠오르는 게 없었다. 다음 순간 우습게도 컴퓨터가 떠올랐고 나는 "저건 너무 무거워서 안되지" 라며 몹시 실망했다. 아이들은 엄마 뭐하느냐고 빨리 슈퍼마켓의 지하로 대피하러 가자고 발을 동동 굴렸고, 급기야는 내게 고함을 치기까지 했다. 다시 돈을 가지고 가야겠다는 생각이 떠올랐지만 지갑을 어디 두었는지 까맣게 생각나지 않아 찾지 못하고 얼결에 내가 손에 들고 나온 것은 자동차 열쇠와 우산이었다.

아파트 밖으로 나가자 금방이라도 날려버릴 듯 비를 동반한 회오리바람이 거세어 어디로 대피하기 위해 나간다는 일이 불가능했다. 나는 아이들이 날아가지 않도록 부둥켜안고 옆 통로 반 지하층에 사는 우리나라 사람 집의 문을 두드렸다. 남의 집 문을 마구 세게 두드리면서도 나는 실례임을 헤아릴 경황이 없었다. 문고리를 비트는 기척이 들렸다. 그 소리가 들릴 때까지의 절망감이라니… 벌써 이 집은 어딘가로 대피했구나. 오두마니 우리만 남았구나. 그 잠시간이 생사의 기로에 놓인 듯 앞이 캄캄했다.

놀란 눈으로 두려움에 떨고 있는 우리 세 식구를 바라보는 그이는 그때까지 경보가 내린 줄도 모르고 있었다. 에어컨을 켜고 커튼을 꼭꼭 닫고 있는 데다 아마 그 집 아이들은 우리 아이들 같지 않게 날씨 방송에 취미가 없어서인 모양이었다. 곧 경보를 알리는 사이렌이 그 어느 때 보다도 길게 울렸다. 곧이어 전기도 끊겼다. 밖은 밤중처럼 깜깜해지고 집중적으로 비바람 공세가 시작되었다. 정원에 있던 나무들이 창을 뚫고 들어올 기세로 마구 휩쓸리고 있었다. 뭔가가 날아다니고 부딪치고 하는 소리들이, 처음 당하는 사태에 잔뜩 겁에 질려있는 우리들을 더한층 음산한 공포 분위기로 몰아갔다. 더 이상 밖을 내다볼 수 없었다.

토네이도의 주기는 20~30분 정도이다. 대피요령은 지하실이나 화장실로 들어가 몸을 낮게 하고 기다리는 것뿐이다. 다른 지역의 토네이도는 여러 번 방송을 통해 보았고 얼마전 가까운 지역에서 온 마을이 허물어지고 인명피해 까지 난 경우도 있었지만 내가 살고 있는 지역에서 이런 일이 있으리라고는 생각도 못했다. 그런 맹목적인 믿음이라니.

서서히 창밖이 밝아지기 시작했고 나는 우리가 이대로 무사함을 믿을 수 없어 순식간에 부러지고 찢겨져 흉한 몰골로 변해버린 나무들을 멍하니 바라보았다. 토네이도 속에서 무사히 살아난 감격을 같이 있던 이웃과 감사 인사를 나누는 것으로 대신하고 집에 돌아와 보니, 전화기에 걱정을 하고 있는 남편의 음성이 여러 번 녹음되어 있었다.

방송과 전기가 단절된 암흑 같은 삼십 여분 동안 우리가 할 수 있는 일이라고는 숨을 죽인 채 웅크리고 있는 것뿐이었다. 이대로 휩쓸려 허공 중으로 사라져 버린다면 나에게 가장 후회스러울 게 무얼까 잠깐 생각해 보기는 했다. 어쨌든 우산은 아니었다. 나는 어쩌자고 다른 것 다 놔두고 살 빠진 우산만 덜렁 들고 나왔을까. 아무짝에도 쓸모 없는 우산이라니, 어이가 없었다. 위기상황 중에 생명을 보존하는 일 말고 더 다급하고 막중한 일이 있을 수 있겠는가. 그 외의 것들이란 모두 내가 들고 나온 우산처럼 쓸모 없는 일에 불과하리라.

아이들은 급박한 상황을 넘기고 한숨 돌리게 되자 나에게 힐난을 퍼부었다.

"엄마는 우리보다도 글쓰는 게 더 중요한 거지? 엄마는 다음에 이런 일이 또 생겼을 때 우리보다 디스켓을 더 챙길 거야."

이게 무슨 당치도 않은 일인가. 나는 토네이도 덕분에 작가정신이 치열한 글쟁이가 되어 있기도 했다.

　얼마 후 학교에 있는 남편을 차에 태워 오기 위해 거리로 나갔
다. 지붕이 날아간 극장, 뿌리째 뽑혀 밑동이 드러난 아름드리 나
무들, 그 나무들이 주차해 있던 자동차들을 덮치고 있었고 벌판에
있던 거대한 송전탑이 둘씩이나 쓰러져 있었다. 도로가 물에 잠겨
통제된 구간도 많고 단전으로 신호등이 작동되지 않아 네거리에서
는 교대로 한 대씩 질서를 지켜 통과하는데, 그러느라 평소에 칠
팔분 걸리던 길이 삼십분이나 소요되었다.

　무더위에 단수가 되고 며칠씩 전기가 들어오지 않아 말할 수 없
이 불편함에도 이들은 진득히 기다리는 모습이다. 빨리 복구해 놓
으라며 기다렸다는 듯 사나운 질책으로 행정 당국을 겨냥하는 치
졸함도 보이지 않는다. 다만 부숴진 것들을 치우고 고치고 하는
일에 함께 힘을 모으고 있을 따름이다. 며칠이 지났음에도 아직
쓰러진 송전탑은 일어설 줄 모르고 있다.

불꽃놀이

　내가 살게된 이 도시는 큰 행사를 앞두고 봄부터 활기있는 분위기였다. 올해는 코럴빌이라는 이 도시가 생긴지 125주년이 되는 해이다. 그래서 독립기념일 행사가 예년보다 다채롭고 성대하게 펼쳐질 예정이라고 신문이며 안내 책자마다 널리 홍보해 왔었다. 일찍부터 ‘Coralville 125’라는 문구를 새겨 넣은 모자나 머그컵, 티셔츠 등의 기념품도 도서관과 서점에서 판매되고 있었다. 독립기념일 당일에는 성대한 규모의 퍼레이드가 벌어질 예정이라고 했다. 시에서는 행사 전반에 관한 안내와 자세한 내용이 인쇄된 신문을 집집마다에 돌리며 광고를 했다.

　내가 사는 집은 시청을 비롯한 각 관공서가 지척에 위치하고 있어 멀리까지 행사가 열리는 곳을 일일이 찾아다니는 수고를 하지 않아도 되었다. 시청 앞 도로에 색색의 깃발이 내걸리고 바야흐로 축제 분위기가 무르익어 가기 시작했다. 각종 놀이기구들이 거대한 트레일러에 실려와 공원 주차장에 설치되었다. 아이들이 공원으로 몰려가고 그 주변이 북적대면서 축제의 기분은 본격적으로 살아나기 시작했다.

　날씨가 따뜻해질 무렵부터 공원에서는 목요일 저녁마다 야외음

악회가 열리고 있었다. 그 음악회가 독립기념일을 며칠 앞두고부
터는 매일밤 한층 성대하게 열렸다. 독립기념일 전날, 저녁 설거지
를 하고 있자니 어둑어둑해진 주위를 흔들며 음악소리가 우렁우렁
들려왔다. 설거지하는 손길이 절로 바빠졌다. 음악소리는 그냥 가
만히 집에만 있기가 민망할 정도로 현장의 흥겨움을 생생하게 전
하며 마음을 달뜨게 했다.

서둘러 그릇들을 헹구어 엎어놓고 손의 물기를 닦으며, "우리도
가보자!" 라고 결단을 내리듯 나는 식구들을 밖으로 끌고 나왔다.
밖으로 나오자 안에서는 어디 한쪽에서 들려오는 것 같던 음악소
리가 동네 곳곳, 거리에도, 나뭇가지 사이에도 고루고루 퍼져 한층
더 우렁차게 떠돌았다.

밤의 공원은 그야말로 불야성을 이루고 있었다. 무대 주변의 사
람들은 음악에 맞춰 몸을 흔들기도 하고 놀이기구 앞에는 아이들
이 몰려들어 차례를 기다렸다. 또 잔디밭 한쪽에서는 대형화면을
내걸고 한국에서도 개봉된 적이 있던 아이들 대상의 영화를 상영
했다. 사람들은 언제부터 준비하고 와있었는지 모두 접이식 의자
를 갖고 와서 편안히 앉아 감상하며 밤이 깊어가는 줄 모르고 있
었다.

독립기념일 당일, 이른 아침부터 아이들은 행사진행 시간표를
들여다보며 그 시간이 되기만을 고대했다. 그 외의 다른 일은 행
사를 기다리기 위한 들러리처럼 별 의미 없다는 듯한 눈치였다.
퍼레이드는 시청과 공원을 중심으로 시작되어 주변 도로를 순회할
예정이었다. 오전 열시가 되자 사이렌이 길게 울리고 연습인지 실
수인지 두어번 포를 터트리는 소리가 들렸다.

웅성거리는 소리에 창밖을 내다보았더니 길 양옆 인도는 이미

구경꾼들로 빼곡했다. 곧이어 행진곡 소리가 쿵작쿵작 들려왔다. 그때서야 우리는 거리로 달려나갔는데 구경꾼들은 어찌나 부지런한지 모두 접이식 의자나 깔개를 가지고 나와 진을 치고 앉아있었다. 퍼레이드 차량이 지날 때는 그들도 행렬 속으로 뛰어들어 함께 춤을 추고 환호하며 즐거워 어쩔 줄을 모르겠다는 몸짓들을 보였다.

이방인인 우리는 어떤 자세를 취해야 할지 어색해 엉거주춤하기를 한참이나 했다. 퍼레이드는 정오까지 이어졌다. 지나는 행렬마다 바구니에 담긴 사탕이나 초콜릿을 군중을 향해 한 웅큼씩 뿌렸다. 공중에 뿌려진 사탕은 화르르 불꽃이 일듯 반짝이다가 군중들의 손으로 떨어졌다. 그러면 아이, 어른 할 것 없이 '와아' 하는 환호와 함께 미리 준비해온 봉투에 받아 담으며 즐거워 했다. 그 광경은 내게 특별한 날의 기쁨을 서로 주고 받는 상징적인 의미로 느껴졌다.

얼마 동안 관망하던 우리 아이들도 어느 틈에 그 무리에 끼어들었다. 아이들은 이제 완전히 이곳 사람들과 한 무리가 되어 있었다. 곧 양주머니가 불룩해서 넘칠만큼 사탕을 많이 받아 의기양양해졌다. 퍼레이드 행렬 중에 가장 인상적인 부분은 노인들의 행렬이었다. 성조기를 휘날리며 납작한 소형 경주용 차에 탄 노인들은 있는대로 멋지겠다 싶은 자세를 연출하여 군중들의 박수갈채를 받았다.

어두워질 때 시작될 불꽃놀이를 기대하며 사람들이 돌아간 거리는 아직도 환호와 흥겨움으로 달구어진 열기가 그대로 남아 있었다. 시간표에 나와있는 불꽃놀이가 시작되는 시간은 몇 시 몇 분이 아닌 말 그대로 '어두워질 때'여서 나는 좀 의아한 생각이 들었다. 공식적인 행사에 정확한 시간이 명시되지 않은 점이 무척 낯설었기 때문이다.

어두워질 때쯤을 가늠하며 공원으로 간 우리들은 거듭 놀라지 않을 수 없었다. 그렇게 많은 군중이 이 날의 불꽃놀이를 보기 위해 그 너른 공원을 꽉 채울 수 있다니, 거리에 지나는 사람 하나 발견할 수 없던 지난 겨울이 떠올라 놀랍기만 했다. 사람들은 이 날을 위해 올 한 해를 살아온 듯 불꽃놀이를 즐길 채비를 단단히 하고 있었다. 어떤 가족은 아예 이부자리를 깔고 태평하게 누워 기다리고 있기도 했다. 또 대부분의 가족들이 저녁 식사를 그곳에서 해결한 듯 아이스박스를 곁에 두고 있었다. 하긴 이 사람들의 식사란 이동하면서도 불편함이 없는 방식이니 그럴만도 했다.

불꽃놀이는 어두워지고 나서 시작되었다. 갖가지 형태와 빛깔의 불꽃 모양이 어두운 하늘을 두드리고, 불꽃을 튀기며, 사람들의 일치된 함성을 불러내어 독립기념일의 밤을 장관으로 돋보이게 했다. 이윽고 'Coralville 125'라는 불꽃 장식이 홀연히 어둠 속에 나타나자 돌연 경건한 정적이 감돌았다. 마지막엔 완전히 다 발산해 버리겠다는 듯 정말 엄청나게 다양하고 많은 폭죽을 마구 쏘아대자 사람들은 모두 한 목소리로 함성을 지르며 열광의 도가니로 빠져들었다.

성대함의 극치를 보여주었던 불꽃들은 연기로 변하면서 남서쪽 하늘을 향해 모여가다가 흩어져 사라졌다. 아무리 축제 분위기가 왕성해져도 속으로는 '남의 나라 잔치, 무슨 상관이람' 하는 생각이 나를 지배하고 있었던 게 사실이다. 그런데 나는 어느새 아이들과 더불어 그 속의 하나가 되어 축제를 즐기고 있었다. 아니, 도저히 그 분위기에 동참하지 않고는 뱃길 수 없는 이상한 힘이 그곳에는 있었다. 자기 나라의 특별한 날의 의미를 쭈뼛거림이나 거리감 없이 이들은 온전한 자신의 기쁨으로 옮겨 맘껏 즐기고 있었다.

  어둠 속에 홀연히 떠오른 불꽃장식이 불러온 돌연한 정적의 순간, 나는 우리 모두가 간절해 하는 소망이 더 이상 지체되지 말고 불꽃으로 화르르 일기를 기원했다.

제5부

어떤 무료한 하루

소문

  소문의 거품 같은 가벼움은 무턱대고 앞지르는 공복의 허기와도 같다. 거품은 뿌리가 없이 떠오르며 그저 부풀대로 부풀다 제풀에 사그라들고 만다. 공복의 식욕은 생각 없이 흘린 말처럼 일단 허기를 채우면 그만이다. 그런가 하면 얼핏 단순해 보이는 식욕은 어떤 한 개인의 사사로운 감정에 의한 소문처럼 끈질긴 일면도 있어 맛의 정체를 집요하게 탐색하는 복잡미묘함을 숨기고 있기도 하다.

  소문은 말에 굶주린 집단의 허기를 만족시킬 뿐 복잡하건 단순하건 어느 쪽이나 그로 인해 야기될 한 대상의 훼손에는 전혀 관계치 않는다. 무책임한 포만감만이 남는다. 허상과도 같은 소문이 누적되어 이르게 되는 선입견의 벽이 얼마나 두터운지 종종 실감하는 경우가 있다.

  그 날도 그랬다. 꼭 어떤 맛만을 취하면 살 것 같은 때가 있는가 하면, 뭔가를 먹어야만 되겠는데 도무지 그 맛이 뭔지를 집어낼 수가 없는 때도 있다. 뭐가 먹고 싶은지 알 수 있을 때는 그것만 찾아먹으면 되겠으나 먹고 싶은 것의 정체를 알 수 없을 때는 실로 난감하다. 무얼 먹지 못해 안달인지 보채는 내 식욕에 대한

집요한 탐색 끝에 그래도 다행으로 끝에 가서 먹고 싶은 맛을 욕
구와 일치시킬 수 있었다.

　아구탕이었다. 한번도 내 손으로 해보지 않은 음식이었다. 장을
보러 나섰다. 평소 잘 살펴보지 않고 사는 습관이 문제였는지도
모른다. 뭘 사려면 그냥 웬만하면 산다. 목숨 걸 듯했다가 떠안게
될 실망을 피해보려는 소심함에서 비롯된 습관이거나, 그 뭔가, 소
비자의 권리 등의 의식에 어두운 탓인지도 모르겠다. 매번 그렇게
목숨을 걸었다가 또 거듭 실망해야 하는 삶이 얼마나 고단할지,
그것도 한두 번이지 내남 할 것 없이 노상 그에 대한 변명이나 일
삼아야 하고 좀 피곤한 일인가. 어쨌든 거기서 거기다. 그냥 웬만
한 때깔이면 산다. 그러니 혹 잘못되더라도 져야 할 부담이 적다.

　이따금 포만감으로 흐드러지고 싶은 건 또 무슨 까닭인지. 그렇
게 흐드러질 생각으로 만드는 동안 나도 모르게 손길이 빨랐지만
손을 베는 일도 생기지 않았다. 마침내 한소끔 끓어 간을 보았다.
심심한 간을 했음에도 이상하게 몹시 짰다. 물을 더 부었다. 그래
도 한번 짜게 된 찌개는 짠맛을 덜지 못했다. 재료를 더 썰어넣었
다. 그래도 마찬가지, 그러다 보니 양만 턱없이 불어났고 시간도
많이 걸려 맛있게 먹기는커녕 지레 지치고 말았다. 시원하고 얼큰
한 찌개맛은 온데 간데 없이 짜기만 했다. 식구들은 손도 대지 않
고 나혼자 억지로 숟가락을 담그며 찌개가 입에 들어오기까지 기
울인 기대와 노력이 아까와 죽을 지경이었다.

　포식으로 흐드러지지 못한 나는 저녁내 좌불안석이었다. 궁리
끝에 가게주인에게 전화를 해보기로 했으나 바로 그 점이 큰 일이
었다. 그 가게주인은 이곳 사람들 사이에 애프터 서비스가 안 좋
기로 소문이 파다했다. 그 탓인지 우리나라 사람들의 발길이 뜸해

지고 주로 외국인들이 드나드는 편이었다. 그러니 되지도 않을 일 공연히 전화했다가 감정만 상하면 어쩌나 하여 여간 망설여지는 게 아니었다. 그래도 미련을 떨치지 못하고 왜 찌개가 제 맛을 내지 못했는지 곰곰 살피던 끝에 살의 조직이 쪼글쪼글한 게 아무래도 날생선이 아니라 실컷 소금에 절여 가공한 상태임을 알게 되었다. 그렇다면 가게주인의 잘못도 아니었다.

가게주인과 통화한 결과는 정말 의외였다. 죄송하다는 말과 함께 언제든지 가게에 들르면 환불하겠다는 정중한 대답이었다. 그러자 갈수록 양양이라더니 나는 주인의 호의적인 처사에 힘입어 아구값만 돌려받는 것으로 나의 그 욕구와 시간과 노력이 상쇄될 수 없다는 생각에 기울기 시작했다. 그러나 나는 남에게 뭘 요구하는데 가장 서툰 사람이므로 생각만 굴뚝 같았다. 먹지 못한 아구탕을 개수대에 모두 쏟아버리며 어찌나 애달프기까지 하던지.

며칠 후 가게에 들러 내가 문제가 된 아구의 주인공임을 밝혔을 때 주인은 거듭 사과하며 바로 아구값을 돌려주었다. 그리고는 몹시 무안한 기색으로 직접 만든 밑반찬들을 따로 싸주는 한편, 아직 냉동실에 남아있는 아구중 한 마리를 꺼내 해동하여 맛을 확인함으로써 내 불만이 공연한 소비자의 까탈이 아님을 자신과 나에게 입증했다. 그냥 아구값이나 돌려주고 말겠지라고 생각했던 내가 바로 그 점이 나를 가장 미덥게 한 부분이라 흡족해 하려는데, 주인은 그 기회에 나를 철저히 미덥게 하기로 작정이라도 한 듯 가공업체를 알아내어 내 뜻을 전하고 항의하겠다는 다짐까지 두었다.

사람들이 사람을 아는 방법으로 가장 큰 비중을 두는 근거는 소문이다. 그들은 소비자의 권리라는 깔끄러움만을 앞세우느라 가게주인의 고단함 등은 허술히 부렸던 게 아닐까. 주인이 싸주었던 장아찌며 부침이 얼마나 알큰하고 고소하게 입맛을 돋구던지. 부침이라면 가장자리나 좀 떼어먹는 시늉으로 먹은 셈치는 아이들도 다투어 먹기까지 했다.

남의 성의를 한껏 기꺼이 여기는 노력도 필요하다. 내가 남에게 어떤 일을 베풀 때 아무리 사소해 보이는 일이라도 거기엔 숱한 마음의 배려가 따르게 마련이다. 사람들은 그 낱낱의 배려들을 돌아보려 하지 않는다. 소문에 의존하여 사람을 아는 이들은 내가 갖게 된 이 기쁨을 끝내 알지 못하리라. 얼마나 애석한 일인지.

살면서 주변 사람의 미처 몰랐던 새로운 면을 발견하는 일 또한 살아가는 보람의 하나이리라. 나는 소문과 다른 주인의 진지함을 알게된 일이 무엇보다 흐뭇했다. 아마 그 아구는 그 점을 확인시키기 위해 마련되었던가 보다. 그러고 보면 조금도 원망스럽지 않은 아구였다.

근간 지엽

나무들을 유심히 바라본다. 다 같아 보이는 나무도 자세히 보면 천태만상이다. 가지가 적당히 뻗어 기풍도 당당하게 듬직해 보이는 나무도 있고, 쓸데없이 잔가지가 많아 그것들로 인해 오히려 본줄기가 휘어지고 볼썽사납게 일그러져 보는 이조차 안타깝게 하는 나무도 있다.

사람의 경우라고 다를까. 자신에게 주어진 대로 성실히 사는 사람이 있는가 하면, 그저 여기저기 두리번거리며 남의 일에 뛰어들기 좋아하여 자신의 일에 몰두하지 못하는 부류도 있다. 전자는 굳이 남의 일에 나서서 왈가왈부하지 않더라도 그 자체만으로도 벌써 남에게 좋은 영향을 베풀게 되며 후자의 경우는 필연코 자신은 물론 남에게도 피해를 끼치게 되고 만다.

학기 초였다. 중학생인 아이가 학교에서 돌아오기 무섭게 얘기했다. 수학 선생님이 교과서를 나눠주며 책을 깨끗이 쓰기 위해 책표지를 싸오라고 했다는 내용이었다. 선생님은 책표지를 싸는 방법까지 설명해 주었는데, 책을 싸기 위해 일부러 종이를 사지말고 슈퍼마켓에서 무료로 얻을 수 있는 종이백을 이용하라는 말까지 덧붙였다고 한다. 그것도 "종이백의 접힌 부분을 편 다음 책을 놓고 크기에 맞게 오려서 테이프로 붙이면 아주 잘 보존할 수 있다"며 상세히 설명해 주었다 한다.

한국에서 학교에 다니는 동안 온갖 모양의 책표지를 사서 써왔던 아이는 진지하게 설명해 주는 미국 선생님의 설명에 어이없어 하면서도 곧 그대로 따라했다. 종이백이 두꺼워서인지 아이가 좀 힘들어하는 걸 보고 남편이 해주겠다고 나섰다. 아마 남편은 문득 자신의 어린 시절의 기억을 떠올렸던가 보다.

옛날 새 학년이 다가올 무렵 가방 가득 새책을 받아오던 일이 생각난다. 아버지는 푸대종이를 잘 펴서 책의 크기에 맞게 장도칼로 싹싹 자르신 다음 자식들의 책을 차례로 싸주셨다. 아버지 옆에 앉아 그 책 속에 들어있을 내용들에 대한 기대로 가슴 두근거리던 그 느낌을, 이제 여기서 다시 부녀가 머리를 맞대고 책표지를 싸는 모습을 보며 추억하게 된다. 얼핏 옛날의 그 푸대종이에서 풍겨 나던 매캐한 냄새가 코를 스치는 것도 같다.

두꺼운 종이백으로 싼 책은 우스울 만큼 투박해 보였다. 다음날 학교에서 돌아온 아이는 책표지에 대한 또 다른 뉴스를 전했다. 어떤 아이들은 두꺼운 씨리얼 상자로 책을 싸왔는데 상자와 책의 크기가 딱 맞아서 안성맞춤이더라고 전했다. 참 낯선 발상이다 싶었다. 어떻게 그 두꺼운 상자로 책을 쌀 생각을 했을까.

처음 한동안 이들의 생활 모습을 접하고 어이없어질 때가 많았다. 이곳 학교에 다니기 시작한 지 얼마 지나지 않아 신체검사를 하게 되었던 아이가 신체검사 방법에 대한 얘기를 전했다. 키와 체중을 재는 방법이 아주 원시적이어서 언제 끝날지 모를 만큼 시간이 많이 걸렸다고 했다. 아이들이 저울 위에 올라가면 추를 움직여 저울과 수평을 이룰 때까지 몇 번이고 추를 옮기는 방법을

쓰더라고 했다. 옛날 내가 학교에 다닐 때와 같은 방법이 아직도
쓰이고 있었다. 세계의 온갖 첨단분야를 주물러대는 나라에서 그
런 원시적인 방법이 여태 쓰이고 있으리라고는 생각도 못했다. 하
지만 아이는 전혀 불편해 하지 않았고 그러기는커녕 좀 시대에 뒤
떨어진 듯한 이곳의 방식들을 자연스럽게 받아들이고 있다. 신구
가 공존하는 아름다움이랄까, 이곳에서는 묵은 것이라고 쉽게 내
팽개치는 모습을 볼 수 없다.

이곳 초·중·고등학교에서는 모든 교과서를 학생들에게 빌려준
다. 그래서 책에 주석을 달거나 더럽히는 일을 금하고 있다. 깨끗
이 쓴 다음 반납하고 그 책은 다시 다음 학년 학생들이 빌려 쓰게
되어 있다. 아이의 책을 보니 만들어진지 칠년이나 되었다.

이곳은 종이로 만든 모든 제품의 가격이 비싼 편이다. 종이접기
에 유독 관심이 많은 어느 집 아이는 한국에서 학종이며 색종이를
우송해 오기도 했다. 그래선지 새책 값은 말도 못하게 비싸고 대
학 구내 서점이나 시내의 서점에서도 헌책이 버젓하게 좋은 자리
를 차지하고 비싼 값에 팔리고 있다. 헌책은 책의 상태에 따라 가
격이 달라진다. 도서관에서는 대여기간이 삼주일에서 장장 몇 개
월까지로 상당히 여유가 있다. 굳이 비싸게 사서 보지 않아도 되
는 통로를 마련해 주고 있다. 아이들의 학교에서도 헌책을 기증하
는 기회를 마련하고 있는 한편 도서관에서는 정기적으로 헌책 바
겐세일을 한다.

시립 도서관의 세일 현장에 갔다가 그 꼼꼼하고 어찌 보면 옹색
하기도 한 규모에 놀랐던 경험도 있다. 아무리 헌책과 헌 학습용
품들을 처분하기 위한 행사라고 하지만 진열되어 있는 물건들의
상태가 너무 낡아있었기 때문이었다. 테이프나 레코드를 싸고 있

는 케이스에 금이 가고 깨져 있는 게 보통이었다. 그런데도 그런 물건을 사는 이가 있다는데 또한 놀라지 않을 수 없었다. 한 켠에는 무료로 가져갈 수 있는 책들도 있어 나는 아이들이 읽을 책을 한 보따리 얻어가지고 왔다.

내 것에 대한 아낌이나 소신 없이 늘 무엇이 더 새 것인가만을 두리번대느라 공중에 발이 떠있던 흐름으로부터의 자유가 이리도 편할 수가 없다. 새것이 아닌 것은 부끄러운 것이라는 흐름이 어디서부터 비롯되기 시작했는지. 정작 부끄러운 일이야말로 새것만을 지향하는, 바로 그 곁가지만 무성한 방식이 아닐까. 내 것의 고유성에 대한 아낌이 아쉽다. 네가 하는 대로 서둘러 나도 따라 하기가 아니라 너는 버리더라도 나는 네가 갖지 않은 내 것을 간직하겠다는 한 걸음 뒤로 물러서는 마음가짐, 네가 갖지 않은 무엇인가를 나는 지니고 있음이 틀림없다는 되알진 오기도 가져봄직하지 않을까.

의아함으로 두리번대던 처음의 시선을 거두어들인다. 모든 존재의 있는 그대로를 인정하며 근간이 무엇인가를 분명히 알고 지엽에 휘둘려 공연한 수치심에 세월을 낭비하던 습벽들이 하나 둘씩 떨어져 나가는 소리를 지금 나는 듣고 있다.

좀머씨의 하루

내가 사는 아파트엔 좀머씨가 있다. 오늘 아침에도 현관문 앞에서 그를 만났다. 좀머씨는 복도 청소를 하다가 청소기에 걸리적거리는 우리 식구들의 신발을 치우는 중이었다.

아파트 내부에는 집안은 물론이고 복도에도 모두 카페트가 깔려 있다. 집안에서도 신발을 신는 문화에 도저히 적응할 수 없어 우리는 현관문 앞 복도에 신발을 벗어둔다. 그래서 우리집 앞에는 늘 신발들이 즐비하다. 좀머씨가 우리집 앞 복도를 청소할 때마다 청소기 작동을 중지시키고 한참씩 지체하는 이유가 바로 그 신발들 때문임을 집안에서도 짐작할 수 있었다. 나는 매번 그의 일에 방해가 되는 우리 식구들의 신발에 대한 미안막이겸 그냥 모른 척 지나치기도 민망해서 신발을 내가 치우겠다는 몸짓을 하며 '하이' 하고 인사를 건넸다. 그러자 좀머씨는 '괜찮다'고 웃으며 내가 지나가도록 길을 터주느라 일손을 멈추었다.

가까이서 본 그는 내 짐작보다 훨씬 나이가 많아 보였다. 먼 발치서만 그를 바라볼 때는 중년을 좀 넘긴 나이로 생각했었다. 좀머씨는 내가 사는 아파트의 청소부다.

그를 처음 본 건 겨울이었다. 처음 살게된 나라의 모든 일에 낯설었던 그때, 나는 밖으로 나가는 일에 익숙하지 못해 주로 창을 통해 바깥 사정에 낯을 익히는 편이었다. 습관적으로 내다보는 창을 통해 매일 같은 옷차림의 한 중년 남자가 같은 걸음걸이로 오고 가고 하는 것을 보게 되었다. 한 손에는 흰색의 커다란 페인트 통이 들려있고 통 밖으로 몇 가지 무슨 물건들이 비죽이 튀어나와 있었다. 먼발치서 보게 되는 모습이기 때문에 비죽이 튀어나온 물건이 무엇인지는 알 수 없었다. 그냥 차림새로 보아 빗자루 등속의 허드레 일을 하는 데 소용될 물건이 들어있으리라 추측할 뿐이었다.

그가 무슨 일을 하는 사람인지 처음엔 몰랐었다. 웬 맥아리 없이 생긴 사람이 매일 아파트 주위를 서성인다 싶었다. 며칠 지나지 않아 그를 관찰하는 일은 어느 틈에 내 일과에 자리잡게 되었다. 멀리서 보기에도 불량기 같은 게 전혀 느껴지지 않았으므로 나는 안심하고 그를 관찰하는 일과를 계속했다. 그러다가 어느 날 밖에 나가려다 아파트 통로에서 청소를 하고 있는 그와 마주치면서 그때서야 그의 정체를 알게 되었다. 미류나무처럼 큰 키와 비쩍 마른 몸의 좀머씨는 어찌보면 좀 실성한 사람처럼 여겨지기도 한다.

내가 그를 눈여겨보게 된 것은 타국에 대한 낯가림이 심한 자의 소일거리로서만이 아니라 그의 특이한 걸음걸이 때문이기도 했다. 그는 늘 후드 달린 청록색 티셔츠에 검정색 면바지 차림이었다. 그는 어깨에 힘이라곤 하나 없이 팔을 축 늘어뜨리고 허적 허적 걷는다. 다 살았다는 듯 아둥바둥하며 살아봐야 다 부질없지 않겠느냐는 듯한 생각을 온몸으로 뚝뚝 떨구며 걷는 그 걸음새. 느릿느릿 나그네처럼 정처 없는 걸음걸이, 그 때문이었다.

그때 불현듯 전에 읽었던 '좀머씨 이야기'가 떠올랐고, 그 때부터 나는 그를 '좀머씨'로 부르기로 했다. 그의 인상은 영락없이 '좀머씨'를 연상시키는데 어찌나 딱 들어맞는 별명인지 내가 생각해 내고도 신통할 지경이었다.

그가 지나는 게 눈에 띄기만 하면 나는 "저기 좀머씨가 나타났다."고 아이들의 주의를 집중시킨다. 그러면 아이들은 하던 일을 멈추고 내가 서있는 창가로 모여들어 셋이서 함께 좀머씨의 일거수 일투족을 주시한다. 우리는 늘 '좀머씨가 잔디밭을 걸어간다, 좀머씨가 휴지를 줍는다, 좀머씨가 쓰러진 농구대를 바로 세우고 있다' 등등 각자 유심히 바라본 좀머씨의 하루를 얘기하곤 한다.

좀머씨는 매일 출근한다. 그는 뭐든 깡똥하게 들고 있는 느낌을 주지 않고 늘 질질 끌고 다니는 모습으로 보여진다. 이틀 꼴로 청소기를 질질 끌고 온 그는 아파트 내부의 계단이나 복도를 청소하고 종일 아파트 주위 이곳저곳을 청소한다. 함부로 버려진 담배꽁초며 휴지조각들을 치우고 또 특별한 주문을 받으면 집안의 카페트도 청소한다. 그렇게 청소하고 있는 그의 표정은 마치 무념무상의 경지라도 터득한 듯 다른 아무 생각도 없어 보인다.

좀머씨가 우리의 요구로 카페트를 청소하느라 우리집 안에서 두어시간 정도 있었던 적이 있다. 그는 예의 그 청소도구들이 담긴 흰색 페인트 통을 들고 나타났다. 신발을 신은 채 들어서는 모습을 보면서 더럽혀질 카페트에 마음이 쓰였지만 어쩐지 그에게 신발을 벗어달라는 말을 할 수 없었다. 그래서 나는 신문지를 주욱 늘어놓고 거기를 밟고 걸어달라고 부탁했다. 그는 카페트를 청소할 것이므로 그럴 필요가 없겠다고 정중하게 말했다. 내가 그의 정중함에 놀라 나의 그 부탁에 대해 무안해 하고 있는 동안 그는 시선을 카페트에 고정시킨 채 세제와 소독제를 뿌리고 문지르며 청소에 몰두했다.

그 후 화장실이나 씽크대 등이 고장나 관리소에서 수리하는 사람들이 오게 될 때면 나는 그들에게 신발을 벗고 들어올 것을 요구한다. 좀머씨가 그토록 깨끗이 닦아놓은 카페트가 그들의 그 우락부락한 걸음으로 험상궂게 일그러질까 마음이 조마조마해 참을 수 없기 때문이었다.

아침에 마주친 좀머씨의 웃음이 떠오른다. 삶의 구석진 곳에서 허드레 역을 맡은 이의 평온한 웃음이었다. 좀머씨에게 쏟는 나의 관심이 혹 우월감에서 비롯된 객기나 그 아류의 호사행위는 아닐까 곰곰히 생각해 본다. 지금도 또 저기 좀머씨가 이 구석 저 구석 흐트러진 자리를 지우고 바로잡기 위해 청소기를 끌고 가고 있다.

나날의 고비

　수요일 저녁이다. 좀 전에 광고지를 가지고 올라왔다. 이곳 주변 상가에서는 매주 수요일마다 새로운 광고지를 배포한다. 자기 가게의 상품과 가격 안내, 그리고 싸게 살수 있는 쿠폰책까지 끼워 점포마다 새롭게 비치하는데 내가 사는 아파트에는 수요일 저녁에 배달된다. 그 시간은 대략 일곱시 전후로 어쩌다 늦어지는 날은 여덟시를 넘길 때도 있다.

　나나 아이들은 그 광고지에 대한 기대로 수요일 아침을 시작한다. 저녁 일곱시쯤 되면 한 아이가 몰래 현관문을 빠져나간다. 혼자 살그머니 나가 광고지를 들고 와서 기다리고 있는 식구들을 놀래줄 심산이다. 아직 광고지가 배달되어 있지 않을 때는 계단을 올라오는 발소리부터 느릿느릿 힘이 없다. 그러나 내려가자마자 광고지 뭉치가 눈에 띄는 날은 계단이 무너질 듯 요란한 발소리가 들려온다.

　내게 있어 그 광고지 뭉치는 시간의 틀에 옥죄인 막바지의 느낌을 해소하는 의미를 갖는다. 시간이 그저 아무 굴곡도 없이 마냥 한결같기만 하다면 어찌 견디어낼 것인가. 날과 주와 달이 각기 다른 이름을 갖고 있다는 것은 여간 다행한 일이 아니다. 그렇지

않다면 우리는 진작에 도저히 극복할 수 없는 시간의 엄중한 서슬
에 치이고 말았으리라.

다행히도 우리는 그 서슬에 무모하게 치이고 말기보다는 어떻게
든 극복해 내기 위한 궁여지책으로 스스로를 슬쩍 눈가림하는 편
을 택해 왔다. 각 날마다에 이름을 부여하는 노력으로 시간과의
화해를 꾀한 것이다.

한번은 수요일 저녁 온 식구가 그 중요한 행사를 깜빡 잊고 있
었다. 다음날 아침 아파트 통로를 지나다가 광고지를 발견한 순간,
우리가 이런 실수를 하다니…… 하는 표정으로 서로의 얼굴을 보
며 의아해 했던 적이 있다. 그만큼 광고지를 두루 살펴보는 일은
여간 재미있는 게 아니다. 나와 아이들은 광고지들을 모두 펼쳐놓
고 가격을 비교하며 눈에 띄는 색의 펜으로 열심히 체크를 한다.

그 일을 하는 동안 나는 아이들과의 시시콜콜한 실랑이를 즐기
기도 하는 한편 내 안의 한 구석에서 틈을 엿보는 애처로움도 돌
보아야 한다. 그 애처로움이란 시간의 압박으로부터 물러나 있고
자 하는 노력이므로 내게는 잠깐씩 힐끗거리며 틈입하는 그 기미
를 무시해야 하는 수고가 따라 종종 쓸쓸한 심정이 되기도 한다.
그러나 나는 그 틈입을 허용하지 않으려 안간힘을 쓴 덕에 곧 다
시 수요일의 행사에 몰두할 수 있게 된다.

일정 기간 머물다가 돌아갈 처지이므로 큰살림을 살 일이란 없
기 때문에 쇼핑이라 해봐야 식품을 포함한 자질구레한 생필품이
전부인데, 그 쇼핑을 계획하며 그렇게도 들뜨게 된다. 그 기분은
숱한 품목들 중에서 무엇 무엇을 살 것인지 체크할 때 마치 유리
를 통해 보여지는 과자 진열장을 바라보는 아이처럼 가벼운 현기
마저 동반하며 정점에 이르고, 다 체크한 후 쇼핑하러 나갈 때까

지 줄기차게 상승된 상태를 지속한다.

수요일은 한 주의 정상, 이제까지 힘겹게 정상에 올라 한 고비를 넘겼으니 남아있는 주말을 기대하며 느긋하게 하산할 수 있는 안도의 기분을 누리게 한다. 올라가야 할 곳까지 다 올라왔다는 성취감과 더불어 뒤따라 누리게 되는 이완감은 주말이 시작되는 금요일까지 최대의 쾌적한 상태로 유지된다. 내가 무엇보다도 아까워하며 절대로 한꺼번에가 아니고 야금야금 조금씩만 떼어 음미하고 싶은 상태이다.

주말을 맞으면 우선 사람들의 움직임에서 속도감이 사라진다. 주말은 아직 열지 않은 행운의 함을 눈앞에 두고 있는 기분을 갖게 한다. 무슨 뜻밖의 굉장한 일이 일어나 줄 것 같은 기대로 사람들은 어딘지 자꾸 뒤져보고 싶게 만드는 표정을 띄우게도 된다. 그러다가 서서히 사람들에게서 읽어보고 싶었던 표정들이 지워져가고 우리는 저물어가는 한 주일에 서운해 하다가 마침내 일요일 저녁에 이르면 또 다시 한 주일을 시작해야 하는 부담감에 좀 거북해 하기도 하리라.

그렇게 생각해 보면 시간이란 그다지 막무가내로 상대 못할 골치 덩어리거나 지루하지만은 않은 것인지도 모른다. 살면서 내 앞에 무방비로 널려있는 시간을 문득 실감할 때 나는 순간 어떻게 이 시간들을 다스려야 할 것인가 퍽이나 당황하게 된다. 그럴 때의 시간은 지루하기만 하다. 햇볕 쨍쨍한 여름날의 가물가물한 철길 모양 시간은 나에게 아무런 배려도 없이 마냥 쉬지 않고 저혼자 멀어져 간다.

삶은 오직 극복해 내야할 짐으로 속수무책 난감하기만 하다. 내가 이러저러한 이름을 달아주지 않았을 때의 시간은 그토록 내게

무심하다. 시간은 내게 수시로 내가 주인이 되어 저를 보살피기를
요구한다. 그러기에 나는 늘 시간을 눈여겨보고 항상 새로운 이름
표를 달아주기 위해 고심해야 한다.

아마 선인들도 그 길고 지루한 시간을 극복하기 위한 고심이 이
만저만이 아니었던가 보다. 지금 내가 당연히 넘기는 나날의 의미
를 그들은 무척이나 고심하며 특정한 날을 꼽고 그 날에 기념할
만한 의미를 부여했을 게다. 매일이 아닌 띄엄띄엄 주기적으로 어
떤 날에 무슨 무슨 날이라 의미를 부여한 근거는 어디에 있었을
까. 그런 의미부여의 속뜻이야말로 다름 아닌 시간으로부터의 극
복을 위한 노력이 아니었을까 하고 생각하면 자못 숙연해지기도
하고 선인들도 지금의 나와 별반 다른 점이 없었다는 동질감을 얻
게도 된다.

어떤 날에 어떤 이름을 주어 정해진 그 날을 앞두고는 즐거운
지루함을 경험하게 된다. 하루, 이틀 어서어서 날이 지나가기를 재
촉하며 그 날의 의미를 누리기 위한 기다림으로 우리는 한동안 삶
의 지루함으로부터 자유로울 수 있으며 스스로를 눈속임할 수 있
다. 이를테면 명절이나 각 개인의 특정한 기념일이 그렇고 써머
타임제도 그에 해당되겠다. 써머 타임이 적용되는 기간이 끝나고
원래의 시간으로 환원되는 날, 우리는 마치 덤으로 시간을 얻은
듯 의기양양하지 않던가. 그 의기양양함의 저의는 필경 시간을 임
의로 조종해냈다는, 감히 시간의 영역을 마음대로 넘나들 수 있었
다는 데에 대한 실감에 있었으리라.

마침내 고대하던 그 날이 다가온다. 그러나 정상의 자리를 획득
했던 자유로움은 곧바로 다시 지루하고 암울한 시간의 미궁 속으
로 떨어지게 된다. 그 미궁 속에서 허우적대며 시간과 싸우는 한

246

동안 우리를 그리 실망하지 않게 하는 것은 바로 그 다음의 어떤 이름지어진 날이 다가오고 있기 때문이다.

　지루한 시간과 삶을 견디기 위한 눈물겨운 방법의 하나, 선인들은 그러고 보면 여간한 슬기꾼들이 아니었다. 심각함의 와중에도 그런 재치를 발휘할 여유를 그들은 지니고 있었지 않은가. 이미 그들의 슬기 속에 살아오면서 눈에 띄지 않는 덕을 지금껏 받아온 데 대한 보답이라 하면 좋을까. 나는 그들이 했던 것보다 더 자주 많은 나날에 사소한 의미라도 새기는 노릇을 취미 삼아야겠다. 어떻게든 이 지루한 삶을 견디어 시간과 화해하는 일이야말로 시간이 내게 부여한 몫이라 즐겨 착각하고 싶기 때문이다.

어떤 무료한 하루

아무리 낮게 보아주려 해도 나는 무척 게으르다. 기본적인 일상을 건사하는 일도 그렇거니와 사람과의 관계를 엮어 나가는 일에서도 그렇다. 종일 내가 하는 일이라곤 망연히 떠오르는 생각들이나 따라다니거나 서성이는 일이다.

이따금 그런 게으른 나에게 싫증이 나 차라리 걸레를 한번이라도 더 빨아 창틀의 먼지를 닦아내는 편이 나으리라고 스스로 핀잔을 줄 때도 있다. 그러나 그것도 그때 뿐으로 나는 쉽사리 게으름의 덫을 떨치지 못한다.

그런 나의 게으름에도 나름의 질서는 있는 모양이다. 식구들이 다 집에 머무는 주말이면 별수 없이 나도 내 직분에 마땅한 역할을 시늉하기 때문이다. 그밖에도 간혹 누가 얼굴조차 잊어버리겠다며 연락을 해오면 마지못해 끄응하고 게으름의 자리를 걷어내어 좀 움직여 보기도 한다. 그러나 그런 일은 흔하지 않다. 나는 내 속으로부터 반란이 일어나지 않는 한은 지속적으로 게으름을 유지한다. 하긴 그 반란이 내겐 가장 무서운 존재다. 마냥 게으르고 싶어도 실은 그 반란이란 움직임이 종종 제동을 걸어오기 때문에 내게는 가장 겨루기 힘든 맞수가 아닐 수 없다.

내게 있어 철저한 게으름이란 마음의 한가를 터득한 경지라 할
수 있겠다. 그러기 위해 마음의 동요를 삼가야 되는데 조금이라도
조급해 하는 마음이 끼어들어서는 안되기 때문이다. 그러니 나는
철저히 게으르는 일에도 얼치기다. 다만 게으른 척할 뿐으로 늘
무언가를 성취해야 하지 않겠느냐는 내성에 마음을 빼앗기곤 하기
때문이다. 짐짓 정말로 무심한 척 쌓인 먼지를 보고도 너그러운
웃음을 던지고 이런 저런 관계에 초연한 척 잠자코 시선을 거두어
도 언제나 내성의 채근은 멈추지 않는다. 그럴 바엔 아예 게으름
뱅이 행세를 치워버리라고 또 다른 내부의 내가 고함을 쳐오지만
그편이야말로 내게는 가장 부담스런 요구다.

즐겨 보는 만화 중에 떠벌이 청년이 풀밭에 앉아 클로버 잎을
떼는 장면이 있다. 그 풀밭은 전체가 행운의 네잎 클로버로 되어
있다. 여자들로부터 호감을 사고있다고 착각하여 끊임없이 해프닝
을 벌이지만 번번히 망신만 당하는 청년인데 하루는 공원에 유치
원 아이들을 인솔하고 나온 여선생을 보고 또 마음이 들떠 행운을
미리 점쳐 본다.

네잎 클로버를 한 잎 떼며 '그녀는 나를 사랑해' 또 한 잎 떼며
'그녀는 나를 사랑하지 않아' 하며 그녀는 나를 사랑해가 나올 때
까지 거듭한다. 그러나 '그녀는 나를 사랑해'로 시작한 이상 네 잎
째에 '그녀는 나를 사랑하지 않아' 가 나올 수밖에 없다. 청년이
지치지도 않고 그렇게 기대와 실망을 거듭하는 동안 여선생은 벌
써 자리를 뜨고 없다.

게으름에도 지쳐 무료한 그 어떤 하루, 나도 그 청년을 흉내내
어 본다. 내 주변에 있는 사람들을 하나씩 떠올려 '그 사람은 나를
좋아해, 그 사람은 나를 좋아하지 않아' 하며 나에 대한 그들의 호

감 정도를 점쳐 본다.

ㅎ씨는 상식을 벗어난 일은 상상조차 하지 않는 사람이다. 나는 늘 상식과 엉뚱함 사이에서 쩔쩔매기 때문에 그런 그이가 좀 부담스럽다. 탁 틀에 짜인 사고의 폐쇄성이 갑갑하기 때문이다. 그러나 보통의 경우 그이와 나는 잘 맞는다. 그런데 그이도 그렇게 여기는지 나는 지금 이 글을 쓸 때까지 미처 생각하지 못했다. 내가 누군가를 부담스러워할 때 그 쪽은 나를 어떻게 부담스러워하는지 짚어 보아야 함이 마땅하다. 그는 아마 나를 좋아할 것이다. 나는 이렇게 생각하고 안심이 되어 곧 다른 사람을 떠올린다.

ㅈ씨가 떠올랐다. 그는 무슨 일에건 솔선하여 궂은 일도 도맡는다. 무엇보다 모든 사람을 미화하려 노력한다. 나와 그의 다른 점이 바로 그 부분이다. 나는 냉소를 섞어 사람을 느끼지만 그는 상대의 공공연한 결점까지도 두둔한다. 그러므로 그는 나를 좋아하지 않을지 모른다. 정한 순서대로라면 이번엔 '그는 나를 좋아하지 않는다'가 맞다.

ㅇ씨는 절대로 자기도취가 없다. 자신의 불편한 외모까지 꺼리지 않고 화제의 전면에 설만큼 아집도 없다. 아마 그는 내 속을 빤히 꿰뚫어 알고 있을지 모른다. 그는 뭔지 좀 다른 걸 보고 싶다는 생각을 하고 있는 사람처럼 보인다. 그 점은 나도 그렇다. 그는 다른 이의 그런 점을 잘 간파하므로 나를 탐탁히 여길 것이다.

ㅁ씨가 그 다음이다. 그때그때 상황에 맞게 자신을 적응시킨다. 그러므로 누구와도 어울린다. 나는 누구와도 어울리지는 못하고 겨우 얼굴만 내미는 편이다. 그러니 그는 나를 좋아하지 않을 게 분명하다.

여기까지 생각한 다음 떠오르는 인물이 없다. 아무리 애써봐도

‘나를 좋아하지 않아’를 끝으로 ‘나를 좋아할 거야’라고 여길 사람은 쉽게 떠올라 주지 않는다. 나 역시 ‘나를 좋아할 거야’로 시작했기 때문에 ‘좋아하지 않아’로 끝난다. ‘나를 좋아할 거야’라고 끝낼 수 없을까 궁리하지만 만만치 않다. 때마침 어울리는 변명거리가 떠올라 준다. 나를 좋아하는 사람이 많으면 퍽 피곤하리라는 데 생각이 미친 것이다. 늘 이리저리 그들에게 불려 다녀야겠기 때문이다. 게으른 나는 억지 논리를 내세워 합리화시키며 수긍한다. 그러다가 나는 생각의 방향을 바꾸는 편이 합리적이리라는 생각 쪽으로 기울어진다. 나를 좋아한다, 좋아하지 않는다는 좀 유아적인 발상이다 싶어 ‘나를 염두에 둔다, 아니다’로 바꾸자는데 생각이 미친 것이다. 그러니까 마음이 좀 덜 부담스럽다.

　나의 이런 게으름은 사람들과의 관계에 기인한다. 뭇사람들이 서로 얽혀 만들어 내는 그 수많은 조화들, 도무지 한가로움이 끼어들 여지가 없는 그 번다함을 견디어 내는 일이 벅차기 때문이다. 사람은 제 아무리 근사한 명분이나 논리에 합당한 구실을 내세우더라도 실은 자기 생리에 가장 맞는 방식을 차용하여 살아갈 뿐이다. 분주한 사람은 그 분주함이 썩 즐거워 계속 분주함으로 일관한다. 시종 여일하게 대의명분 안에서 안락을 누리는 사람은 없다. 왜냐하면 사람은 집단 속에서 살아갈 수밖에 없기 때문으로 자신이 속한 각 집단의 이해에 마땅한 처신도 하게 마련이다. 이리도 변화무쌍한 세상에서 나는 감히 게으름을 자청한다.

타이태닉 유감

그 만화책이 어떤 경로를 통해 내 손에까지 들어오게 되었는지는 알 수 없다. 어렸을 때 한 만화책을 읽고 굉장히 충격을 받았던 경험이 있다. 내가 자란 시골에서는 만화책이 흔치 않았었다. 그런데도 어떤 식으로인지 가끔 교실 안 아이들에게는 만화책이 무슨 비밀처럼 돌아가며 읽히곤 했다. 그 만화도 그 중의 한 가지였다. 나는 그 만화책을, 특별히 나한테만 먼저 보여주노라고 은근히 생색을 내며 넌지시 건네주는 어떤 아이한테서 쉬는 시간에 넘겨 받았던 것으로 기억한다. 몇 페이지를 넘기면서부터 그 만화에 완전히 빠져 수업 시간에 한 눈을 팔기까지 했다. 순정만화도 무협류도 아닌, 내가 알고 있던 그 어느 부류에도 속하지 않는 다른 세상의 이야기여서 그랬을까.

'타이태닉'라는 낱말, 어떤 것에 대해 전혀 아무것도 알고 있지 못하면서도 감당할 수 없는 힘으로 엄습해 오는, 그런 거대하고 항거할 길 없는 시원으로부터의 두려움이랄까 하는 느낌을 나는 그 낱말로부터 받았던 것으로 기억된다. 나는 낯선 그 분위기 속으로 사정없이 몰입되어갔다. 내가 최초로 그로테스크라는 한 현상의 기괴한 분위기에 눈을 뜬 것도 아마 그때로부터였으리라.

지금 내 기억에 희미하게 남아 있는 장면이라곤 검고 굵은 선뿐
인데, 그 선이 주는 두려움 때문이었던 듯도 하다. 하나의 커다란
배가 있었다. 오래 전 어느 나라에서 있었던 일이라 했다. 거대한
그 배가 침몰했고 침몰한 후 바다 속에서 그들이 어떻게 했던지,
결코 공포스럽거나 끔찍한 내용이 아니었는데도 나는 그토록 경악
했으니 그 까닭을 모르겠다. 그 이상은 기억하지 못한다. 그럼에도
이상하게 여겨질 정도로 그 만화는 내 바탕을 이루는 하나의 요소
처럼 내게 스며들어 내가 자라고 성인이 된 후에도 알려질 대로
알려진 이 세상에 오직 유일한 처녀지의 의미로 내게 존재해 왔
다. 내겐 어렸을 때 받았던 몇 가지의 어떤 느낌들이 내내 신비한
힘을 지니고 자력을 내보내듯 나를 이끄는 일이 있다.

다른 아이들도 그 만화를 읽었는지 어쨌는지는 잘 모르겠다. 아
마 읽었을 게다. 읽지 않았을 리가 없다. 만화책이 귀하니 내용이
제 맘에 들든 그렇지 않든 읽기는 읽었음이 분명하다. 하지만 그
만화의 내용에 대해서 이러쿵 저러쿵 여느 때처럼 화제거리로 삼
는 아이는 아무도 없었다. 나 혼자 그 만화에 열광하고 혼자 전율
할 뿐이었다. 어째서 그 큰배는 바다 속으로 가라앉았을까. 그때로
서는 절대로 캐낼 수 없던 내막들 때문에 안달이 날 지경이었다.
자란 후에 생각 속을 뒤져 알게된, 이를테면 그 배에 탔던 많은 사
람들의 각각의 내밀한 이야기들과 그 막다른 순간의 절박한 심경
들에 대한 궁금증, 나는 그때 그런 일들에 대한 풀수 없는 호기심
으로 무척이나 가슴이 답답해지곤 했다. 그들은 어떻게 되었을까.

그런데 이상한 건 나는 그들이 죽었으리라곤 생각되질 않는 것
이었다. 바다 속 어디엔가 그들이 우리와는 다른 방식으로 살아있
을 것 같은 신비감을 간직한 채 줄곧 그런 불가항력적인 환상에

빠져 있었다.

그 이후로도 아무도 타이태닉이란 말을 입에 올리는 사람은 없었다. 아니, 그런 이름조차 알고 있지 못했다. 나도 사실은 만화로만 알고 있었다. 실제 있었던 일이라고 만화에 분명히 나와 있었음에도 그랬다.

수년 전 비디오 가게에 갔다가 우연히 내셔널 지오그래픽의 다큐멘터리 시리즈 중 한 편에 시선을 붙잡히고 말았다. 타이태닉호였다. 이게 실제로 내 눈앞에 출현한 건가. 나는 놀라움에 그 자리에 못박힌 듯 서있었다. 꿈에서만 있던 일이 지금 현실로 눈앞에 나타난 일을 두고 달리 어떤 방도를 취할 수 있을까. 그러나 그 느낌은 반가움만은 아니었다. 어딘가 꿈의 한 모퉁이가 떨어져 나가는 허전함 비슷한 것이었다. '악몽에서나 나올 만큼 위협적인 물체, 호황기의 극치에 인류가 만든 가장 거대한 움직이는 물체'라고 칭해졌던 타이태닉호는 1912년 4월 11일 처녀 항해 도중 침몰하고 만다. 아직도 원인은 규명되지 않은 채다. 그 다큐멘터리에서는 대강 그렇게 타이태닉호를 설명하고 있었다.

그러니까 내가 그 만화를 본 것은 대략 1960년대 중반쯤, 사건이 발생하고 반세기가 좀 지난 때였다. 그 사이에 타이태닉호의 침몰 사건에 관심을 가졌던 만화가는 사건을 자신의 작품으로 형상화시켰던 것이다. 그 만화가도 어린 시절 나처럼 타이태닉에 의해 충격을 받았던가 보다. 아마 만화가는 나처럼 만화나 다른 매체를 통해서, 아니면 오래 살아 사건 발생 당시의 뉴스에 접했던지도 모르겠다. 만화가는 어린 시절 받았던 신비한 충격을 오래 간직하고 있다가 자신에게 가장 적절한 방법을 통해 나름대로 궁금증을 풀고자 했을지도 또한 모를 일이다. 그리 오랜 세월이 지났던 게 아니면서도 까마득한 느낌이 들었던 건 그때 내가 어렸기 때문이었을까. 워낙 엄청나고 믿을 수 없는 일이어서였을까. 잘 알 수 없다.

그 비디오를 보고 나서도 타이태닉호에 대한 나의 신비감은 좀 귀가 떨어져 나갔을 뿐 사라지지 않고 여전히 남아 있었다. 녹슨 선체 사이사이로 당시 사고를 당한 사람들의 소지품들이 부유하는 광경은 도무지 그들이 사라져 소멸했다는 느낌을 주지 않았다. 주인은 없고 그들이 지녔던 물건들만 돌아다니는 것보다 더 그들의 부재를, 사라짐을 증거하는 것이 어디 또 있겠는가. 그런데도 내게는 그 점들이 역으로 작용하고 있었다. 아직도 내게는 어릴적 타이태닉에 가졌던 전율에 가까운 호기심이 남아 있었다. 무얼까, 어떻게 된 일일까, 하는 아이나 가질 수 있는 단순한 그러나 극명한 궁금증이었다.

지난 해였다. 내 귀는 별 소용이 없는 것들에 솔깃하길 잘하는 모양이다. 어느 결엔지 내 귀는 타이태닉호에 대한 나의 신비감에 금이 가게 하는 소리를 듣기 시작했다. 아마 그 일에 나처럼 막연하게가 아니라 구체적이고 쓸모 있게 궁금해 왔던 사람들이 의외로 많았던 모양이다. 타이태닉호 사건을 영화로 만들고 있다는 마뜩치 않은 소리였다. 흥행을 노린 상업주의의 발상이겠지만 실제와 거의 유사하게 재현하기 위해 막대한 제작비가 들고 어쩌고 시끌시끌했다. 사람들은 그때서야 웅성웅성 앞다투어 관심을 보이기 시작했고 곧 와글바글 타이태닉을 모르면 세상일에 어두운 치로 취급받을 우려까지 곁들여 아는 척하며 바닷물 소용돌이에 휩싸인 듯했다.

그 얼마 후 영화가 개봉됐으나 나는 그 영화를 보지 않았다. 내가 간직해온 신비감을 상업주의가 그대로 놔둘리가 있을까 저어하

는 소심증에서일 것이다. 속까지 남김없이 까발려져서 좋은 것만
은 아닌 일들이 세상에는 있는 법이다. 나는 타이태닉을 첫대면했
던 어릴적 그 날의 그 가슴 두근거리던 호기심을 그대로 남겨두고
싶었다.

막다른 길

가을색이 완연한 들길을 달리고 있었다. 어디 멀리 가지 않고 가을 단풍에 맘껏 취해볼 데가 없을까 하고 찾아 나선 길이었다.

가을이 온 뒤로 이 근방에서는 생각만큼 아름다운 단풍을 발견할 수가 없었다. 이곳의 단풍은 붉은색이 아주 드물다. 대개가 노랑색으로 만산홍엽이라는 말이 무색하리만치 노랑색 일색이다. 풍광이 수려한 곳은 국립공원이나 주립공원이라는데 내가 사는 지역에서 국립공원을 찾아가기란 미리 장기여행 일정을 염두에 두지 않고서는 불가능한 일이었다.

내가 나선 길에 이르게 된 곳은 그리 멀지 않은 거리에 위치한 주립공원이었다. 숲 가까이 다다랐을 때 몇몇 집들이 포근하게 숲에 둘러싸여 있는 정경이 눈에 들어왔고 집들이 끝나는 곳에서부터 나무들이 더욱 빼곡이 들어서 있었다. 그 나무들의 생김새는 곧고 검은 줄기에 모두 노란 나뭇잎들을 달고 있어 내가 아직껏 본적이 없는 빼어난 균형미를 이루고 있었다. 그 절제된 아름다움에 마음을 빼앗겨 넋을 잃다시피 나도 모르게 자꾸 좁은 길로 들어가게 되었다.

해맑간 가을 햇살이 고루 퍼져가고 있을 즈음, 햇살에 반사된

숲은 마치 촛불이 일제히 밝혀진 거대한 동굴 속에 있는 듯한 느낌을 갖게 했다. 한결같은 노랑색 숲속을 그저 길이 나 있는 대로 천천히 차를 몰아 가는데 그만 막다른 곳에 닿게 되었다. 더 이상 앞으로 나아갈 길이 없었다. 'DEAD END' 라는 표지판이 서있는 그 막다른 지점에서 나는 차를 길 가장자리에 세우고 아연히 숲을 바라보고 있었다.

그 길의 끝은 절벽으로 이어지고 있었고 절벽 아래로는 강이 흐르고 있었다. '여기가 끝이다' 라는 막막한 심정으로 나는 그 자리에 못박힌 듯 서 있을 수밖에 없었다. 가장 아름다운 풍경을 끝으로 길은 끝나고 있었다. 그 길로는 한 발짝도 더 앞으로 나아갈 수 없는 지점, 아름다움이 극에 달한 지점에서 막을 내려야 하는 절박함이 온통 노란 불을 밝힌 듯한 숲 속에서 나를 꼼짝없이 에워쌌다. 그 절박함은 이 지상에서는 결코 이룰 수 없을 듯한 신비하고도 완벽한 상태로 모든 완벽함들은 그렇게 찰나에 경험되어지는 것임을 저릿하게 실감케 했다.

숲 속 어디에도 사람은 보이지 않았다. 모두 이곳까지 왔다가 길이 끝난 것을 알고 돌아나갔으리라. 이따금 토실한 다람쥐들이 윤기 반지르르한 털을 곧추 세우고 나무 사이를 건너뛰며 장난을 치는 모습만 보일 뿐이었다. 숲 속에선 다른 아무 소리도 들려오지 않았다. 그 순간 나는 그냥 그 자리에서 내 삶이 끝나주었으면 하는 생각으로 전율했다. "이대로 여기서 생을 끝내고 싶다" 라는, 짧기는 하되 사무치는 욕구를 우리는 살아가면서 얼마나 겪게 되는 것일까. 자신이 이루고 싶었던 어떤 일을 성취해낸 순간, 사랑하는 사람과의 합일의 경지에서, 혹은 때때로 그렇게 자연과 혼연일체의 상태를 이룰 때, 이율배반적이게도 우리는 살아가면서 제 삶의 가장 완성된 순간에 자신의 삶이 종말을 맞기를 그토록 간절해 한다. 살기 위해 안간힘을 씀에도 불구하고 어느 순간엔 어이없게도 스스로 소멸하기를 갈망하니 우리의 삶이란 얼마나 역설적인지. 아마 가장 농축된 삶의 진수가 바로 아름다움의 완성이기 때문일 게다.

나는 맛에서도 종종 그런 상태를 경험한다. 모든 음식의 맛이 제 본래의 풍미를 완성시키는 최고의 순간이 바로 썩기 직전임을 나는 본능적으로 알아왔다. 내가 안타까이 추구해온 아름다움의 정체, 늘 성에 차지 않아 조바심치게 하면서도 끊임없이 나를 이끌어온 그 끈질긴 추구도 바로 그 썩기 직전의 음식의 맛과 같은 상태였음을 나는 나이를 더해가면서 더욱 선연하게 깨닫는다. 그렇게도 농밀한 극점을 찾아 나는 지금까지 살아온 게 아닐까.

내가 그 숲 속에서 구체적으로 한 일이라곤 아무것도 없었다. 길이 끝난 곳에서 차를 세우고 막막한 나머지 아연해 하다가 한순간 아주 농밀한 아름다움과 함께 절박한 죽음의 유혹을 느꼈을 뿐이다. 바람도 나무들도 공기조차도 모두 정지된 듯 적요에 쌓인 숲 속, 가만히 선 채 나무 사이로 비쳐드는 햇살 속에 나를 맡기고 있자니 시간이 감에 따라 햇살이 내 몸 위에서 조금씩 자리를 옮겨가는 미세한 기척까지 감지되었다. 어찌나 황홀하던지, 마치 유연하고 따뜻한 물줄기가 내 머리와 가슴속을 골고루 덥히며 비누방울을 불듯 차례로 물방울들을 이루어가는 느낌이었다.

그러나 나는 그 순간에 내 삶을 마감하지 않았다. 매번 그럴 때마다 어쩐 일인지 곧바로 회복이 되었고 어렵지 않게 그 순간을 모면해 오곤 했다. 내가 '회복'이라든가 '모면'이라는 말을 쓰는 것은 어쩐지 모순된 느낌을 주는 게 사실이다. 나의 그런 간절한 바램이 거짓인 것처럼도 여겨진다. 어쩌면 비겁이나 삶의 유희 정도로 비쳐질 수도 있다. 스스로 죽음을 택하는 일이 최고선이라는 명분만 분명하다면 말이다. 내가 그렇게 하지 않는 까닭은 아마 그보다는 다음에 다시 맞게될 그와 같은 막다른 순간을 기대하는 힘이 더 크게 작용하기 때문인지도 모른다. 그래서 지금껏 회복과 모면을 거듭해 오고 있는 게 아닌지.

더 이상 나아갈 수 없는 지점까지 이르렀을 때 우린 금방 그 길을 돌아나오거나 어떻게 더 나아갈 방도가 없을까 한참 동안 서성이며 강구해 보거나 하는 자세를 취하게 된다. 드물게는 그 지점이 주는 의미와 가장 잘 어울리는 극단적인 선택 그대로 치닫는 방식도 있을 수 있겠다. 그 방식은 아무래도 내게는 여전히 낯설다. 그러므로 나는 내게 어울리는 편, 다시 말해 내게 편안함을 주는 편을 택한다. 지금의 막다른 길이 결코 이번 한번으로 아주 끝나버리지는 않으리라는 진리를 나는 알고 있기 때문이다. 그 또한 삶이 우리에게 누누히 암시해온 묵계가 아니던가.

손톱 깎기

딱히 할 일도 없고 무료할 때는 손톱을 깎는다. 무료할 때 손톱을 깎는 일만큼 적합한 일도 또 없을 것 같다. 골치 아픈 일이나 해야 할 일이 있는 데도 도무지 잘 풀리지 않을 때 깎을 손톱이라도 있다는 건 참 다행이다. 그마저 없을 때는 그야말로 오리무중 난감하기 이를 데 없다.

어떻게 해야 하지? 혹은, 무얼 하면 좋을까? 하며 일이 손에 잡히지 않고 생각이 풀리지 않을 때, 아참 손톱이 길었지 하는 생각이 떠오르는 순간은 구원에 가까운 안도감을 갖게 한다. 일부러 손톱을 깎으려 하면 그렇게 일스러운데도, 그런 때는 사람의 손톱이 왜 열 개 밖에 안 되는가를 아쉬워할 만큼 마냥 그 일을 계속하고 싶어진다. 열 개의 손톱을 다 깎아 더 깎을 게 없어지면 발톱에도 손을 댄다. 그러고도 심란한 마음이 가시지 않을 때는 손톱 가장자리에 쓸모 없이 붙게 마련인 손톱눈까지도 다 뜯어낸다.

그래서인지 나는 보통 때 손톱을 잘 깎지 않는다. 무슨 일을 하거나 옷을 입고 벗을 때라든가 손에 닿는 물건들이 손톱에 걸려 몹시 불쾌한 느낌이 들어 들여다보면, 길다 못한 손톱이 떨어져 나간 자리가 꺼끌꺼끌해져 있다. 손톱이 갈라졌거나 떨어져 나간

자리의 껄끄러움은 그 부분이 살아있는 살과 손톱에 이어져 있기 때문에 걸리는 순간 아주 유쾌하지 못한 묘한 통증을 느끼게 된다. 그 불쾌함을 당하지 말아야겠다고 후회하면서도 번번히 제때에 손톱을 자르게 되질 않는다. 쓸데없이 풀리지 않는 일을 손톱에게 떠미느라 너무 자주 자르거나 반면에 너무 오랜만에 자르는 습관에 길들여진 것이다.

드디어 마음 붙일 일이 생겼다거나 겨우 골치 아픈 그 일에서 모면할 구실이 나타났다고 쾌재를 부르며 손톱을 자르기 시작한다. 바싹 마른 손톱은 딱딱 소리를 내며 튕겨져 아무데로나 가서 떨어진다. 손톱깎이가 깎고자 하는 자리에 닿으면 마른 손톱은 으레 깎고자 했던 자리보다 더 앞엣 부분까지 금이 가게 한다. 금은 늘 더 깊게 나게 마련이어서 그만큼 들여 깎다 보면 손톱은 깊게 파이고 그렇게 깎은 후엔 손톱 밑이 아려서 며칠간 거북하게 지내기 일쑤다. 몸의 어디에 큰 상처가 난 것도 아니면서 늘 고만한 생채기나 티끌들은 여간 몸을 성가시게 하는 게 아니다. 물건이 그 부위에 닿을 때마다 그 유쾌하지 못한 느낌을 또 겪어야 하는데, 그런 촉각의 불쾌함의 정도는 아마 청각에 있어서는 스트로폼이나 어떤 물체가 다른 물체와 마찰될 때 내는 그 날카로운 소리와 같다 하겠다.

그런 거북함을 면하려면 적당한 때를 잡아 손톱을 잘라야 한다. 목욕을 한 후라든가 물기가 알맞게 배어있을 때 자르게 되면 쓸데없이 하찮은 일로 성가신 꼴을 당하지 않아도 좋기 때문이다. 그걸 모르지 않으면서도 나는 툭하면 할 일 없이 마른 손톱을 자르곤 매번 성가셔하며 후회한다.

지난 달 고추모종을 몇 뿌리 사왔다. 늦봄부터 집 앞 공원에 장이 열리고 있다. 매주 이틀씩 농부들이 직접 가꾼 농산물을 가져와서 파는 '농부들의 시장'이다. 어떻게 모를 내고 키워야겠다는 아무런 계획도 없이 반가움으로만 산 모종을 집에 들고 오며 내내 흥겨웠다. 그러나 집에 와서는 사는 일만 내 몫인 듯 베란다에 내놓고 한번 흐뭇하게 웃어주곤 그만이었다. 모를 낼 큰 화분이나 하다 못해 스트로폼 상자라거나 하는 걸 하나도 준비하지 않았던 것이다. 당장 플라스틱 통이라도 사와야겠다던 생각은, 이따가 나가서 사와야지 하다가 깜빡 잊고 들어오고, 다음 쇼핑할 일이 있을 때 사오지 뭐 하면서 자꾸 뒤로 미루어졌다. 그러다가 아예 고추모종의 존재를 잊어버렸다.

며칠 지나 하루는 불현듯 생각이 미쳐서 베란다에 나가보니 따가운 햇빛과 바싹 말라붙은 흙 속에서 고추 모종들이 노랗게 뜬채 죽어가고 있었다. 시들어 바랜 잎하며 늘어진 가지로 보아 도저히 꽃을 피우고 열매를 맺고 정말로 그것들이 풋고추가 되어 내 손에 이르게 되는 일은 일어날 수 없을 것 같았다. 그 와중에서도 한 모는 흰 꽃을 피웠는데 참 신통한 노릇이었다. 고추꽃이 그렇게 귀여운 줄은 또 그때 처음 알았다. 그러나 그 길로 버리기도 안타까웠다. 사오며 흐뭇해하였던 마음에 값하는 응분의 무슨 보답이라도 있어야 할 것처럼 마음이 미진했다.

서둘러 길다란 플라스틱 화분을 사와 고추모종들을 옮겨 심었다. 노랗게 시든 모는 살 것 같지도 않았지만 그래도 내 성의는 보이고 싶어 그렇게 했다. 그거 죽을 게 뻔한 데 뭐하러 모를 내느냐고 옆에서 참견도 했지만 나는 고집을 피웠다. 이상한 데서 내 고집은 발동을 한다. 주로 아무 실용성이 없는 일들에 대한 집착이다. 공연히 마음을 쏟는 것이다. 안될 게 뻔한데 얼마나 어리석은 짓인지, 나도 그러는 내가 매번 딱하다. 실제에 유용한 고집을 제때에 부릴 줄을 모르고 늘 아무짝에도 쓸모 없는 데에 마음을 쏟고는 그것에 매달리곤 한다. 제 때를 알아 확신 있게 처리하는 법을 모르고 마냥 마음가는 곳만을 추구하는 버릇이다.

글쓰기에 대한 나의 자세도 다르지 않았다. 그냥 마음속에 꼭 품고 꿈만 꾸면 되는 줄 알았다. 어디 그게 될 성싶은 얘기인가. 뜻하지 않은 빛나는 순간이 어느 날 내 앞에 척 나타나서 나를 번쩍 들어올려 꿈꾸던 그 곳으로 데려가 줄줄만 알다니. 말갛게 개인 현존들이 섬광처럼 잠깐씩 내게 비쳐들 때가 있었지만 번번히 나는 그것들을 놓쳐버리고 말았다. 어떤 때는 물에 발을 덥석 들여놓고는 물이 깊을까 두려워하며 헤엄처 나가지도, 돌아 나가지도 못하고 물살에 휘둘리고만 있는 형국이었다. 구체적이고 현실적인 행동을 취하는 일에 무디고 어리숙한 탓이었다. 그리고는 내가 처해 있는 테두리가 빠져나올 수 없는 뻘만 같다고 지레 주저앉아버리고는 했었다.

모를 낸 후 큰 기대 없이 며칠을 지켜보며 틈틈이 보살폈더니 희한하게도 거짓말처럼 고추모종 중 두 뿌리가 살아났다. 오로지 내 정성으로만 살아난 것같이 흡족했다. 어쩐 일인지 알 수 없었다. 줄기와 잎은 시름시름해도 뿌리는 살아있더니 그 뿌리가 내 사정을 헤아리고 다시 용을 써서 간신히 뿌리를 내렸나 보다.

적절한 때를 놓쳐 늦자라난 생명들이 다 그렇듯 여물지 못하고 엉성한 모양새지만 그런대로 생명을 부지할 힘은 숨겨져 있게 마련인가. 다시 살아난 고추모는 소리 없이 흰꽃들을 떨구고 지금은 연녹색의 올망졸망한 고추를 맺고 있다.

보통 사람의 분노

습관적으로 저녁 식사 후에는 TV를 본다. 주로 아이들이 즐겨 보는 만화들인데 재미도 있거니와 다른 프로에 비해 영어 발음이 명확해서 이해하기 쉽기 때문이기도 하다. 주인공의 허풍스런 행동거지가 마음을 확 풀리게 하는 만화 <쟈니 브라보>를 보다가 불현듯 생각이 떠올랐다. 얼마 전부터 예고해 왔던 프로그램의 방영 날짜가 지난 것을 알게 된 것이었다. 그것도 까맣게 잊고 있다가 쟈니 브라보와 어머니의 날을 앞두고 선물을 마련하기 위해 레모네이드를 만들어 파는 어린 여자아이와의 대화를 듣다가 생각이 미쳤다. 미해결 사건특집이었는데 꼭 봐두고 싶은 프로여서 여간 애석하지 않았다. 한편 약이 오르기도 했다.

TV를 보고 있자면 정규 프로그램 외에 다른 프로그램의 예고가 있게 마련이다. 얼마나 공을 들였으며, 어떤 유명인들이 출연하는지, 그 프로그램을 제작하기까지의 과정도 슬쩍 보여주며 시청자의 호기심을 부추긴다. 나는 그 예고 프로그램의 날짜를 볼 때마다 문득문득 부아가 나곤 한다. 그 날짜들이 지금 내가 보고 있는 시간보다 훨씬 뒤여서 보통은 한 두 주일, 길면 몇 달 후의 예고까지도 만날 수 있다. 예고 프로그램을 보고 호기심이 생겨 날짜를 짚어보면 앞으로도 몇 주일이나 남아있게 마련이다.

　공식행사 일정이나 개인의 기념일의 경우도 마찬가지다. 그 때의 기다림은 즐거움임이 분명하다. 기다리는 일이 즐거운 일임을 매일매일 실감한다. 그러나 기다리노라면 시간이 동강나서 뭉텅이로 사라져 버린다. 게다가 실컷 기다리다가 그 기다리는 기간이 너무 길어 그만 깜빡 잊고 지나쳤을 때는 시간을 도둑맞은 것 같아 여간 약이 오르는 게 아니다. 약이 오르기도 하거니와 프로그램을 만드는 이들이나 그 프로그램의 예고를 기획하는 이들, 그리고 그런 흐름이 자연스러워진 현대 사회의 모든 구조까지도 원망스러워진다. 더 구체적으로 말하자면 방송의 생명처럼 되어있는 앞서 알리기에 대해 시청자로 하여금 추종하게끔 세뇌시키는 치밀한 방식에 짜증이 치민다.

　그렇게 빨리 시간을 당겨 살아서 어쩌자는 것인지 불쑥 화가 치밀고 나날의 삶에 연연해 하는 나같이 하찮은 존재와 달리 그들이 마치 삶의 저편에서 초연하게 나를 굽어보는 것 같아 조바심치게도 된다. 심하게는 그들은 자신의 삶에 대한 애착은 물론 타인의 삶에 대한 연민도 없는 걸까 하는 회의마저 갖게 된다.

　거의 모든 분야가 현재보다 앞서 가는 모습을 보여주기 위한 치열한 경쟁에서 몸부림을 치고 있다. 이전엔 잡지들이 특히 그런 경향의 극단을 보였었는데 심하게는 한달 반씩이나 미리 다음 호를 제작 판매하는 경우도 있었다. 첨단 과학이나 기술분야에 있어서는 미래를 내다보고 미리 앞서가는 일이 궁극의 목표일 수도 있겠다. 우리는 그를 일러 발전이라 치하해 마지 않는다.

　가령 암치료에 획기적인 치료 효과를 가져올 어떤 약을 어느 연구팀이 개발했다는 뉴스에 접했다고 하자. 우리는 그 일이 생명과 직접 관계되는 일이므로 한껏 기대를 모은다. 그 어느 누구도 살아있는 한은 생명과 관계된 일에서 초연할 수 없으므로 기대를 모으지 않을 수 없다. 그런데 그 다음에 이어지는 말이 듣는 이를 맥빠지게 한다. 그 약이 보급되는 시기는 적어도 향후 몇 년 후가 되리라고 덧붙이는 말 때문이다. 어쩌면 현재 그 병으로 고통받는 환자나 가족에게는 변죽을 울리는 일로 여겨질 법하다. 그 소식에 접함으로써 오히려 그들은 삶이 공허하게 느껴지지 않을까. 자신이 세상을 떠난 후에라도 명약이 보급되어 자신처럼 그 병으로 죽어가는 이가 없게 될 일을 다행으로 여기는 갸륵한 박애주의자도 물론 있을 수 있겠다. 그러나 보통 사람에게 있어서 자신이 떠난 이후의 세상이 더 화목하고 더 즐거우리라는 상상처럼 안타까운 일은 또 없을 줄 안다.

그런 맥락에서 나는 예약문화라는 것 역시 별로 탐탁치 않게 생각한다. 거대한 조직이 윤활하게 돌아가기 위해 생겨난 제도인 줄은 알지만 몇 달 후의 삶까지 꼼짝없이 저당 잡히는 듯한 느낌을 지울 수가 없다. 그 제도의 원활한 진행 여부로 선진국인지 아닌지가 판가름난다는 데야 나도 어쩔 수 없이 내 나라를 선진국의 대열로 이끄는 다수에 동참하느라 허우적대고는 있지만 사실 나는 그렇게 사는 방식이 꺼림칙하다. 그런 식으로 모든 사회구조가 톱니처럼 빈틈없이 돌아가고 있다는 일에 유독 마음이 쓰이는 날이 있다. 그 구성 요소 중에 한몫 끼어 안간힘을 쓰는 내 모습이 생생하게 부상하게 되면 나는 그만 그 탱탱한 이음쇠를 탁 놓아버리고 싶다.

예고 또는 예약문화라는 것은 어쩌면 어리석은 보통 사람에게는 영원히 살 것으로 잠깐씩 눈속임하는 미혹인지도 모른다. 각 프로

그램이나 공식적인 행사 예고를 접하며 우리는 앞날에 시간의 함
정이 어떤 배수의 진을 치고 있는 줄 깜빡 잊게 된다. 그래서 덮
어놓고 우선 그 날을 기다리고 보는 것이다. 남아있는 날의 아득
함에만 정신이 팔려 스스로의 삶을 갉아먹히우고 있는 일에 눈돌
리지 못한다. 드디어 그 날이 다가오고 기다려마지 않았던 그 일
을 겪고는 우리는 그동안 시간의 계략에 감쪽같이 속아넘어갔음을
깨닫게 된다.

종말의 참담한 느낌과 함께 패배를 인정해야 하는 순간을 맞게
되는 것이다. 그 일로 시간을 좀먹혀 왔음을, 기다림 속에 숨어있
는 시간의 계략에 번번히 속아왔음을 깨달으며 우리는 허탈해 한
다. 그러나 그것은 한번으로 끝나지 않는다. 우리는 그때의 참담함
을 잊은 채 또다시 다음의 계략에 속아넘어가게 된다. 그러면서도
그 기다림과 패배의 연속이 바로 삶이라는 것 또한 모르지 않는다.

나에게도 오래된 버릇이 한 가지 있다. 시계를 제시간보다 십분
정도 빠르게 맞춰 놓는 버릇이다. 학창시절부터 생겨난 버릇인데
제시간에 맞춰져 있는 시계를 보면 도무지 마음이 놓이지 않아서
였다. 우선 그 버릇부터 고치는 길이 내가 그 모든 앞서가는 흐름
으로부터 자유로와지는 길이 아닐까 곰곰이 짚어봐야겠다.

표정

　　공원 주차장, 기다리는 사람이 아직 오지 않는다. 바로 옆 잔디
밭의 떨기나무들이 갈빛과 붉은 잎들로 부얼부얼하다. 눈을 온통
덮는 털을 가진 강아지 얼굴 같기도 하고 누가 일부러 삼태기 가
득 나뭇잎을 담아와 한꺼번에 쏟아놓은 것 같기도 하다.

　　룸미러로 보여지는 연못 가장자리에 볕이 모여있다. 볕은 한결
시든 기색이다. 연못물에 시든 볕이 반사되어 바람이 일으킨 파문
에 황금색 빛이 튕긴다.

　　십여 미터 앞의 좌회전 차선은 빨간 신호중이다. 엔진소리가 요
란한 흰 차가 돌진할 듯한 기세로 정지한다. 노란 야구모자를 돌
려쓴 흑인이 타고 있다. 연신 한 손으로 핸들을 두들기며 무슨 음
악인지에 박자를 맞추던 그가 코를 후비고 있을 때, 매끈한 왼쪽
팔이 열린 창턱에 얹힌 빨간 차가 소리도 없이 다가와 멎는다. 긴
금발머리의 어린 옆 얼굴이다. 횡단보도 앞으로는 손을 꼭 잡은
고전적인 풍경의 젊은 한 쌍이 걸어온다. 그들은 서로 한번 마주
보고 생긋 웃더니 횡단보도를 건넌다. 그들의 호리한 뒷모습에 이
어 곧 백발이 가지런한 노인의 회색 차가 왔고 그 뒤를 감색 차가
뒤따라 정지했다.

감색의 길쭉한 차안에 두 남자가 타고 있다. 운전석 옆의 남자가 운전석의 남자에게 뭐라고 말한다. 운전석의 남자가 손을 입 주위로 가져간다. 그리고는 입 주위를 쓰윽 훑는다. 운전석의 남자를 유심히 바라본 운전석 옆의 남자가 운전석 남자의 입 주위로 자신의 손을 가져간다. 기꺼이 하는 몸짓임이 역력하다. 바로 전 무얼 먹고 나선 길이었나. 그때 운전석의 남자가 그 손을 밀쳐낸다. 몹시 신경질적인 몸짓이다. 자존심에 생채기가 살짝 났거나 칠칠치 못한 스스로에게 짜증이 났나 보다. 자존심이란 사소한 일일수록 민감하며 나서길 즐겨한다.

두 사람은 친밀한 사이임에 틀림없다. 운전석의 남자가 금세 고개를 빼어 룸미러를 기웃거리며 입 주위를 꼼꼼히 문지른다. 그때 신호가 바뀐다. 그들의 차가 활테를 그리며 유려히 회전하고 있을 때 양손에 아령을 움켜쥔 한 여자가 행진곡에 맞춘 듯한 보폭으로 측면 횡단보도에 들어섰다. 그 바람에 그가 룸미러에 이마를 찧는다. 그 때 옆자리의 남자가 운전석의 남자를 한번 흘끔 쳐다본다.

모든 차가 시야에서 사라졌다. 잠시동안 아무 차도 지나지 않는다. 신호등만 저 혼자 빨강, 노랑, 초록으로 차례를 바꾼다.

지난 여름, 한 세기의 마지막 여름인 탓인가 내 생전 처음 당한 폭염에 몸둘 바 없는 경황 중이었다. 식구들이 모두 피난 보따리를 꾸리듯 책가방을 쌌다. 폭염에 이기는 길은 피서로 항복하는 방법뿐이라는 결단을 내린 끝이었다. 식구들의 표정이 상기되다 못해 단호하기까지 했다.

집을 등질 각오를 다진 첫날은 이곳에서 처음 버스를 타본 날이기도 하다. 갖가지가 다 별스럽다. 대학에서 운영하는 캠버스이므로 무임승차할 수 있는 점이나 버스 안 머리 높이에 연결된 줄을

당겨 내리겠다는 신호를 보내는 방법은 그렇다치더라도, 앞문으로
타고 뒷문으로 내리는 건 왜 또 구경거리가 되는지 나는 별걸 다
새삼스럽게 여긴다.

　버스 노선표를 지니고는 있지만 노선표에 나와있는 정류소와 실
제 정류소를 일치시킬 수 없는 게 난제다. 노선표의 정류소와 실
제 정류소의 대조는 반드시 그 정류소를 지나치면서 이루어지는
식이다.

　우리가 내려야 할 곳은 시내 중심가인데 그 어름에서 버스가 예
상치 않은 길로 들어서기 시작했다. 서울에서라면 그 당장 분연히
앞으로 나아가 어디로 가는 거냐고 운전기사에게 따졌겠으나 여기
는 서울이 아님을 나는 너무 잘 알려고 든다. 나는 서울에서의 버
릇을 꾸욱 눌러 재우며 무척이나 점잔을 뺀다. 속으로는 생판 모
르는 데다 우리를 떨어뜨려 놓으면 어쩌나 하여 노심초사가 이만
저만 아니다. 그 노심초사를 내색하지 않아야 하는 대상은 버스
안에 너무나 많다. 옆자리, 뒷자리 사람들이며 운전 기사, 무엇보
다 아이들. 아이들이 불안하여 나를 못미더워해서는 안될 일이잖
은가. 내색하지 않으려니 그 고초는 또 얼마인지. 다음 정류소에
내리면 되겠지. 그런데 그 다음 정류소라는 데가 정류소간의 평균
치 거리와 하등 상관없다는 듯 먼 거리다. 나는 속으로 끓는 심화
를 달래느라 여념이 없다. 하다 안되면 내려서 반대편 버스로 갈
아타면 되지 뭐. 걱정할 게 뭐 있다구.

　정류소를 한번 지났을까, 버스 안에 남아있던 사람들이 모두 내
려버린다. 한 사람만이라도 남아주길 기대했던 나는 배신감에 갑
자기 서글퍼진다. 그들은 뒤도 돌아보지 않고 바삐 각자의 갈 길
로 가버린다. 갑자기 막막한 외로움이 몰려든다. 나 혼자 따돌림당

하는 것 같다. 그렇다고 운전기사에게 따져볼 주변머리는 없다. 에라. 이젠 할 수 없다. 회차지점까지 가는 거다.

회차지점은 한적한 공원 옆이다. 운전기사가 우리를 돌아본다. 버스를 잘못 탔느냐고 걱정을 담은 표정으로 물어온다. 이때 나는 그에게 어떤 표정을 보여야 하는지 잘 깨닫는다. 시인하며 당황하는 표정이 내 얄팍한 자존심에 생채기를 내리라는 예감에 얼른 점수를 주어 버린다. 결정은 순식간에 이루어진다. 나는 그에 대한 대답을 생략한 채 웃음을 띄우며 표정에 여유를 잔뜩 흘린다. 그런데 여기서 얼마나 기다려야 하느냐고 묻기까지 하면서. 운전기사는 도움을 베풀려던 그의 걱정 담긴 표정이 거부당했음을 깨닫고 적잖이 실망스러워하며 얼른 이상하다는 표정을 건져 올린다. 그러나 나는 지지 않고 좀전의 표정을 계속 유지하여 가장 유연한 동작으로 아이들을 향해 고개를 돌리며 이렇게 말한다.

"꼭 여행하는 기분이다. 그렇지 않니?"

파란 도시락 가방을 든 사람

해질 무렵, 부연 저녁 공기가 잔디 위에 서서히 가라앉아 시선 끝에 부드러움이 묻어나고 지저귀어대던 온갖 새들도 잠잠해져 있었다. 바야흐로 떡갈나무 꺼칠한 줄기마다 도드라진 순들이 트여 술을 늘어뜨릴 채비를 하는 때, 봄이 주저하며 다가섰던 즈음이었다.

노란 캠버스가 무른 땅을 다지듯 진득이 다가와 멎었다. 종일 나름의 성취를 위해 진력했던 지친 몸들이 흩어진 머리를 털며 버스에서 빠져 나오고 있었다. 하루의 고비를 거쳐온 고단한 몸들이 저녁 해를 등에 얹고 아늑한 집으로 향하는 시간이었다. 집집마다에서 새어나온 저녁 짓는 냄새가, 차분히 고여있는 저녁 공기와 정겹게 어울어지며 각자 그 냄새를 반길 주인을 기다릴 것이었다.

옷매무새도 가지가지, 아직 투박한 겨울 옷차림의 웅크린 모습이 있는가 하면 앞지른 엷은 옷 탓에 버스 밖으로 나오며 갑자기 닥친 해질녘 한기에 놀라 오스스 몸을 떠는 모습도 있다. 갖가지 매무새의 어깨에는 각기 다른 그들만의 세월이 지워져 있다. 그들은 약자여서 짊어져야 하는 가난과 서로 다른 이념으로 인한 분열의 아픔들로 점철된 역사의 후손들이다. 그러나 그들 모두의 오직 한결같은 바램은 이렇듯 저녁놀을 등에 얹고 아늑한 둥지로 돌아오는 일이었으리라.

　몇 사람을 그들의 아늑한 터로 이끌어온 버스는 한결 거뿐해진 뒷모습을 보이며 서서히 움직이기 시작했다. 나는 마악 꽃잎을 오am리고 있는 민들레들을 훑어보며 쓰레기를 버리기 위해 걸음을 옮기고 있었다. 곧 커브길이 나올 터이므로 버스는 아직 속력을 낼 필요가 없었다. 나는 커다란 컨테이너의 투입구를 겨냥하여 들고있던 쓰레기를 정확히 던져넣으며 돌아섰다. 그때 버스가 제 노란 동체를 거두어 가며 한 사람의 모습을 엇비껴 드러나게 했다. 순간 그 사람에게서 파란빛이 어른거렸다.

　일종의 환기 장치였을까. 파란빛을 대한 찰나의 느낌은 상서로와 오히려 가슴 철렁한 무엇이었다. 그 사람에게서 번져 나온 파란빛의 정체는 도시락 가방이었다. 한쪽 어깨에 책가방을 멘 그 사람의 한쪽 손에는 따로 파란색 도시락 가방이 들려 있었다. 그 사람은 곧장 앞을 향해 곧은 걸음을 옮기고 있다. 걸음을 옮김에 따라 그 파란빛이 옆을 스쳐가는 다른 사람이나 주차해 있는 자동차들에 가려졌다가 드러나곤 했다. 나도 모르게 '참 아름답다' 라는 말이 새어 나왔다. 그러자 그 말이 모든 군더더기를 가려내어 정수만을 떠올린 듯 내 안으로 고즈넉히 들어오더니 갑자기 세상이 환해지며 생기를 띄기 시작했다. 한참 동안 나는 그 파란빛에 붙들린 채 무엇이든 다시 꿈꾸어도 민망하지 않을 것 같은 희열에 싸여 그 자리에서 꼼짝도 하지 못했다.

　이미 물러간 젊음이 그 사람에게서 어른거리는 파란빛으로부터 반사되고 있었다. 그 잠시간에, 투명하여 일체의 불순을 용납할 수 없었던 치열한 젊음들이 한데 밀려들며 모골이 송연하도록 나를 그리움에 사무치게 했다. 세월을 관통해온 숱한 젊음들의 그 정체

모를 분노와 무모하리만치 열광했던 변혁에의 의지들마저도 그 순간엔 오직 그리움으로만 생생했다. 붉은색을 떼어놓고 생각할 수 없는 혁명이란 이름은 어찌 그리 지독한 매력을 지녔던지.

한 길을 보고 걷는 사람, 한 눈을 파는 사람, 그들 속에서 어떤 삶의 단편들이 들끓으며 화해를 모색하고 있는지는 아무도 모른다. 우리는 그저 그 사람에게서 배어 나오는 기운으로 짐작하고 가늠할 뿐이다. 파란 도시락 가방을 든 사람에게서 배어 나온 어떤 기운이 나로 하여금 '역시 삶은 아름답다' 라는 생각에 머물게 했는지 확연히 알 수는 없다. 타인의 이목에 연연하지 않은 곧은 자세였을까. 단정하며 설치지 않는 변혁을 꿈꾸어 왔을 그 사람의 유년에까지 생각이 미치었음일까.

영원한 생명력을 지닌 변혁이란 인공에 의한 뒤엎음 보다 서서히 모양을 바꾸어 가는 어떤 것이리라. 마치 아메바가 이동하듯. 한 생명이 그 다음 세대로 이어지듯 그렇게 자연스러운 현상이어야 하리라 믿어진다. 아마 나는 그 사람의 모습에서 온건하고 온전한 변혁을 꿈꾸는 기운을 감지했던가 보다. 그 어떤 왁자한 구호나 솔깃한 부추김보다 성숙한 경지의 자리 옮김이란 그와 같은 자연스러움이지 않겠는가.

뒷모습을 보이며 각자에 어울리는 걸음으로 집으로 향하고 있는 다른 사람들을 둘러보았다. 아무도 그 사람 같은 도시락 가방을 든 사람이 없었다. 붉은 색도, 검은 색도, 아무 색도 아닌 색조차도 없었다. 그 사람은 길 저 켠에서 점점 멀어져 가고 나는 길 이 켠에 선 채 그 사람이 불러일으킨 우리 모두의 젊었던 날을 서성이고 있었다. 서쪽 하늘이 점점 더 붉어져 왔다. 한참을 서서 그 사람이 간 길과 저녁해 기우는 하늘을 바라보았다.

　그가 행여 이쪽을 돌아볼까 지레 주춤거리는 사이 그 사람은 그 곧은 걸음으로 곧장 어느 아파트 입구로 사라졌다. 그 사람이 들어간 네모난 입구에서 다시 파란빛이 어른거렸다. 고여있던 각각의 음식 냄새 중 정겹고 익숙한 어떤 냄새에 그 사람은 곧바로 감싸였을 터이다. 나는 그렇게 짐작하며 흐뭇해져 이젠 완전히 입을 다문 민들레들을 일별하는 것으로 저녁 인사를 대신하고 내 아파트 네모난 입구로 들어섰다. 들어서며 나는 지금 내 아파트 입구에서 어떤 빛이라도 어른거렸을까를 생각하고 있었다.

지구는 역시 둥글다

어디든 곧은 길이 끝도 없이 이어진다. 떠오르는 해의 장엄한 빛살을 후광처럼 두르거나 기울어가는 노을의 고즈넉함에 감싸이거나 언제든 그 길 위에 있다 보면 확연히 다가오는 깨달음에 온몸이 희열로 전율한다.

어떤 길로 나서든 나는 지구의 한 가운데에 있어 둥근 지평선에 에워싸였다. 지구가 역시 둥글다! 희열에 겨워 터져 나온 나의 탄성에 곁에 있던 사람들이 좀 덜 된 사람을 바라보듯 의아한 시선으로 무안을 준다. 자명한 사실을 두고 웬 호들갑이냐는 의미겠다.

지구는 둥글다. 이 명백한 눈앞의 사실을 두고 어찌 한 시대의 사람들은 지구가 네모라 주장했을까. 네모이기 때문에 끝에 달하면 추락하리라는 어딘지 계시적인 논리. 한때 부인을 허용치 않던 믿음도 확고부동으로 밝혀진 진실 앞에서는 한갓 우화로 치부되기도 한다.

지평선의 끝에 다다랐을까 싶으면 다시 둥근 지평선이 그대로 눈 앞에 광활히 펼쳐진다. 미서부로 향한 길, 여행에 무슨 목표와 구실이 있을까마는 여행길에 나선 까닭 전부가 둥근 지평선의 한 가운데 있는 그 일의 확인이었던 듯 나는 사뭇 느꺼웠다.

이따금 도시에 접어들어 그 둥근 지평선에 홈이 가기도 했다. 그때부터 지평선은 뾰족탑이 되었다가 단단한 네모로 경계를 짓거나 하며 완만한 원형에 흠집을 내곤 했다. 지평선을 가로막는 각각의 형체들을 등지고 나면 다시 온전한 지평선이 마주 다가왔다.

얼마를 달리고 있었을까. 가없는 하늘과 사막의 벌판 가운데로부터 나는 점점 높이 오르고 있었다. 앞서거니 뒤서거니 하는 풍경들 틈틈이 언뜻언뜻 내비치는 협곡의 단편들. 그 심상치 않은 형상으로 인해 마음이 조마조마한 중에 마침내 유타와 콜로라도의 경계에 위치한 캐년, 하퍼스 코너에 당도했다.

사막은 모든 자연현상 중 가장 다양하게 땅의 생애를 새긴 광막한 터다. 장구한 세월 동안 바람과 강물의 흐름만으로 그리도 오묘하고 무변 광대한 형상을 이루어 놓다니. 관망대 천길 낭떠러지 아래에 펼쳐진 광경의 믿을 수 없는 섬뜩함. 목도한 순간 나로 하여금 비명을 삼키지 않을 수 없게 한 그 섬뜩함의 실체란 신기(神祇)의 조화로 가득한 자연의 위력 아닌 그 무엇이었으랴. 차안과 피안, 현실과 꿈속의 그 모든 경계를 지우며 생멸의 의미 가늠조차 덧없어지는 지점, 하퍼스 코너는 붉은 색과 누르고 검은 색의 흙이 퇴적되어 유현한 층을 이룬 협곡 사이로 꿈틀거리는 물줄기가 선명한 흰색의 골을 드러내고 있었다.

다른 차원의 세계에 있음인가, 혼몽 중에도 그렇지 않고서야 어찌 이 같은 상상에도 없던 공간이 존재하느냐고 나는 거기 서있는 나를 의아해 했다. 내가 나로부터 분리되어 저 광막한 낭떠러지를 부유하며 다른 차원의 어느 기운 속으로 한데 감싸이는 느낌, 나는 차츰 여럿으로 나뉘고 흩어지더니 곧 아무 곳에도 없게 되었다.

시공의 구분이 있었던가. 나는 이제 아무런 간격도 느낄 수 없

으며 너무도 친근하게 그 광막함의 일부가 되어가고 있었다. 삶의
편린들에 대한 집착, 시간과 신과의 대결조차 서슴치 않으려는 무
모함, 그 모든 어리석음들이 낭떠러지 협곡을 떠도는 바람의 거스
를 수 없는 이끌림에 의해 산산히 녹아들고 있었다.

애초 이 광활한 대지에 인디언이 활거했을 터이다. 그들은 이방
을 넘보는 만용이나 자연의 질서를 거스르는 법 없이 자연의 위력
앞에 다만 순응했으리라. 문명이란 샘이 많고 참을성이 없는 데다
호전적이기까지 하다. 문명의 횡포에 의해 왜소한 삶을 이어가게
된 인디언들이야말로 이 대지의 진정한 주인이었음에 뭉클한 감동
으로 숙연해진다. 문명을 등에 업은 정복자들은 비록 땅은 빼앗을
수 있었을지언정 온 천지에 새겨진 그들의 정기는 지울 수 없었으
리라.

이 웅대한 터를 종횡무진 했었을 인디언들은 얼마나 어마어마한
정신을 간직한 것일까. 헤아릴 길 없어라. 사막을 가로지르는 바람
결에 그들의 서러운 노래가 실려오는 듯하다.

나는 줄곧 사막에 있다. 나는 어찌 사막에는 아무 것도 없다는
생각을 꿰차고 있었을까. 사막에는 모든 것이 다 있었다. 내가 애
써 구하려 하던 그 아슴한 생의 의미와 아득한 우주의 섭리, 견디
어 내며 살아야 하는 모든 생애의 근원 모를 설움이. 그렇게 사막
은 우리의 생 전체를 담고 있었다.

그곳에 이르기 전까지만 해도 나는 어떤 아집에 바둥거리고 있
었다. 타인으로 인해 다시는 나를 훼손당하지 않으리라는 일종의
피해의식이었다. 훼손당하지 않겠다는 다짐은 견고한 방어를 전제
로 한다. 사막은 나에게 그 모두를 거두고 가라 한다. 못내 놓지
못하고 붙안는 나에게 모두 훌훌 떨치고 홀가분히 돌아가라 자꾸

이른다.

　나는 어찌 이 세기에 나서 그 사막에 설 수 있었던가. 그 어찌다 내게 닥친 행운이야말로 나를 감싸고 있는 알 수 없는 기운의 이끎이지 않았을까. 이곳에 설 수 있는 날이 아마 이 세기에는 다시 없으리라는 안타까움과 함께 나는 하퍼스 코너를 등뒤로 했다. 다시 길 위로 들기 위해.

　나는 길의 도중에 있다. 내가 어디로 향하고 있든 나는 결코 길의 끝에 있지 않다. 길은 다시 이어지고 가물거리는 소실점으로 내게 끝없이 그 길 위에 있기를 이끌 것이며 나 역시 여전히 길 위에 남아있을 터이다. 왜냐하면 지구는 변함 없이 둥근 까닭이다.

투명한 溫和優美의 향토서정

黃 松 文(시인·선문대 교수)

수필에서 품위를 중요시하는 까닭은 지은이의 모든 내용이 적나라하게 노출되기 때문이다. 만일 천박한 말, 거친 말로 수필이 이루어진 경우라면 이는 작자의 좋지 않은 인상이 독자에게 전해지기 때문에 역효과로 나타나기 마련이다. 작자가 독자에게 좋지 않은 인상이 심어진다면 차라리 글을 쓰지 않는 편만 못할 것이다.

그래서 수필을 가리켜 심적 나상(心的裸像)이라 한다. 마음의 옷을 벗는다는 얘기다. 이 말은 투명성을 중시하는 말이다. 어떤 가식이나 엄살이 없이 진실을 진솔하게 표현하는 데에서 수필의 수필다운 묘미가 살아나게 된다.

좋은 수필을 쓰기 위해서는 우선 좋은 사람이 되어야 한다는 지론이 통용되는데, 이것은 좋은 옷(의상)을 지으려면 우선 좋은 천이 있어야 된다는 말로 바꾸어도 좋을 것이다. 우선 좋은 천을 가지고 균형과 조화로운 디자인을 하고 재봉 일을 하되 보기에 품위 있고, 입기에 편해야 할 것이다.

이채원의 수필은 우선 고운 천처럼 품위가 있다. 그의 수필은 시골의 큰집에서 생장하는 동심의 시선에서 말미암는다. 호기심 많은 동심의 눈에 비치는 온갖 사물들에서 프리즘의 빛깔이 굴절한다. 그 천연색 프리즘처럼 다양한 무늬를 이룬다.

그의 아이처럼 천진한 시선은 향토적 생활문화를 놓치지 않는다.「빨래」,「수수팥단지」,「콩나물시루」,「목화솜이불」,「다리미질」,「바가지」,「우거지찌개」,「놋대야 다섯 벌」등 수필의 제목들만 보아도 토속적 사물에 대한 인식의 정도라든지, 유사안식(類似眼識)이 높은 것을 짐작하기에 어렵지 않을 것이다.

그의 수필 가운데 가장 관심을 끄는 작품은「빨래」가 아닌가 한다.「빨래」는 향토정서를 머금고 있으면서, 고유전통의 생활문화를 품위 있게 표현하고 있기 때문이다.

　① 어머니가 하시던 대로 이불과 요의 호청을 주르륵 뜯어내어 빨고 찜통에 푹푹 삶는다. 묵은 때가 지고 하얗게 삶아진 빨래를 옥상에 올라가 탁탁 털어 넌다. 묵은 때가 가신 호청처럼 내 마음도 묵은 시름들이 때와 함께 사라진 듯 속이 다 후련하다.

해마다 장마가 닥치기 전 이렇게 바지런을 떨어 눅눅한 장마를 그나마 보송하게 날 수 있다. 이제 목화솜 이불은 정리해 두고 삼베이불을 준비해야겠다. 그것 역시 푹 삶아 서걱서걱 푸새질을 해야지. 이럴 때면 새로 풀 먹여 몸에 닿는 까실한 이불 호청의 감촉이 좋아 가을이 좋다 하시던 어머니 생각이 난다.

눈부신 햇살이 속눈썹을 나른하게 간질이면, 나는 그대로 옥상에 선 채 꿈속인 듯 어린 시절을 더듬어 간다. 이맘 때 할머니와 어머니는 햇볕이 좋은 날을 잡아 마당에 가마솥을 내다 걸고 장작을 지피셨다. 대밭이 병풍처럼 둘러쳐진 샘물 가에서는 집안 일을 돕는 아줌마의 빨래방망이 소리가 힘차게 울렸다. 빨랫돌 위에서 무명 빨랫감을 탁탁 두들기는 소리는 날씨의 힘을 입어서

인지 유난히 명쾌하게 대밭을 뚫고, 집 뒷산까지 가 닿아 울리고
대청마루까지 잠깐씩 흔들어놓곤 했다.

② 안마당의 화단엔 함박꽃이 마음껏 활짝 피어있고, 그 위를
꿀벌들이 닝닝거렸다. 마당가에서는 투둑투둑 불붙은 것이 꺾이
고 사그라지기도 하면서 장작불이 활활 타고 있었다. 샘물 가 빨
래터에서의 방망이 소리는 한층 우렁차게 울려 퍼져나가다가 다
시 울림이 되어 되돌아왔다. 빨래방망이를 마음껏 두들겨대던 날
여자들은 그 동안에 쌓인 울분과 시름들을 묵은 때와 함께 씻겨
보냈을 것이다.

③ 바지랑대를 받쳐 널어놓은 광목, 옥양목 새하얀 빨래들이 살
랑바람에 펄럭이면 어린 우리들의 마음조차 들썩거려 그것 또한
놀잇감이 되곤 했다. 너울대는 빨래 사이를 넘나들며 이리저리 숨
바꼭질하는 우리에게 "아이구, 빨래 다 버릴라!" 하고 방망이를 든
채 호통치며 쫓아오시던 할머니의 모습도 눈에 선하다.…대청마루
에 희디흰 무명 빨래를 사이에 두고 줄다리기하던 어머니와 나의
그 한나절로 돌아가고 싶다. 그 정겨운 풍경 속으로.

이 글은 「빨래」 중 일부다. ①이 빨래의 세탁 과정 이모저모를
서정적으로 그렸다면, ②는 그 서정적 분위기 속에서도 빨래하는
여인들의 정한에 관련된 카타르시스를 시도하고 있다. "빨래방망
이를 마음껏 두들겨대던 날 여자들은 그 동안에 쌓인 울분과 시름
들을 묵은 때와 함께 씻겨보냈을 것이다"가 바로 그것이다. 그리
고 ③에서는 배설하는 언어를 사용하지 않고 정화하는 언어를 사
용함으로써 수필다운 품위를 유지하고 있다.

이러한 성격의 글은 「목화솜이불」이라든지, 「내 동무의 집」,
「수수팥단지」 등에도 진하게 배어 있다. 가령 「목화솜이불」의
결말이 "어머니가 나를 시집 보낼 때 만들어주신 그 따스한 목화
솜이불을 다시 덮는다. 훈기를 담은 솔기마다 내 어릴적 가을날의
기억들, 휑한 들판 한 가운데서 찬바람을 참아내며 목화를 따던

어머니의 정성이 오롯하다.”로 되어 있고, 「내 동무의 집」의 결말에는 “나는 상상 속에서 울타리 너머로 족두리꽃이 고개를 내밀고 있는 옛날 초가집들을 모두 내 동무의 집이라 떠올리곤 한다.”는 구절도 있는데, 이는 모두 향토적 생활 속에서 끌어올린 인정 미학, 또는 원시적 생명의 찬탄이다.

그의 원시적 생명의 찬탄은 「형언할 수 없는 투명함」에서 극치를 이룬다. 이러한 탐미적 발상은 그의 문학을 고공으로 발사하게 하는 추진력을 제공하는데 반하여 약간의 현실 부적응적인 면을 드러내기도 한다.

> 그녀는 우리를 샘가로 데리고 가더니 “이게 오렌지주스야. 이 가루를 물에 타면 맛있는 주스가 되지.” 하며 차가운 샘물에 선명한 색의 가루를 타는 것이었다. 주스 봉지에는 모르는 글자들이 새겨져 있었다. 미제 오렌지 분말 주스였다. 분말이었을 때의 사각사각하던 입자들이 샘물에 녹으며 “샤아” 하는 소리를 내던 것, 그 분말들이 잠시 후 백일홍 붉은 빛도 아니고, 개나리꽃 빛도 아닌 영롱한 빛깔로 녹았을 때, 나는 그 색의 형언할 수 없는 투명함에 혼미해지기까지 했다.
>
> — 「형언할 수 없는 투명함」 중 일부 —

우리는 여기에서도 탐미적 심성과 만나게 된다. 오렌지 분말 주스의 투명한 색채 이미지에서 자아내는 신비의식과 용이하게 접할 수 있기 때문이다.

이제까지 여류수필가 이채원님의 작품 중 일부를 살펴보았다. 「빨래」라는 제목의 수필 속에 “가마솥”, “장작”, “장작불”, “대밭”, “대청마루”, “꿀벌들”, “빨래터”, “빨래방망이”, “바지랑대”, “광목”, “옥양목” 등의 사물이라든지, “보송하게”, “꾸득꾸득”, “서걱서걱", "푸새질" 등의 형용 표현은 우리 고유언어를 아름답게 가려 쓰는 좋은 예가 된다.

이 수필집을 펴낸 후부터는 새로운 언어의 깊이갈이가 시도되어야 할 줄 안다. 문단에 데뷔한 직후 미국생활로 들어갔기 때문에 변화가 심한 편이다. 전통성과 세계성, 순수성과 참여성 등의 균형 있는 조화가 요구된다.

앞으로는 향토서정을 기반으로 새로운 변화를 시도할 필요가 있다. 새로운 환경의 변화에 적응하면서 진취성 있는 방향의 창작으로 재생산해야 하기 때문이다.

모시옷의 날렵하면서도 고풍스런 맵시에서 개량한 의상, 또는 멋스럽고 품위 있는 현대의상의 최첨단 디자인 쪽으로도 시도하여 종전의 혈맥을 이으면서도 전혀 새롭게 달라 보이는 경이로운 작품을 기대하고 싶다.

이를 위해서는 좋은 천에 관한 관리, 즉 조탁에 게을러서는 안 될 것이다. 어머니의 손길에 의해서 알뜰히 가꾸어지던 뒤란의 장독대 주변의 봉선화와 채송화, 맨드라미 곁에서 키대로 우뚝 선 채 자연스럽게 어울리던 향일의 해바라기나 향수의 파초처럼 그렇게.

앞에서 언급했듯이, 좋은 옷은 옷감이 좋아야 하고 좋은 수필은 쓰는 사람의 품성이 좋아야 한다. 그 점에서 내가 아는 이채원님의 인간 됨은 흠이 없이 깨끗한 옷감에 견줄 만하다. 그 좋은 바탕을 기본으로 하여 마름질과 바느질을 갈고 닦는다면 어찌 좋은 수필이 나오지 않을 수가 있겠는가. 앞으로 더욱 빛나는 글들이 엮여 나올 것을 믿어 의심치 않는다.

앞에서 살펴본 몇 편의 수필에서 그의 품위 있는 수필의 예술성이 예견된다.

파란 도시락 가방을 든 사람

인쇄일 초판 1쇄 2001년 12월 12일
　　　　　　2쇄 2015년 09월 01일
발행일 초판 1쇄 2001년 12월 18일
　　　　　　2쇄 2015년 09월 03일

편　저 이 채 원
발행인 정 진 이
발행처 새미
등록일 2005.03.15. 제17-423호
서울시 강동구 성내동 447-11 현영빌딩 2층
Tel : 442-4623~4 Fax : 442-4625
www.kookhak.co.kr
E- mail : kookhak2001@hanmail.net
ISBN 978-89-5628-432-3 *93810
가 격 8,500원

* 새미는 국학자료원 의 자매회사입니다.
*저자와의 협의 하에 인지는 생략합니다.
*잘못된 책은 구입하신 곳에서 교환하여 드립니다.